有爱的青春陪伴者

图书在版编目（CIP）数据

大人他诡计多端 / 萧小船著. -- 南京 : 江苏凤凰文艺出版社, 2024. 12. -- ISBN 978-7-5594-9020-9

Ⅰ. I247.5

中国国家版本馆CIP数据核字第20245QY746号

大人他诡计多端

萧小船 著

责任编辑	王昕宁
特约编辑	年　年
责任校对	言　一
出版发行	江苏凤凰文艺出版社
	南京市中央路165号，邮编：210009
网　　址	http://www.jswenyi.com
印　　刷	天津睿和印艺科技有限公司
开　　本	880mm×1230mm 1/32
印　　张	9
字　　数	285千字
版　　次	2024年12月第1版
印　　次	2024年12月第1次印刷
书　　号	ISBN 978-7-5594-9020-9
定　　价	42.80元

江苏凤凰文艺版图书凡印刷、装订错误，可向出版社调换，联系电话025-83280257

目录

卷一 倾城一舞 · 001

- 第一章 · 002 京都桀犬
- 第二章 · 021 她喜欢他
- 第三章 · 044 以下犯上
- 第四章 · 063 独木成林
- 第五章 · 084 长安月下
- 第六章 · 106 各怀心思
- 第七章 · 130 四方五行
- 第八章 · 154 另种人生

卷二 直上青云 · 083

目录

卷三 旧时狼烟 · 179

第九章 · 180
她的谎言

第十章 · 210
花灯之下

第十一章 · 233
人是我非

第十二章 · 260
歧路同流

后记 · 281
山水一程

番外 · 276
长平三年

第一章 京都獒犬

（一）

夜色深深，京郊的朝青山上忽起了一阵风，簇簇盛开的桂花随着清风摇摆，月影顺着颤动的枝叶缝隙落下来，照出树下的几人身影。

"都等了一个时辰了，接头的线人还不来。是被人发现了，还是反水了？"说话的女人将声音压得很低，透着些许焦急，是今年初刚进京兆府衙门做捕快的归婉。

接话的男人明显镇定很多，是京兆府衙门下久历要案的资深捕快袁威："这线人我们已经接触了一个月，人机灵得很，要是反水早就反了，也不会等到今日。毕竟是收网日，她谨慎小心些没错的。"

听袁威这么说，归婉的心安定了些许。她望着远处寂静深夜里还灯火通明的一处庄子，喃喃道："可我总有种不好的预感……"

袁威了然："你是怕大理寺的人来抢功？"

此话一出，树顶的影子摇晃了两下，落下几瓣馥郁馨香的桂花。

大霖京兆府统管京中治安，大理寺衙门则负责复审各地送来的案卷，衙门间本交集不多。但现任大理寺卿云琰自上任以来，不仅多次在复查案卷时查出案子隐藏的真相，还频频插手京中案件，又在衙门内重启神探司一部，每年举办考核，不拘一格招揽会破案的能人异士。

云琰屡破奇案，名噪长安时，京兆尹郑槐章上了折子弹劾云琰，斥其插手京兆府门下公务，其心不轨。

随后得到皇帝裴玄轻飘飘的一句："云爱卿这也是看京兆府太过操劳，想着分忧罢了。"

然后就不管了。

这话摆明了是偏袒。但郑槐章偏偏也说不出什么话来反驳，就憋着一股气想要和云琰一较高下。

良性竞争下，京中案件告破速度有着惊人的提升，但两个衙门在多次案件中的交锋导致门下官员互相看对方不顺眼，成了有你没我的死对头衙门。

归婉来京兆府不过才大半年，就撞上五六次两个衙门对上的情况，有这个担心也正常。

袁威安慰她："明日一早就是大理寺神探司的考试，大理寺那帮人把这个考试看得比什么都重，现下哪有什么心思来插手一个小小的抓赌案呢！"

话音刚落，一道诡谲的身影从树上飘下来，轻若蹁跹蝴蝶，落地无声。

皎洁月光之下，但见一张不施粉黛却异常俏丽的脸，只不过一身粗布麻衫的丫鬟打扮，脊背却挺得笔直若青松。她目光坚定，直视东南方，轻声吐了两个字："来了。"

归婉和袁威眯着眼齐齐顺着看过去，却没有看到什么异常。过了片刻，灌木丛下方突然传来动静，一团黑影钻了出来，小跑着过来。

归婉看向宋佳音，目光中满是钦佩。

不多时，那线人走到几人近侧，缓过一口气才道："今日当家的从城中乐坊请了几位舞姬助兴，客人一下就多了起来，我忙到现下才能脱身出来。"

她说着，将背着的小包袱递给宋佳音："这是庄子里的地形图，还有庄中下人戴的面具。大人……"

她欲言又止，宋佳音从怀中摸出一张盖了官府印章的空白路引。

有了路引，她自可以离开长安城去过活了。线人感恩戴德地鞠了几躬，朝着与庄子相反的方向跑去。

宋佳音捏着玉兔面具，看了看天色，皱了下柳眉，轻声下令："等我烟花号令，子时之前收队。"

"是！"

宋佳音戴上面具，顺着线人来的方向跑去，不一会儿就没了影子。

归婉咬了咬唇："我怎么总感觉今天老大情绪不高啊！"

完全不像之前一有案子就热血沸腾的样子。

袁威不懂她们女儿家的敏感心思："有吗？"

归婉嘟囔："可能是我想多了吧！"

归婉想得没错。

宋佳音确实情绪不高。

本来郊外这个地下赌坊的收网日已经定好，是在本月底。但京兆尹郑槐章非要提前，理由是趁大理寺还没察觉赶紧办。

上峰一声喊，底下腿跑断。

忙就算了，宋佳音早就习惯了这种日子。但提前收网的时间恰好定在神探司考核的前一天，她为了这次考试已经准备了一年，要是错过就要再等一年。

神探司由前朝一位大理寺卿首建，司内曾出过十数位名噪一时的名臣，使得前朝在史书上留下了"神探辈出一代，律法清明之朝"的盛名。对于破案人而言，神探司之于他们，犹如孔庙之于天下读书人，是心向往之的圣地。

这次云琰重启"神探司"，司内官员不仅薪俸比前朝的神探司要高上数倍，且官位在大理寺内仅次于云琰这个大理寺卿，有便宜行事之权，查案时诸衙门会尽皆配合。

如此优厚的待遇，如此光明的未来，在如今人人忙得脚不沾地还要时不时受气的三法司衙门里，其吸引力是巨大的。虽然神探司考核无比严苛，但据宋佳音所知，即使是在作为大理寺死对头衙门的京兆府内，偷偷报名的就不下十人，竞争可以说是十分激烈。

想到这儿，宋佳音叹了口气，定了定神，环顾大堂四周，琢磨着子时收网赶回去，再审半宿，时间应该刚刚好赶上考试。

今夜或许是因为舞姬助兴，庄子里的客人格外多，宋佳音拿着线人的面具和腰牌，很顺利就混了进来。

这庄子从外面看是个很普通的庄子，内里却别有乾坤，雕梁画栋，丝绸装点，极尽奢华之能事。中央舞台上，舞姬身姿曼妙，随丝竹鼓点轻舞助兴。四下散落的牌桌座无虚席，客人面上皆戴着一样的狼牙面具，遮住本来面貌。

这地方京兆府衙门觉得古怪是因为夜夜灯火通明，但盯了许久也不见有什么人往来，本来已经决定放弃了，可宋佳音总觉得有问题，独自折身再回去时意外撞见跑出来的线人。线人哭着求宋佳音救她，宋佳音才晓得，庄子的地下挖了地道。

客人从地道来，所以才无人察觉。

线人在庄子里生不如死，想要一份路引，离开长安城。

这一个月来，线人摸清了几个地道口的机关，一共有三个，皆在大堂中。宋佳音端着茶水果子在大堂里游走，乘人不备时凑近机关所在的方向，从袖中卸下锋利的断刃，按照线人所说的方法斩断机关引线。

引线一断，暗门便打不开。等下京兆府衙门的人接到消息进来，与她里应外合，这些人便是瓮中鳖，一个都跑不了。

一连毁了两个机关都很顺利，宋佳音不由得心想，那线人将这儿摸得这么透还没被发现，京兆府衙门很需要这样的人才。

第三个机关在西角的茶水间里，宋佳音刚好趁着换茶回去。

她端着漆木托盘往那厢去，半路上有人招呼她："那边的，茶给本公子端过来！"

说话的人着一身靛蓝色的月锦长袍，腰间玉带成色颇好。面具虽然能遮面，但举手投足和那说话的姿态却掩不了，一看就是个世家的纨绔子弟，最擅长胡搅蛮缠的那类。

再看那腰带下系着几个香囊，绣工明显出自不同人之手，宋佳音在"胡搅蛮缠"四个字前又加了四个字：风流好色。

宋佳音不想横生枝节，脚步一转，就朝着那蓝衣公子过去，恭敬地端上茶杯："公子请。"

蓝衣公子接过茶喝了一口后，径直把杯子摔在地上，发出"啪"的一声响，怒道："怎么是凉的！本公子花了这么多钱，庄子里就是这么招待的？"

他这声音颇高，好在大堂内足够嘈杂，倒没几个人注意到这边的动静。

宋佳音连忙赔不是，说再端一杯茶来，蓝衣公子却不依不饶，非要找管事的过来。

"公子饶了奴婢，不要找管事的来，奴婢当牛做马也会报答公子恩情……"宋佳音声音惊恐地说着，面具下藏着的一双眼余光却在打量四周，思考着该把此人忽悠到哪里去，再一掌劈下去。

她边说边往后退，落在蓝衣公子眼里就是要跑，他立马疾步追过来。

恰是这时，身后发出一声惊呼。丝竹声突然一变，一舞姬身披霞帔从三楼翩然而落，蝴蝶面具半遮面，肌肤赛雪，宛若天人。

蓝衣公子眼中闪过惊艳之色，再也顾不上宋佳音，急切地往舞台那厢挤过去。

宋佳音腹诽道，这还真是个色中饿鬼。

鼻尖漫过来一股清幽的香味，和别的舞姬身上的脂粉香倒是有些不同。

宋佳音对气味敏感，却也没多想，捡起茶杯的碎片快步往茶水间而去。第三个机关的引线藏在放着茶杯的架子里，左起三排第五列。

刀刃轻易挑断暗线，宋佳音的嘴角却不安地抿平。

此行貌似太过顺利了些。

她将茶杯复归原位，自怀中摸出传信的烟花棒，刚落在手中，外面突然传来刺耳的尖叫声，声声不止，划破寂静良夜。

宋佳音心下猛地一跳，出事了！

还未等宋佳音有所反应，有人已经挤进茶水间，慌乱地去翻暗门的机关，转了几下茶杯，却见暗门并未像往常一样打开。

"怎么回事？这门怎么打不开了？"

"我要出去，快放我出去！"

宋佳音艰难地逆着人流挤了出去，只见大堂已经乱作一团，众人或惊恐逃窜，或藏在桌子下瑟瑟发抖。

而大堂最中央的台上，一名舞姬脚尖轻踮，身形转着圈，朝向宋佳音时，她很轻易地看见那舞姬的心口正斜插着一把匕首。血随着那舞姬的动作溅出来，踩得一地猩红。

在这一刻，舞姬猝然倒地，再没了气息。

宋佳音立刻跑出大门再将门关严，用自己的身体堵在外面，将信号放了出去。

她这一跑，立刻有人反应过来还可以走正门。

身后撞门的力气极大，宋佳音咬着牙顶着。不一会儿，宋佳音听见远处传来的脚步声，咬紧的牙根一松，倏然往旁边一撤，里面的人撞门的力道来

不及收，顺势扑出来摔了一地。

宋佳音喘了一口气，抓紧时间下令："把他们——"剩下的半句一下子卡在喉咙里。

宋佳音睁大眼看着赶来的人马，人数众多，却并不是袁威领的那队兄弟。

领头的人宋佳音有点儿印象，前段时间大理寺和京兆府的人恰好在同一间酒楼聚会，本来是井水不犯河水开了两个包间，但中途不知道谁喝多了挑事，最后就变成了两伙人拼酒。

宋佳音向来不参与这种活动，待接到消息赶去结账时，两个衙门内只有他一人清醒着，是大理寺的护卫统领，孟随。

然后，孟随说都是京兆府的人挑事，该他们付钱，边说边徒手拍断了一张桌子。宋佳音只好默默地掏了银子。

眼下只见他大喝一声："大理寺办案，若有不配合者，立刻逮捕！"

孟随身形高大，气若洪钟，已有人被他这声势吓退。

"什么大理寺，不过是个破落衙门。"刚才在大堂不依不饶的蓝衣公子不耐烦地伸脚踹开一个伏在地上的人，伸手掀了面具扔在地上，一张脸阴鸷地扭曲着，"我乃禹王世子裴域，我看你们谁敢动我！"

禹王是当今圣上的皇叔。先帝在时，就对这个唯一的弟弟很是照拂，临驾崩前还留有遗诏，要圣上对禹王一脉宽仁以待。

遗诏在前，裴域自然是在京中横着走，谁也不放在眼里。

孟随一时也不敢再动。裴域讥笑一声，撞开他的肩膀大步往外走，所行之处，大理寺人无不让路。

宋佳音皱了下眉头。

案件尚不明朗，裴域身在案发现场，在没证据证明其与案件无关之前，便是嫌疑人。他这么一走，就是藐视大霖律法。

宋佳音下意识地上前，就见已经走出去的裴域步步踉跄着后退。

一把刀横在裴域的脖颈处，刀刃在月色里泛着寒光。那刀随着裴域的步子一寸寸地向前，宋佳音见到了握刀的手，修长纤瘦，骨节若竹，肤色白得比刀刃还要晃眼。

那手实在是过于漂亮，若是配上一张不甚出众的脸倒是可惜。

幸好，那人的脸足以与那手相配。

面如冠玉，眼若灿星，他嘴角微微勾着，眼底却不见分毫笑意。似是塞上的一枝梅，以夺人心魄的姿态盛开着，却让人够不着，摘不到，徒剩仰望。

他没穿官服，而是身着一袭鸦青色的锦袍，生生将他本该如玉的气质淬出了几分凌厉之态。宋佳音瞬间知道了这人的身份。

"云琰，你敢动我！"裴域反应过来，硬着头皮喊了这一句。

云琰逼近的脚步顿了一下，裴域顿时硬气起来："你今儿个道个歉再把本公子恭恭敬敬地送回王府，这事就算了。"

"送回王府？"云琰嘴角淡漠地念着这几个字，似觉得可行般点了下头。

裴域松了口气。

下一刻，云琰的刀便朝着裴域的颈脉更近一寸，惊得裴域脑中一片空白。

"禹王世子在案发现场救人时被贼首所杀，本官感念世子英勇，会亲自带人将世子的尸体送回王府，并上奏请圣上赐给世子死后荣耀。"

云琰语调平平，裴域却腿肚子发软。

孟随适时开口："世子英勇救人却被杀，属下等都看在眼里的。"

大理寺众人随声附和。

裴域牙齿战栗，一下子瘫在地上。

"封锁现场，把庄子里的人都押回去连夜审问。"云琰随手扔了刀，也没再看裴域，径直转身。

宋佳音还沉浸在方才的一幕中有些恍惚，听云琰这话霎时回神，快步跟了过去，唤了一声："云大人！"

孟随以为她是来求云琰开恩不押她去审问的，伸手拦她："不得无礼！"

云琰脚步未停，宋佳音只得摘了面具，提高声音喊："云大人！下官是京兆府衙门捕快宋佳音！"

听到"宋佳音"三个字，大理寺人纷纷循声看了过来，其中不乏与宋佳音有过接触的人，一眼就认出了她的确是宋佳音本人。

宋佳音甚至明晃晃地听人嘟囔了一句："还真是獒犬啊！"

宋佳音的轻功极好，擅追踪，便有个外号叫"京都獒犬"。一个女子被叫作獒犬，任谁都不会喜欢，但眼下宋佳音倒是庆幸这名号响亮又好记，她想云琰肯定也是听过的。

如她所料般，云琰停了脚步。

云琰转回身，目光落在她的身上，轻飘飘的，辨不出情绪。

宋佳音暗自吸一口气，拱手一礼，恭敬道："下官奉京兆尹郑大人之命，潜入庄子做卧底，将聚众赌博之一干人等羁押。现如今既有云大人的大理寺接手，京兆府衙门不便再介入，还请云大人允准下官回京兆府衙门复命。"

宋佳音没抬头也知道云琰的视线并未离自己左右，沉甸甸地压在她头顶。他却半晌没开口。

这案子涉及人员众多，查起来颇费时间，宋佳音知道自己若是进了大理寺衙门，明日的考试想都别想了。

见云琰没反应，她顶着无形的压力再次开口："云大人……"

"你说你是京兆府衙门的捕快，有何凭证？"

宋佳音怔了一下。以云琰的敏锐程度，他不可能没听到大理寺人的小声议论，所以她万万没料到云琰在已经知道她是谁的情况下，居然会问这个。

云琰继续问道："可有带京兆府衙门令牌？"

宋佳音："……卧底时换装怕被人发现，并未带来。"

"可有京兆府衙门的人出来证实你身份？"

宋佳音抬头看了一眼远方之前藏人的桂花树。

她将信号放出去，袁威他们却并未来，估计是看大理寺人多势众便撤了。

宋佳音抿抿唇，恭敬地道："眼下并没有。不过大理寺有许多人都见过下官的，听闻云大人治下严明，大理寺的众位同僚不敢欺瞒大人。"

云琰目光一扫，落在大理寺众人身上，声音波澜不惊："你们中有谁认识她吗？"

回答他的是满场无言沉默。

宋佳音怔了一下，突然有种不太好的预感。

"既无人证也无物证，恕本官无法从命。"云琰与她四目相对，眸底波光微动，声线微冷地为她宣判今夜结局，"押她回去。"

"是！"

（二）

庄子的命案一如宋佳音所想，因涉案人员众多，且在场除了舞姬，诸人皆戴着面具不辨长相，审问起来颇为费时。

大理寺人手就那么多，宋佳音等了一个时辰才等到来审问她的官员。

宋佳音是个随遇而安的人，知道出不去也不挣扎，不过在这一个时辰里无人打扰倒是让她能静下心想一些事。

大理寺的人有备而来，且在她放出信号后赶在袁威他们之前过来，不可能是巧合，唯一的解释就是，那个线人不仅和京兆府衙门合作，也和大理寺衙门合作，甚至有可能把跟宋佳音定下来的计划也和大理寺那边和盘托出。

一个消息卖两家本是大忌，但大理寺却将计就计，宋佳音螳螂捕蝉，云琰黄雀在后。

只是发生命案之事，是众人都始料未及的。

所以就算当时大理寺没人喊她"獒犬"，云琰也应该一早就知道她是谁。可他还是把她押回大理寺，是为了什么？宋佳音百思不得其解。

来审问的官员很年轻，瞧着也就二十出头的模样。他一身六品官服穿得板正，坐在宋佳音对面，不紧不慢地问她姓甚名谁，来城郊庄子是何目的。

宋佳音一一回答，他就提笔蘸墨记录在册。

他的字很好看，是那种规整漂亮的好看，笔锋还莫名有些眼熟。若是平时，宋佳音这个读书废物能盯着看一个时辰，可眼下却觉异常煎熬。

时间被一笔一画拉得冗长，再有两三个时辰，神探司的考试就要开始了。

宋佳音忍不住了，上前一步："不知大人怎么称呼？"

"本官大理寺少丞，陆清然。"

"陆大人如此年轻便能担任少丞一职，必定是云大人的得力爱将。若是能有机会，让陆大人破了此案，想来云大人必定对陆大人另眼相看，更加器重。"

年轻的官员对表现自己总有着极大的热情。陆清然果然来了兴趣，将狼毫搭在砚台上，抬眼看她："你有办法破案？"

"破案谈不上，只不过我有办法尽快追到凶手的大概踪迹。但案发时我人不在大堂，而是在茶水间，所以大堂内发生的种种我皆不知晓。陆大人若是信得过我，还请陆大人将目前所知的情况告知我。我这办法有时效，越快越好，若是再拖下去，就不管用了。"

宋佳音深吸一口气，目光澄澈："陆大人既入大理寺，查清案件真相便应该是第一行事准则。陆大人觉得呢？"

陆清然皱着眉头，纠结良久后才重重一点头："好吧，我就信你一次。"

010

之前审过的数人中,有人曾目睹过案发时的一幕。

那死了的舞姬是春风满月坊的姑娘,名唤"莺歌"。

莺歌是第一次出坊,之前并没有多少人见过她。这样新鲜的倾城面孔甫一出现,庄内在场男子见之无不动情。莺歌舞姿娇媚动人,不时伸出手,或是撩拨,或是拉台下公子上台共舞。

待到又一公子上台时,他伸手将莺歌的手牵住。莺歌脚下迈着舞步,慢慢地转向众人,心口骤然出现一把刀。

莺歌在众目睽睽之下被杀。

因上台的公子皆戴着面具,再加上现场人人皆陷入旖旎中,兴奋得根本顾不得其他,也没人能辨认出到底是谁接近过莺歌,又是谁将那把刀插进她的心口。

而上过台和莺歌有过亲密接触的人,皆怕沾染命案惹祸上身,仗着有面具挡着脸死也不说,才致使审问进度停滞不前。

庄子里的客人再加上舞姬、乐师,以及仆人杂役,共一百一十三人。骤然关进来这么多人,大理寺的牢房数量不足,云琰便下令用临时隔板将一间牢房隔开成几小间,关押在此的待审者皆蒙眼堵耳,丝毫不知道外面发生了什么,也就没机会串供。

宋佳音见状不由得感叹这位云大人的厉害手腕,是她这种对头衙门都不得不佩服的程度。

陆清然按照宋佳音所求,带她到大牢内四下转一转,保证她能见到每一个嫌疑人。

她只靠近嫌疑人身边站上片刻,不说话也不做什么奇怪的动作,之后便离开去往下一个嫌疑人身边。陆清然觉得有点儿邪门,紧紧跟在宋佳音身后。

待到一圈走完,回到最初关押宋佳音的牢房,她坐到方才陆清然坐的位置,疲累地掐了掐鼻尖,方拿起笔,边写边说:"天字号左起第三人,以及地字号牢房单独关押的那人,请陆大人禀告上峰,只审他们两个就好了,凶手应该就是二者其一。"

她将纸张折成几折,递给陆清然。

"……啊?"陆清然怔怔地接过折纸,实在难敌心内好奇,问道,"你是怎么确定的?"

宋佳音抬头望了望小天窗外的月亮，并没有回答这个问题，转而催促："时间紧迫，陆大人，正事要紧。"

陆清然神色一凛，也没再说什么，拿着折纸匆匆而出。

云琰平日办公的地方，在大理寺东南角的一个独间。

陆清然赶过来之前，云琰正在看一份旧日卷宗。彼时，有一户姓"木"的人家状告禹王世子逼良为娼，致其爱女木清霜投河自尽。案子一路归到大理寺审理，最后查明死者与裴域有情，死者家属选择与裴域和解。

这案子结得草率，当时却并未有人质疑。

"大人，下官陆清然求见大人。"

云琰合上卷宗，扬声让他进来。

陆清然双手呈上宋佳音的折纸，并将她之前所做所说，事无巨细地禀告一遍，末了又有些心虚地说："下官见那宋佳音有些古怪，也不敢确定她所说究竟是不是真的……"

云琰指尖摩挲着那折纸，之后揉在掌心中。

窗户开了条缝隙，有一丝风透了进来。一豆灯火被吹得晃动，云琰的眉眼也隐在光影间，蒙上一层朦胧的纱。

片刻后，他开口："按照她说的去审。"

陆清然奉命而去。云琰伸手，将折纸展开。

她的字并不好看，稚嫩得像是孩童写的，纸张再一皱，更显得歪歪扭扭。

若下官侥幸言中，还望大人尽早放下官回衙上值。

京兆府，宋佳音拜上。

宋佳音，别号"京都獒犬"。

郑槐章惜才，平日里巡街并不让她去，只让她在办案时出动。是以很长一段时间内，并没有几个人见过她。云琰眼前闪过之前在庄子里见到的那张脸，和这字一样，清秀又稚嫩得过分。所谓字如其人，便是如此。

别人或许不知，他却是知晓的。能让郑槐章这么看重保护的人，肯定是有过人之处。在庄子里，他心念一动把她扣下，他不否认是有些探究的意味。

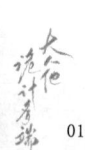

"不知道你的本事,到底配不配得上这名号。"

一个时辰之后,天将将破晓时,陆清然和孟随一道而来。

陆清然将条陈呈上,表情难掩激动:"大人,真的被宋佳音说中了!"

云琰神色自若,并没有多少意外:"是谁?"

孟随道:"禹王世子,裴域。"

云琰的视线扫过刚才翻过的卷宗,站起身:"一起去看看。"

言毕,他想到什么,随口又道:"再过一个时辰,把宋佳音放出去。"

宋佳音在出大理寺时,得到了一个好消息和一个坏消息。

好消息是,她用尽全力,快把鼻子用废,总算是打动云琰,得以让她在神探司考试前离开了大理寺大牢。

坏消息是,因突发命案,神探司考试取消了,推迟再办。至于推迟到什么时候,就没人知道了。

宋佳音眯着眼看着门口秋风扫落叶,感觉到了长安城对她深深的恶意。

"老大!这里!"不远处,归婉对着她招手,旁边还有袁威和几个弟兄,都是昨晚一起去郊外庄子抓赌的。

见宋佳音走过去,一队人都是丧眉耷眼,把"愧疚"二字写在脸上。

袁威看了宋佳音一眼,又一眼,说话吞吞吐吐:"昨晚,嗯……我们见到老大的信号,之后大理寺的人就出来了……上次我们和大理寺的人喝酒的事让郑大人被圣上训斥,回来之后他就说,要是,要是再和大理寺对上的话,让我们避一避……"

宋佳音无所谓地摆摆手,昨晚他们没来,她已经猜到是怎么回事了。

三法司衙门对面有一家面摊,几人经常在这儿吃早饭。等着上面时,袁威问起了昨晚之事:"老大,凶手到底是谁啊?"

饶是京兆府衙门消息灵通,也只知京郊庄子出了命案,但内情却一无所知。

众人好奇的目光落在宋佳音身上,宋佳音面色泛着白,看着格外憔悴,说话也恹恹的:"应该是禹王世子裴域,不过细节还要看大理寺那边的审理结果。"

闻言，众人倒吸一口凉气。归婉后怕地缩了缩脖子："这是我第一次庆幸大理寺把咱们的活抢去了。"

禹王手握先帝遗诏，在朝中又牵扯颇多，而裴域是禹王唯一的子嗣，要想顺顺利利治他的罪可没那么容易，大理寺这回可摊上事了。

"怪不得大理寺把神探司的考试都推迟了。"袁威颇有些遗憾地叹了一口气。宋佳音顿时明白，看着老实巴交的袁威是她还没发现的报名考试的第十一人。

一旁的罗宇接着道："这神探司吧，就是云琰自己的小衙门，我听说想通过神探司考试不仅要在'律法笔考'和'实案勘察'这两项考核中获得前五名，还要经过云琰的最终判定。所以就算有人前面两项考核都通过，只要云琰不喜欢，他照样进不去神探司，像我们这样出身京兆府衙门的根本就没戏……"

罗宇平时推断案子十次能错九次，这次却分析得很有道理。

大理寺和京兆府衙门不睦快到水火不容的地步，京兆府衙门的人来考神探司，谁知道他们安的什么心？

宋佳音瞬间理解了云琰昨夜扣下她审问的行为，毕竟她是京兆府衙门的人这一点，在云琰眼里，本身就很可疑了。

几个人吃完，宋佳音付了钱让他们先回，自己则打算在街上走走冷静冷静。她一转身，对上归婉一双亮得有些过分的眼，把她吓了一跳。

宋佳音被看得浑身不自在："……你怎么还没走？"

归婉拖着自己的椅子凑到宋佳音身边，神色有些莫名的兴奋："老大，你和云大人……昨晚在大理寺是不是见了面？"

宋佳音缓慢地眨了一下眼："啊？"

"我刚才看得很真切，他们一提到云大人，老大就开始走神，老大以前可不会这样。还有，云大人肯定知道老大不会作案的，可他昨夜还是把老大带了回去，想方设法想要和老大独处。"归婉说着，两只手忍不住搓了搓，眼睛更亮了。

宋佳音觉得很迷惑。

归婉这姑娘最大的优点就是乖巧听话，怎么今天说话颠三倒四的？

是刚被裴域的案子吓到了？心理素质也太差了吧！

宋佳音是个好老大，愿意开解安抚下属："我刚才走神只是在想这个案

014

子,这案子复杂难办得很……"

归婉点了点头,眼神更热切了:"我明白,老大这是在担心云大人。"

宋佳音抬手摸了摸归婉的额头,也没发烧啊!

"不是,你今天怎么了?"

归婉像是意识到自己有些失态,轻咳一声坐好,将脑袋摇成拨浪鼓:"没怎么啊!"

从昨晚到现在,宋佳音的一根神经松了又紧,紧了又松,好像每个人都奇奇怪怪的,每件事都透着诡异。

一股深切的疲惫从心里涌上来,宋佳音揉了揉额角:"查案追人是个危险的差事,我手下的人必定要对我毫无保留我才能放心。你既然不愿意和我说实话,等我回衙门就和郑大人说,将你调到别的队去吧!"

说着,她转身就走。

宋佳音在心里数了三个数,数到"三"的时候,脚步声准时响起。归婉追过来抓住宋佳音的胳膊,声音带着哭腔:"老大,我说我说,你别、你别不要我啊……"

宋佳音回头,刻意面无表情地看着归婉。因着一夜没休息,宋佳音眼下有些发青,让这个表情显得格外冰冷。

归婉的脸红了红,扭扭捏捏地递过来一本册子,示意宋佳音看。

册子外面包了书皮,很是精心保护的模样,内里的书页泛黄,显然已经翻过很多次。

第一页写着"云中记"三个字,像是个话本子。

宋佳音又翻了一页,打眼往下扫,那根一直松了紧,紧了松的神经直接炸开,炸得她脑子里一片空白,好半天都没缓过劲儿来。

这话本子的男主角叫云琰,女主角……叫宋佳音。

(三)

黄昏时分下了一场雨,雨落后,桂花瓣沿着墙根粘了一路,秋日随着这场雨的到来转入寒凉。

夜来临前,宋佳音去关窗,和往常一样,临关窗前遥遥眺望了一眼北方。

长安城物价贵,她又不想与人同住,这些年攒的银子和家里给的贴补,只够她在偏远一点儿的地方租个一进的院落。这院子又小又偏，去衙门当值走路就要半个时辰，但有个一般人都发现不了的好处。

这院子虽在北市，但距离三法司所在地益宁坊其实很近。只是路四通八达被分隔开了，若是踩着屋顶用轻功飞，只用半炷香时间便可以到衙门，一旦衙门内有急事，她可以第一时间赶过去。

宋佳音踢掉鞋，将自己摔在床上。

上午，她回了京兆府衙门后，郑槐章找过她一次，因着昨晚的事对她进行慰问和安抚，并允她这个月多两日休假，但奖金还是一分没有。

郑槐章什么都好，就是有点儿抠。宋佳音也没在意，她想打听一下裴域那边的事，不过还没等她开口，郑槐章就被人叫走，直到下衙时间都没有再回来。

宋佳音很困又很累，但脑子里一直有事情在转，搅得她翻来覆去也睡不着。

她又翻了个身侧躺着，胸口有什么东西硌得她不舒服。她伸手一掏，是那本《云中记》，是临下衙前归婉鬼鬼祟祟地塞到她手里的。

话本子这东西嘛，其实都是编的。从古至今，多少名臣将士都是靠着话本子打响名号，流传千古的。

宋佳音一直是个很包容的人，归婉喜欢看话本子她理解，归婉看话本子上头到觉得里面的爱情是甜的、情人是真的，她也尊重。

但是当这个情人之一是她本人的时候，她实在是做不到无动于衷。

归婉说这本《云中记》并不是公开刊印的读物，只是她们交流集会里的某个姐妹写的，这作者扬言自己和云琰相交甚深，一开始归婉她们都觉得这人只是弄个噱头罢了，后来真的看了话本子才慢慢觉得上头。

故事里的云琰既有为人熟知的一面，破案无数，能力卓绝，又有不为人知的另一面，待家人耐心，对爱人体贴。比起现实里难以接近、高不可攀的云琰，这个话本子里的"云琰"反而更像是鲜活的、真实的人。

而云琰作为对头衙门的老大，故事里爱的人是自家老大，这让归婉看话本子时的感受比别人更复杂。

越复杂，越深刻。

这才让归婉以为宋佳音在想云琰时失了理智，将自己的想法暴露了出来。

左右也睡不着，宋佳音靠在床头，随手翻了翻话本子。

她其实有点儿信这个作者真的认识云琰，虽然肯定会有杜撰编造的成分，但话本子里云琰的整个形象真的很丰满，和她接触的云琰不太像，但又能很合理地融合在一起。

相比云琰而言，文里的"宋佳音"显然是只取了她的名字，以及身手矫健、轻功极好这些一般人都知道的特质。

哦，还有獒犬的名号。

但作者根本就不了解她，不知道她叫獒犬的真实原因，也不清楚她的性格。

毕竟现实里的她不可能在云琰不答应她什么时，扯住他的袖口，扬着一张明媚的笑脸娇娇地说："求求你了，你最好了。"

宋佳音的后脖颈细细密密地起了一层鸡皮疙瘩，她实在看不下去了。

归婉日日在她身边居然还能信这话本子里的爱情，进而觉得她真的和云琰有那么一腿，精神状态也是很堪忧。

这玩意儿看得宋佳音更睡不着了，她卷了毯子到屋顶去吹风。

星子漫空，月亮半圆，她打了个哈欠。北边一点火光在此刻跃起，宋佳音几乎是瞬间就分辨出那是大理寺的方位，还是最北侧。

事发突然，她来不及多想，脚尖一踮，踏着瓦片飞身朝着那方向奔去。

那火势迅速蔓延，大理寺衙门内有值守人，很快发现火情，召集衙门内众人灭火。

宋佳音落身于大理寺衙门的后墙，这里有扇平日用来运送东西的后门，平日里是锁着的，她仔细查看了一下，并没有打开的痕迹。

"小心！"耳边传来墙内一声惊呼，宋佳音仰起头，只见那着火之处的房梁轰然塌下，不管有什么都会尽数焚毁。

"宋捕快？"男声在身后响起，听着有些耳熟。

宋佳音转过头，见到的是满目惊诧的陆清然。

陆清然："宋捕快怎么会在这儿？"

"我正要回家，看见这边起火了就过来看看。"三法司衙门各自离得不算远，宋佳音看到着火了过来看看，但毕竟衙门有别，她不便进去只在外面徘徊，这解释听起来很合理。

陆清然点了点头。宋佳音问他："陆大人……又为何会在这儿？"

如果是当值，人应该在大理寺衙门里；如果是听到动静赶过来的，也应该直接从前门进去，怎么也不会是在这儿晃。

陆清然敛了敛表情，道："我们大人有令，不论遇到谁都要带去问话。宋捕快，得罪了。"

宋佳音虽然意外，倒也没有试图挣扎。陆清然挑的路很僻静，二人一路快行也没遇到什么人。

到了地方，陆清然敲了三下门，也没等里面的人说话，径直推开门进去。过了片刻，他出来，侧身给宋佳音让了地方："宋捕快，请吧！"

宋佳音稳了稳心神，提步踏入，进门便迅速对着案后的人行一礼："下官京兆府衙门捕快宋佳音，见过云大人。"

云琰抬眼，月光杳杳间，他眼底没什么温度地笑了笑："本官与你今日倒真的是见过多次了。"

"见过"二字被他咬重，宋佳音听出了他语中的不善，语气更是谦恭："能得见云大人的面，这是下官的荣幸。"

耳边传来一声轻笑，随即是那人的脚步声，一声一声，沉稳有力，在她面前三步处停下。他凉声道："抬起头来。"

宋佳音依言抬头，直直撞上他落下的视线。

她之前就发现云琰说话时很喜欢打量人，是一种审问时下意识的察言观色。这么近的距离，她发觉他的瞳色很深，眼形很漂亮，眼尾微微有些上挑，一眼不错盯着人时显得有些惑人。

"你说你正要回家，可京兆尹郑大人给你放了两日的假，按理来说今夜你并不会在衙门值守。"

他语调很平，说出的话却让宋佳音心惊肉跳，她只是不想别人知道她上衙的手段才随口一说，不然传出去房主该设法涨租金了，没想到云琰连这些小事都知晓。

而且话里的意思不言而喻，她说了谎，又在起火时四处晃悠，摆明了是有猫腻。

宋佳音尽量平和心态，面上坦坦荡荡地道："下官确实不在衙门，下官是见到大理寺着火心急如焚，一时没过脑子，还以为自己人如往常一样在衙门值夜才如此说的。"

云琰只看着她并不接话,也不知道信是不信。宋佳音便又道:"下官就算进大理寺也救不了那火,就四处转转看纵火的人有没有趁乱逃走。云大人让陆大人在四周查看,目的也是这个吧?"

有把守的门出不去,无把守的门没打开,纵火的人没机会出去,就必定还在大理寺内。

"这火烧得极快,定是四周放了火油之类助燃的东西,能避开人做到这些,事后还敢藏在大理寺中的,那肯定是大理寺内部的人。云大人想要查出这人是谁肯定是不难的,但这人背后肯定有指使者,云大人最好不要打草惊蛇……下官可以帮云大人揪出这人。"

宋佳音深知,消除自己嫌疑最直接有效的办法,就是找到真正的行凶者。果然,听到这话,云琰的表情终于有所松动,眼风上下一扫,似是不信:"你?"

宋佳音摸了摸鼻子:"下官的鼻子比平常人要灵敏很多,京兆府内也就只有郑大人知道,这獒犬的名号也是他因此取的。"

当然,这个名号也是郑槐章散播出去的。郑槐章想把她打造成京兆府的一块活招牌。

云琰的目光随着她的动作落到她小巧的鼻尖上,顿了顿:"所以莺歌的死你能迅速缩小疑犯范围,也是因为这个?"

宋佳音点头:"莺歌身上的香与其他舞姬的不太一样,香这个东西随着接触时间的不同留存的香味浓烈程度也不相同。能杀她的人在台上和她有过肢体接触,身上留存的香味自然会更浓一些。我点出的那两个人身上的香味是在场所有人中最浓的,所以那两个人中必有一个是杀人凶手,另一个应该是不知道莺歌被杀而冲上台去的倒霉鬼。"

宋佳音说完,发现云琰一直在看她。

他那总是淡然的眼里起了些波澜,她看出来那是欣赏之态。宋佳音有了点儿底气,继续说:"今夜的事情,下官应该也能帮上忙。虽然下官是京兆府的人,但也想为破案出一份力,我想云大人应该不会介意。"

白日里罗宇所说的话她深以为然,就连她一个捕快都知道手下人忠心才好办差,更何况是掌管一个衙门的云琰。他自然是宁可错过人才也不想招来麻烦,所以对于他们这些京兆府的人来说,想考进神探司不能只重视那两项考核的成绩,也得想办法让云琰打消偏见。

让他明白，宋佳音不管在哪个衙门内，都有一颗办差的赤诚之心。所以抓到纵火凶手这件事，不仅能消除自己的嫌疑，还能在云琰这儿留一个好印象。

宋佳音还在等云琰的回答，门外突然传来一串急促的脚步声。

陆清然喊了一声"大人"之后，急急推门而入，喘得上气不接下气："大人，出、出事了……裴、裴域死了。"

云琰眸底闪过一丝暗色，提步匆匆而过，跟着陆清然往门外走。

宋佳音看着他的背影，脑子轰然一热。

裴域一死非同小可，和他的死相比，眼下这抓纵火的内贼一事简直不值一提，到时候忙叨起来，云琰怎么可能还能想起她来？

宋佳音在云琰的身体擦过她的那一瞬间伸手，一把拽住了他的袖子。

云琰没防备她这突如其来的一下子，转过头，视线从她修长白皙的手移到她脸上，脸上第一次露出不解的神色："你这是干什么？"

干什么……

她也不知道要干什么……

鬼使神差地，宋佳音想起在来之前看过的那个话本子，想起归婉的那句话——这作者扬言自己和云琰相交甚深。

她觉得自己一定是疯了，但是事到临头，也只能死马当活马医了。毕竟就算此刻她当作没事发生一样地松开手，云琰还是会觉得被她冒犯了。

既然如此，不如豁出去了。

宋佳音一颗心"扑通扑通"地跳，像是下一刻就能从嗓子眼儿里蹦出来一样。

月光西斜，刚好透过窗纸落在她眼下一点。云琰只见她抬起头，面色泛着红，整张脸和之前见过的恭敬之态完全不同——她嘴角扬起，那光跟着偏移落到她眼里，露出一张比春日更明媚的笑脸。

她红唇嘟起来："我想留在大理寺……帮你。"

有什么东西猛地撞上胸腔，云琰怔了一怔。

一旦开了口，剩下的话再说出来就没那么艰难了。见云琰似是怔住，宋佳音眨眨眼，眼底莹莹的光跟着轻轻晃了一下。

"求求你了，云大人最好了。"

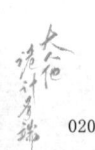

第二章 她喜欢他

（一）

大理寺的那场火熄灭时，梆子敲响第三声，已是深夜子时。

陆清然手里提着一盏灯，脚步匆匆地奔走。他从小到大苦读诗书，为人文弱，哪能经得起这么折腾，不过跟着跑了一个时辰就脚下发软。

前面的人察觉到他没跟上，转回头，目光炯炯有神，丝毫不见劳累："陆大人怎么了？"

陆清然不想在对头衙门人的面前丢人，咬着牙挺胸抬头："思考案情。"

宋佳音微笑，出言夸了一句，听着很是敷衍，之后脚步更快地往衙门内的值房而去。

陆清然叹了一口气，只能跟上，脑子里还循环着一个时辰前见到的那一幕。宋佳音扯着云琰的袖子，请求留在大理寺。

那场景简直是太诡异了！

更诡异的是，云大人和宋佳音对视了一会儿之后，居然点头了，还指了自己跟随宋佳音。

这可是平日里分毫不退，从没见和谁妥协过的云大人啊！

而京兆府和大理寺争斗由来已久，陆清然从来不知道云大人和京兆府的獒犬有什么交集!所以他俩到底是怎么回事啊?

"陆大人,帮个忙。"前方,宋佳音扬声喊了一嗓子。

陆清然摇摇头驱散脑子里乱七八糟的想法,循声走过去。

宋佳音和陆清然打听过,自云琰任大理寺卿之后,重新制定了衙门内的用人制度。文臣倒是没什么变动,按照职位办事便是。武官那边,捕快和守卫分成三队,每四个时辰换一次班,以确保出门抓捕时人员充足。有的武官家离得远,就可以选择住在衙内。

眼下这间通铺,就是武官所住的值房。

"就冲云大人为下属如此着想的样子,我们京兆府衙门输得也不亏。"宋佳音喃喃一句,随后道:"陆大人,你从东边找,我从西边找。"

她随口嘟囔的一句被陆清然听到了耳朵里,她居然不惜贬低自己衙门来夸奖云大人……

陆清然抓耳挠腮地想,所以他们俩到底是怎么回事啊?

宋佳音上了榻,小心地翻着被褥,伸手一寸一寸地去摸。

其实,不光陆清然什么也不知道,连她自己也不知道。她当时真的是被逼急了才伸出手抓住了云琰,没想到云琰还真的改了主意让她留下。

眼下宋佳音对于云琰的转变还是很疑惑,但她清楚一点——话既然已经说出口,就一定要帮云琰把纵火的贼人揪出来。

大理寺内,她已经在陆清然的带领下走了一遍,最后只剩下这间值房。

她鼻翼轻轻一收,动作停了一下,伸手掀开铺着的靛蓝色褥子,屈起手指在床板上敲了敲。

她摸出靴子里藏的匕首撬开床板,里面放着一盏灯,灯中已经没有了灯油,她用手指在周边捻了捻,触感有些滑腻,凑到鼻尖仔细闻,是一种极浅淡的檀香味。若不是离得这么近,就连她这个"獒犬"也闻不出来。

宋佳音想了想,把灯盏放到一边,取出火折子凑到灯盏外侧,火星一下蹿起来,很快整盏灯都被火吞没。

宋佳音翻身下榻,问陆清然:"陆大人可知道这个位置住的是谁?"

陆清然的记忆力甚好,想了想说:"是负责衙门内巡逻的赵士同,在二队。"

"今夜他也在大理寺内?"

"是。刚才我还看见他帮着救火了,这时候应该跟着云大人去天牢了。"

宋佳音凝眸不语。经过昨夜,知道宋佳音有点儿邪门追踪办法的陆清然有了猜测:"难道就是他放的火?"

宋佳音没应,面色一片严肃:"我有事想去见云大人,陆大人可否带路?"

陆清然眯了眯眼,表情古怪,就这么一会儿不见都等不及了吗?

彼时,云琰人正立在关押裴域的牢房外。

小小的天窗投进月光,照在裴域的尸体上。

裴域睁着眼,面容倒没有挣扎,只是身体蜷缩扭曲,看得出来死得极快,也很突然。

狱卒来再次提审时,他已经没了呼吸。

仵作仔细查验过尸体,推开牢门过来汇报:"禀大人,死者周身没有致命伤口,只有手部曾因痛苦抓墙留下些痕迹。体内也没有探出有中毒的迹象,按下官的经验以及尸体的脉象来看,应该是急火攻心诱发的猝死。"

"猝死?"云琰念着这两个字,眉心微皱。

"会不会是裴域失手杀人突然愧疚害怕了?"昨夜,孟随是跟着云琰一起审的裴域,听到裴域说起自己和莺歌的恩爱过往,"属下听裴域所言,他对这莺歌很是钟情啊……之后莺歌背弃他,他因爱生恨发狂杀了人,之后意识到一切,内心不安,越想越恐惧害怕,又身体不好,急得发了病,一下就死了。"

仵作听着不由得点点头:"孟大人的推断也有些道理。"

云琰眉心的褶皱并未随着这解释被抚平,反而逐渐加深。

他迈开脚步踏入牢房,视线自牢房内的每一寸扫过,最后落在裴域身上,眸底泛起厌恶。

因刚死不久,裴域的面色还没什么变化,只眉宇间隐有青色,从袖中伸出的手白得发虚,腰间系着几个女子所赠的香囊。

金玉其外,败絮其中。这种畜生,也配说对谁钟情?

在云琰打量的同时,另一道视线也一直凝在裴域身上。

人群里,赵士同攥着腰间的刀鞘,脸色阴沉。

他不敢相信，裴域就这么死了。

片刻后，他松了手，朝着身边的兄弟使了个眼色。守卫每隔四个时辰换一班，也是时辰换岗了。

几人往外走时刚好陆清然进来，他迎面碰到赵士同，愣了一下，随即快步往里走。

赵士同也没多想，刚拐过一扇月门，只听见凌空一声清脆的鞭响，随即腰间缠上了一条鞭子，将他向后拽。

赵士同立即拔刀，身边的兄弟也紧跟着反应过来，兵刃相向："什么人？"

自暗处踏出来一个面容白皙清秀的女子，红缨鞭的另一端正缠在她的手腕上，她一字一顿，嗓音清洌："抓你伏法的人。"

赵士同心口猛地一跳，见周遭并没有他人，又见眼前不过一个女子罢了，她自己送上门就不要怪他了。

念头一转，赵士同咬牙喝道："你定是今夜纵火的那贼人了！兄弟们，抓了她就是大功一件，给我杀！"

紧接着，赵士同手里的刀跟着挥了过来。他刀刀紧逼，是沙场上近战搏命的要命招数。

宋佳音手中的鞭没多大用处，便收了回来，她翻身踩到一棵树干上，借着树的高度脚尖一点飞身跳出去。

赵士同也来不及多想，手中的刀紧跟着飞了出去。

宋佳音下意识地矮下身体，手忙脚乱地攀上面前那面墙，就见云琰正迎着月色走出来，他凝眸喊了一句："小心！"

宋佳音侧过身子及时躲开，那刀"铮"的一声掉落到云琰的脚边。

几个深呼吸平复慌乱的心跳后，宋佳音从墙上跳下来，几步便到了云琰面前，先对云琰旁边的陆清然点了下头，随即才转向云琰，正色道："刚才陆大人都和您说了吧！"

话音刚落，赵士同便追了过来，指着宋佳音刚要把纵火一事扣到她头上。云琰弯腰，捡起那把刀："本官记得你并未从军，可你刚才的刀术分明是宣翼军内所用的招数。"

赵士同还想说什么强辩一下，孟随已经冲了过来将他一把按到地上，团

起一团布塞到他口中,虎目一瞪,骂骂咧咧:"枉老子还把你当兄弟,没想到你居然算计我!走,老子倒是要看看你这张画皮下到底是个什么玩意儿!"

云琰淡淡地嘱咐了一句:"不能要命。"

孟随提起赵士同就往大牢里走,应道:"放心吧,大人!"

眼看着赵士同的身影没入天牢方向,宋佳音才彻底放下心来,长舒一口气。

她本来想和陆清然一起进去找云琰的,但临进门她觉得,毕竟衙门有别,贸然进去有点儿不妥,就留外面等着,没想到正撞上赵士同出来。

虽然过程惊险,但最终赵士同还是被抓到了,还好还好。

宋佳音长舒一口气,一抬头,正对上云琰沉沉打量的目光。她弯弯眼,笑道:"云大人居然对武将的招数这么熟悉,真是厉害,下官佩服至极。"

千穿万穿,马屁不穿。不知道说什么的时候,就夸对方准没错。

云琰的双眸动了动,勾起嘴角也在笑:"宋捕快也很厉害,明明功夫一般,还敢冒险伸手抓人。幸亏福大命大没什么事,不然本官都没办法和京兆府交代了。"

云琰突然上前一步,眸色陡然沉下去,像是一柄寒霜剑,径直要钉进她心里:"不过本官倒是很好奇,赵士同是一定跑不了的,宋捕快为何要多此一举?"

宋佳音一怔。

这事说起来也没什么,她一个捕快出于正义帮着抓人太正常了。可云琰却不依不饶地非要问个理由。就好像当时在城郊庄子里,云琰非要让她证明自己的身份。

其他人帮着抓人,是正常的。

京兆府的人帮着抓人,是另有所图的。

看来仅仅是帮着抓纵火贼,还远远无法让云琰消除对京兆府中人的疑心和偏见。

她思忖间,云琰又上前一步,大有得不到他信的理由,就把她拉去跟赵士同一起审的架势。

一旁看着两人快要贴到一起的陆清然紧闭双眼,开始后悔刚才为什么没有跟着孟随他们一起走。

"宋捕快，怎么不说话？"云琰的气息和他给人的压迫感不同，泛着清淡的沉水香，倒是能引人放松。

宋佳音自少女时便在衙门内打转，已经习惯了身边接触的都是男子，也没觉得怎么样。

可眼下云琰近在咫尺，她也不知道是他实在生得好看，身上的气味也好闻，还是那话本子的原因，她总觉得自己脸发热、心狂跳。

对了，话本子！

宋佳音当时只瞄了一两页，依稀记得之后好像是什么希望云大人高兴之类的话。

她抿抿唇，垂下眼，长长的睫毛在眼下落了淡淡的影子，脸颊微红，透出几分娇怯："抓到赵士同，云大人肯定会很高兴，我只是想让云大人高兴而已。"

云琰陡然想起刚才那触目惊心的一幕，若不是他及时提醒，她如今可能已经没命站在他面前了。

云琰胸口有些莫名的情绪，他后退了两步，语气仍然冷着，却不如方才那般迫人："不管是为了什么，你都不该为不值得的事情以身犯险。"

宋佳音抬头看了他一眼，又迅速低头，轻声说："云大人的教导，下官记住了。"

云琰"嗯"了一声："人你已经抓住了，这里没你什么事了。"

宋佳音点点头，最后顺着之前的台词斟酌着加了一句："若是云大人有什么需要下官做的，不管是上刀山还是下火海，下官都会为大人去做的。"

云琰深深看了她一眼，并未应什么。宋佳音拱手一礼，转身告退。

一直作石像状的陆清然睁开眼，看着宋佳音离去的方向，喃喃道："宋捕快对云大人还真是一往情深啊！"

云琰冷眸扫过去："你很闲？"

陆清然打了个哆嗦，连连后退："下官这就去看看审得怎么样了。"

（二）

天蒙蒙亮时，大理寺这一夜的忙碌才勉强结束。

连着殚精竭虑两个夜晚,再是铁打的人也受不了。云琰吩咐诸人回去休息一日,自己也回了住处。

云琰单独住在和大理寺相隔一条街的一处院落,进了门,管家康永迎上来:"昨日小姐来过了,知道大人在大理寺忙,留了些东西和一封信就走了。"

康永说的"小姐",是云琰的亲妹妹云茵。

云琰点点头,接过信:"我有些累了,先去休息。"

康永躬身:"大人放心,小的会嘱咐人不要来后院打扰大人。"

进了卧房,云琰将带回来的卷宗放在临窗的案子上,打开云茵的那封信。

云茵的字娟秀漂亮,字字句句却在控诉他对她爱理不理,再不回家就要失去她这个妹妹了。

云琰笑了笑,只觉胸腔中这两日积压的烦闷被一扫而空。

"咚咚,咚咚咚——"挂着书画的南墙后传来几声急促的声音,片刻之后,南墙出现一道暗门,有人推门出来。见云琰在,来人疾步走过来,单膝跪地,唤道:"指挥使。"

来人三十岁出头,因一会儿要去上朝,身上还穿着三品的官服,行的却不是文臣之礼,而是武官之礼。

要是让别人看到他对着云琰行礼一定会惊掉所有人的下巴,只因这人就是在朝堂上和云琰恨不得有你没我的现任京兆尹——郑槐章。

先帝即位之初,仿前朝皇城司以及锦衣卫衙门建立天机司,由其亲领,下属暗卫监视众臣,刺探情报。只是与从前皇城司和锦衣卫不同的是,天机司不在外设衙门,衙门所属人都隐在暗处从不露面。天机司杀人于无形,文官正臣为之所不齿,却又忌惮其势力。

当今圣上是先帝第七子,母妃出身不显,最终能登顶的一部分原因是他年纪小,夺嫡的几个热门选手斗得你死我活时,他年岁还不大,并不显眼。之后几个大热人选出现颓势时,他才逐渐崛起。

新帝继位后,天机司也跟着大换血,变成圣上自己的亲信。云琰领指挥使,郑槐章为副使。二人明着在三法司任职,一是为了掩藏身份,维护朝堂社稷稳定;二是天机司网罗信息资料无所不知,也能助大理寺和京兆府厘清积年冤案,重正刑名。

"槐章不必多礼，坐吧！"

郑槐章坐到云琰对面，瞧见云琰面前展着的信，都不用看就知道是怎么回事："大人要是有空回府用顿饭，小姐肯定会高兴的。"

云琰没有搭话。郑槐章知道他不想提家中的事，也没再多说什么，只说了这么一句，便将注意力放到云琰推过来的卷宗上。

郑槐章叹了口气："本来去那个庄子抓赌，是想着抓禹王一个把柄，让他在朝上消停些。这下好了，他唯一的嫡子死了，还是死在了大人手里，以禹王的性情，不会就这么算了的。"

当年夺嫡，禹王虽然明着没有参与，暗中却以银钱资助当时的三皇子，之后三皇子逼宫被诛，禹王却口口声声说自己并不知情。先帝疼爱这个唯一的弟弟，当然更爱银子，纳了禹王府的财物、美人之后，不仅对禹王网开一面，之后还留了遗诏照拂禹王一家。

禹王仗着遗诏，在朝堂上蹿下跳，又在城郊私设赌场重新敛财。他那个好儿子也屡屡犯事，手上不知沾了多少人命。

禹王一脉是圣上的眼中钉，是大霖百姓的肉中刺，势必要除。为此，云琰进大理寺之后翻裴域历年的案件，郑槐章则指挥京兆府一直追查禹王的赌场。

只是谁也没料到，裴域那夜居然会误打误撞进了自家老爹的赌场，还杀了人。

赵士同曾为宣翼军，战时做了逃兵，之后被禹王纳入麾下，重换身份进了大理寺。

裴域杀人一事传到禹王耳朵里，禹王立即让赵士同纵火烧了莺歌的尸体。

之后，禹王便会出面搅和——既然莺歌的尸体已经不在，之前验尸的种种都可以想办法糊弄过去。再之后案子继续查，禹王会找个替死鬼为裴域顶包。

以前三次裴域手上沾人命，禹王都是如此搪塞了过去。

可谁也没料到裴域会突然死了，而且按仵作所说还是没有凶手，他是自己吓死的。

事发在大理寺，云琰难辞其咎，不光难以翻之前的三个案子以除禹王一党，甚至连自己都很难脱身。

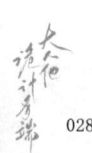

"如果能确定裴域真的杀了人,认了罪,可能还有转圜……"郑槐章将卷宗翻到最后,叹息也变得沉重,"可他根本没画押认罪啊!"

"裴域知道禹王会为他游走,不到最后关头他不会轻易认罪。他脱下的染血的衣衫都在庄子里找到了,又有人指认他是最后接近死者的嫌疑犯之一,证据确凿。"云琰冷笑一声,"不过人已经死了,这些证据也没什么用处了。"

郑槐章沉默片刻,问:"指挥使如今有何打算?"

云琰的手指叩着桌案,眼睫下压,半晌抬起眼,眸底是暗沉沉的一片:"我今日叫你来,是有两件事。"

郑槐章正襟危坐,道:"请指挥使示下。"

"第一,你今日入一趟大理寺,去验一下裴域的尸身。"

天机司里,云琰出任大理寺卿,是因其敏锐、洞察人性,擅抽丝剥茧查到案件端倪。郑槐章能掌三法司之一的京兆府,也是凭自己的本事,他家里世代都是验尸的仵作。

郑槐章问:"大人是怀疑裴域之死另有原因?"

"大理寺有一个叛徒,就可能会有第二个,只有你验完我才能放心。"

郑槐章清楚轻重:"下衙后属下会找借口去一趟大理寺。"

"第二……"云琰叩着桌案的手指一顿,眉头微蹙,神色瞧着有些莫名。

能让自家指挥使露出这种表情的,那得是多么棘手的事?

郑槐章伸手倒了一杯桌上的凉茶,先给了对面的云琰,才又倒了一杯送到自己唇边,给自己压压惊。

这时,对面的云琰淡淡道:"你帮我看着点儿宋佳音。"

郑槐章一口茶水差点儿把自己呛死,他狂咳几声才平复下自己的情绪:"谁?宋佳音?"

也不怪郑槐章被吓到,在自家指挥使嘴里,"看着点儿谁""盯着点儿谁"可不只是单纯地看着和盯着,而是用天机司的人监视跟踪,这就代表着云琰要针对谁找碴儿了。

针对宋佳音?郊外庄子的案件宋佳音不是还在云琰面前立过功?

郑槐章斟酌着问:"她得罪大人了?"

云琰长指摩挲着茶杯,道:"得罪谈不上,这人有些奇怪。"

"怎么个奇怪法？"事关人才，郑槐章今日势必要问个清楚。

怎么个奇怪法？

话一抛出，这两日有关宋佳音的种种画面一下从脑海里跳出来。

郊外庄子的初遇，宋佳音还是恭敬有礼的。可再之后大理寺起火时，她突然像是变了一个人……

云琰的眼前闪过她殷切望着自己时那水汪汪的一双眼。

事出反常必有妖，他从不信有什么无缘无故的改变。

他顺着宋佳音的话留下她在大理寺查纵火人，也是出于一种试探，他想看看她到底要做什么。

可她最后却冒险帮他抓到了人。

云琰耳畔最后响起的，是这一夜不知道多少次在耳边循环往复的一句话，坚定有力："我只是想让云大人高兴而已。"

云琰将杯中茶一饮而尽，冰凉的茶水缓和了那种从心底涌上来的奇怪的燥热。

茶杯放在案上发出一声轻响，云琰没说别的，只是掀开眼皮看了他一眼："你不是有心让宋佳音入神探司？那查查她的底也是应当的。"

云琰设立神探司招破案人才，宋佳音那獒犬属性郑槐章一直瞒着，就是想给云琰一个惊喜。

郑槐章面色讪讪："什么都瞒不过大人。"

郑槐章早就查过宋佳音的底，出身清白，做事努力，在几个地方衙门内业绩一直都是第一名。到了他这儿也是每日第一个上衙，最后一个离开，不管案子有多熬人，她都没抱怨过一句。

正直善良，有能力又无比努力，这样的下属百年一遇，他是对指挥使实在忠心才舍得割爱的，没想到指挥使却好似对宋佳音有些意见。

不过既然指挥使还想再查，他自然得听令。

看时辰不早，郑槐章从密道返回去上朝，云琰则之后一连三日皆告病在家。

纸包不住火，裴域死在大理寺天牢的消息不胫而走，在长安城引起轩然大波。

朝下，禹王声泪俱下地在皇帝面前哭诉其子无罪却遭此横祸，自家一脉

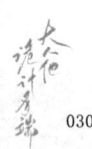

断绝；朝上，几位朝臣则以"构陷皇家宗亲""藐视先帝"为名参奏大理寺卿云琰。

裴域没有画押认罪，那些所谓的证据在搅和中就变成了云琰刻意构陷的伪证。禹王得先帝庇护，云琰对裴域下手，就是对先帝不恭。

这两项罪名扣下来，几位朝臣要圣上将云琰下狱问罪。

圣上没有当庭批复，只是承诺，一定会给禹王一个说法。至于给什么说法、什么时候给说法，那就没提了。

消息传到京兆衙门时，已经是第三日的正午时分。

衙门后院设了食堂，几个人围坐在一桌吃饭时讨论的自然是件大案。

"圣上还真是偏心云大人啊，都这样了还不肯治他的罪。"

"云大人能平步青云，如今年岁就能做大理寺卿，靠的不就是圣上垂青嘛！"

"你说如果云琰倒了，咱们是不是就能翻身了？"

说着，几个人都有些激动，仿佛云琰一走，京兆府就能压在大理寺的头上翻身做主了。

"云琰不会倒。"宋佳音轻声说了一句。

本来几个人讨论声很大，她这一声喃喃应该是听不清才对，可她身边坐的是沉迷于《云中记》无法自拔的归婉。

听宋佳音嘴里说出"云琰"二字，归婉激动得跳起来，膝盖撞到桌子上发出一声闷响，成功让几人安静下来，视线齐刷刷地投向宋佳音。

宋佳音嘴角一抽，她现在是真的很想把归婉调走。

宋佳音将吃了一半的糖包放下："如果大理寺审不了这案子，最后这案子落到我们京兆府，谁能破案？"

众人张了张嘴，随后又齐刷刷地闭上，这"震耳欲聋"的沉默足以说明问题。

大家攻击云琰时热血上涌什么都骂得出来，但冷静下来谁都知道，京兆府被挤对到如今的地步，圣上的偏爱倒是其次，最主要的，是云琰的能力实在是过于拔群。

袁威"咦"了一声："还审什么案子？舞姬案不是已经结了吗？"

宋佳音摇摇头："裴域又没有认罪画押，既然没有凶手，怎么能算结案？"

在宋佳音的认知里，既然这案子没结束，圣上也没有下旨撤云琰的职，就还有的查。

与云琰几次交锋，她不信云琰会就这么认了。

下午上衙时辰到了，几人陆续出门，宋佳音走出月门，一转身吓了一跳，门外郑槐章正负手立在那儿，不知道站了多久。

宋佳音行礼："大人。"

郑槐章笑吟吟的，面上一团和气："小宋啊，我看你最近实在辛苦了，眼睛都凹下去了。今日放你假，回去好好歇歇，明日再来。"

宋佳音素来是沾了手的案子不知道个结果就会抓心挠肝，且裴域这案子的复杂程度远胜她之前接触过的，她心里惦记着，但人在衙门内又接触不到什么。郑槐章放她假正好给了她机会，她也就没推辞："多谢大人。"

郑槐章点点头："去吧！"

一个时辰之后，有关宋佳音这三日的行踪事无巨细地被记录下来，落在云琰的案头。

这三日，宋佳音在京兆府衙门日常上衙当值，归家之后饮食起居都很正常，也没有外出见过什么人。

唯一有点特别的是，她夜半的时候偶尔会上房顶，托腮看向北方，一坐就是一个时辰。

还有今日在京兆府，她出言为大理寺和云琰说话——"云琰不会倒。"

这话说得极其笃定，是多么信任才能说出这种话。

至于宋佳音家中房顶的北方……云琰只在脑中把城内布防稍过一遍就意识到，那是大理寺的方向。

他问过郑槐章，大理寺起火那日，宋佳音并没有在京兆府当值。

所以，她可能是自己在房顶上眺望大理寺方向时看见，然后赶过去的。

她日复一日守在那里，远望着大理寺，也不知道看了多久。

云琰没料到，查宋佳音查出来了这么个结果。

"宋捕快对云大人还真是一往情深啊！"之前陆清然那句每个字好像都很荒谬的话突然从莫名的角落里蹿了出来。

一场雨来得迅疾突然,雨滴"噼啪"打在窗上,声音慌乱又无措。

云琰擅长将散碎的细节拼凑成完整的真相,眼前这些凌乱而琐碎的片段放在一起,无声却清晰地告诉云琰一个事实——宋佳音喜欢他。

云琰的指尖摩挲着纸张,那股说不出道不明的感觉又翻涌了上来。

(三)

这场雨来得快走得也快,之后天边遥遥地挂起一道彩虹。等待彩虹颜色都消散时,望春街到了最热闹的时候。

长安城八大舞坊都在望春街,黄昏时分,八大舞坊前后左右的茶楼酒楼都爆满了。宋佳音又续了一壶茶,点了两盘点心,低头看着底下来来往往的人,庆幸自己早早占了个地方。

她自京兆府衙门离开之后就直接来了这儿。

这家茶楼正对面的春风阁,就是莺歌所在的舞坊,在八大舞坊中排名第四,并不算太起眼。案发之后,大理寺派人搜查过,并没有发现什么。再加上莺歌人并不是死在春风阁,春风阁的生意不仅没受多大影响,反而因为裴域的名头而在长安城打响了名声。

裴域那是万花丛中过的风流人,连他都被春风阁的姑娘迷成那样,最后因爱生恨,自己得不到也要毁掉。杀了人之后,他还舍不得,悔恨不已,最后丢了一条命。想想那春风阁的姑娘该是何等的绝色。

宗室权贵之子浪子回头,迷恋低贱舞姬,爱恨纠葛,双双殒命——民间百姓最喜欢看这种戏码了。

宋佳音坐了一下午,关于莺歌和裴域的案子听到的最多的就是这个版本,她听得津津有味,也难怪归婉那么喜欢《云中记》。

"真的"永远没有"编的"好听。

春风阁的门口,小厮拿起长杆子将红灯挂在屋檐上。

旁边那桌黑瘦的年轻公子瞬间激动地搓手:"听说今日出阁的这追云小娘子生得花容月貌,舞姿出众,连之前的莺歌都比不上。"

旁边的人疑惑:"若是如此,那裴域居然会舍她而喜欢莺歌?"

黑瘦公子道:"这就是王八看绿豆,对上眼儿了。"

最右侧的公子出言说:"我是听说荀老将军家的二公子看上这追云了,裴域不敢抢,才转向莺歌的。"

宋佳音听他们言语中对死者没有半分敬意,喝了口茶压下那股嫌恶,才凑过去问:"这位兄台,什么叫出阁?"

黑瘦公子打量她一眼:"哟,你是外地人吧,连出阁都不知道。"

宋佳音呵呵一笑:"公子好眼力。"

"八大舞坊里的舞姬中除了获罪的官伎,其余的若是攒够了赎身的银子,便可以给自己赎身。若是有名的舞姬赎身,舞坊便会办个出阁会。"

宋佳音:"所以今日这里这么热闹,就是因为要办出阁会了?"

"正是。"

宋佳音道了一句谢,摸了块桂花糕往嘴里塞,转眼盯着对面。

桂花糕吃到一半,对面的老鸨妈妈扭着腰肢走了出来,说着自己如何如何舍不得这位女儿,情到深处还洒了几滴眼泪,拿着帕子擦了擦眼角之后,这场做作的戏才收了场。老鸨妈妈拍拍手:"诸位且往上看。"

只见春风阁的楼顶不知何时多了一座"小阁楼",足有一人多高,四下垂着纱幔,里面一道妖娆身影正在轻轻起舞,腰肢纤细,素手轻挑开纱幔一角,一张堪称绝色的脸恍然出现,之后又迅速隐在纱幔之后,朦胧得似月下一场梦。

"仙子下凡也不过如此。"周遭的欢呼声、口哨声混成一片,无数双眼睛都盯在那佳人身上。万众期待中,佳人终于再次出来,伸出如玉的一双素手将纱幔撩开,一层一层用金钩挂上去。

宋佳音四下打量着,见那"阁楼"四角有悬挂的绳索,猜应该是用什么机关弄上去的。

一侧纱幔都挂上去,追云盈盈一礼,转身去挂另一侧——那姿态当真是我见犹怜,宋佳音一个姑娘都忍不住多看了几眼。

突然,横出来一只结实的手臂,来人将追云的手一把攥住拉到自己身前。

那"阁楼"里出现一个年轻的公子,身形高大魁梧,瞧着像是个练家子。

离得远他们说什么听不见,只能看见年轻公子低着头,神色狰狞。追云往后缩着手,明显是在挣扎。

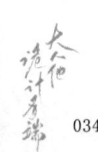

宋佳音来不及多想，翻身踩着窗户，借力飞身往对面的春风阁跳，但还是晚了一步。

年轻公子突地伸手，将追云从楼顶推了下去。

宋佳音顺手摸出红缨鞭一卷，可是离得太远了，鞭子没有够得到追云的衣摆。

一股特别又熟悉的气味在鼻尖一转便远离，追云纤弱的身躯坠下，她的面容平静，没有一丝波澜，红唇轻启嗫嚅了一句什么，但是根本听不真切。

宋佳音的脚踩在"阁楼"顶上的瞬间，下面传来"砰"的一声，随即是此起彼伏的尖叫声："杀人了！"

宋佳音闭了闭眼，睁眼的一瞬，红缨鞭跟着甩出，将转身往下跑的凶手一把拉住，她手上施力，将他和旁边的柱子缠到一起。

那凶手胸襟的衣衫上沾了不知道是谁的血，面色泛着不自然的潮红，瞳仁黑得发亮，嘴一张一合不住地在说什么。

宋佳音靠近，扑面而来的是一种很奇怪的气味。

她听见他喃喃，口中只有一句话——"顺着绳子往房间里跑，换完衣服藏在床底下。"

宋佳音怕凶手跑了，就把自己和他捆在一起，在"阁楼"里守着，等府衙的人来。

带人上来的是孟随，他看见宋佳音，愣了一下，一时没有动作。

宋佳音知道他所想，她已经把凶手抓住，那这案子按理来说应该交到京兆府衙门那边去才对。

宋佳音喘了一口气道："都是为朝廷办案，别耽误时间了。"

孟随见状也不客气，喊人把凶手上锁押回大理寺。

宋佳音收了鞭子站起来，眼前有些发黑，身形晃了晃。

孟随见她面色有些惨白，问了一句："宋捕快，你没事吧？"

宋佳音摇头："没事，可能是刚才累到了，回去休息一下就好了。对了，孟大人，我能去追云的房间看一下吗？"

追云出事，就算宋佳音不去，大理寺也一定会去搜追云的房间。

孟随念她刚出了这么大的力，到底也没好意思拒绝："去可以，但不能乱动现场。"

别过孟随，宋佳音顺着拉着"阁楼"的绳子下去，发现绳子用滚轮的机关控制，最下方绑在春风阁大堂的柱子上。

因着追云出阁，今日春风阁的人大多数在外面，里面空荡荡的，倒是连清场都省了。

有孟随的首肯，宋佳音很快知道了追云房间的方位，推门而入。为了避免乱翻现场的嫌疑，她并没有关门。

房间里打扫得一尘不染，处处华贵，彰显着追云在春风阁中的地位。

拔步床上整齐放着一套男子的衣衫，连玉珏腰带、香囊佩饰都一应俱全。藕色锦袍，上绣云纹，和刚才凶手身上的那一套，看着几乎是一般无二。

凌乱的一切仿佛有一条线隐隐地串起来，宋佳音伸出手，指尖将要触上那香囊一角，一道沉沉的声音从后面传过来："别乱动。"

宋佳音转回身，只见云琰长身玉立正站在她身后。他没穿官服，和第一次见面一样，穿着一件鸦青色锦袍，配上那似是积年没太多情绪的眼，勾勒出一副清冷不近人情的姿态。

"本官听说，是你抓到了凶手？"

宋佳音听到这儿，便能猜到他的下一句了，肯定是什么"你怎么会这么碰巧出现在这儿，希望宋捕快给本官一个合理的理由"。

她已经在脑中过滤这两日恶补的《云中记》中能用得上的台词了，却没想到云琰没问那个问题，而是点了点头夸赞道："做得不错。"

这话说得都不像云琰，一时间，宋佳音都不疑他是不是被人夺舍了。

云琰见她表情古怪，有些不满："你这是什么表情？"

宋佳音扯唇笑了笑："没什么。云大人突然夸下官，下官受宠若惊。"

云琰抿着唇，内心莫名。

只是夸了一句而已，至于这么欣喜若狂？

见云琰今日格外好说话，案子为重，宋佳音也没有打算再对他保留什么。

她上前一步，语气认真："云大人，下官怀疑莺歌和裴域的死，另有原因。"

云琰眸中流光一转："你知道了什么？"

宋佳音左右看了看，声音压低："隔墙有耳。这事最好只有天知地知，你知我知。云大人，冒犯了。"

宋佳音说着，又上前一步，踮起脚附在他耳侧。

"云大人，刚才凶手和我说……"她的声音不同于平日里刻意摆出的恭敬有礼，压得低低的，带着女子特有的娇。

温热的气息，混杂着柔软的甜香扑过来，云琰只觉耳尖窜起一股酥麻，之后转成滚烫的热意。

下一秒，宋佳音整个人一歪，直接歪到他怀里，额头抵在他的肩头。

云琰浑身僵硬，心如擂鼓，聒噪不休，片刻后才找回自己的声音："宋佳音……你大胆！"

之前说话没个分寸就算了，这说案子呢，怎么就往他怀里钻了？

云琰面色冷凝，呵斥着："快起来，别装了！"

可怀里的人一点儿反应也没有，云琰这才发觉有些不对劲儿，扶着宋佳音的肩膀将她推开。只见宋佳音一张脸苍白得毫无血色，气息微弱，已经昏厥了过去。

"……宋佳音！"

她身体软软往下滑，云琰来不及细想，伸手一捞，打横将她抱了出去。

（四）

宋佳音做了个梦。

梦到了那天因赌坊凶杀案而推迟的神探司考试如期举行，她在前两项考核中皆拿了头筹，最后被陆清然带着去见云琰。

云琰眼睛一眨不眨地盯着她，盯得她脸颊微红，她内心忐忑间，他突然笑了起来，笑得很温柔，比晚来的春光还要明媚："从今天开始，你就是神探司的一员了。"

宋佳音望着他的脸，不敢置信地喃喃着："我不是在做梦吧！这么好说话，你真的是云琰吗？"

"嗯，是我。"

"云琰。"

"我在。"

"云琰……"

床边，云琰听着昏睡的人一声声喊自己的名字，思绪复杂，面色闪过一丝少有的不自在。

郑槐章把自己当成一个什么也没听到的聋子，专心为宋佳音搭了会儿脉，又瞧了瞧她的面色，方松了口气："用了清热祛毒的药，已经没事了。"

云琰颔首。

郑槐章余光扫了一眼宋佳音，最终还是什么也没说，转身离开。

"明日我会上朝。"云琰出声。

郑槐章顿了下脚步，道："属下明白。"

用了药之后，宋佳音的脸总算是恢复了些血色。

她躺在那里，容貌有几分素日看不出的恬静。像是梦到了什么好事，她的嘴角轻轻弯着，笑得毫无心事、纯粹释然，像是小时候吃到糖的幼妹。

而她轻声唤的，依旧不变的，还是那个名字。

"云琰，云琰……"

她梦到了他，就这么开心吗？

那是个什么梦？

床上突然传来一声响动，随即温热的触感环住了他的指尖。是宋佳音翻了个身，手刚好攥住了他的手指。

云琰不知道该说她是天赋异禀还是怎么样，居然连昏睡做梦都在往他身上靠。

她手指纤细，因为练鞭，指腹有茧，在他手上轻轻摩挲，磨得他有些心痒。

他被这一下弄得突然醒过神来。

案件诡谲，扑朔迷离，他怎么还在这儿猜一个小女子的梦？

云琰抽回手，脚步有些快地离开这间客房。

宋佳音醒来时，已是第二日的午时。

入目是一间陌生的屋子，她翻身下床，小腿还有些软，差点儿栽到地上。

"大人您醒了呀！"听到动静进来的小姑娘长着俏生生的一张脸，快步扶住她坐下，也没用宋佳音开口问，就自己说道，"奴婢叫小桥，是世子让奴婢来照顾大人的。"

"你家世子……是云大人？"宋佳音的嗓音有些哑，"云大人带我来这儿的？"

云琰是国公云潭的独子。不过长安城人人都知道，云琰和父亲关系不睦到近乎决裂的地步，云琰搬出国公府，在外也从不以国公府世子的身份自居。宋佳音猜小桥应该是从国公府跟着云琰出来的丫鬟。

小桥倒了一杯茶递过来："是呀，是世子抱您回来的，幸好您没事。"

宋佳音接茶的手一抖："……他抱我回来的？"

"大人您昏迷不醒，也走不了路，所以世子只能抱您了。"

昨夜昏迷之前的一切从脑子里蹦了出来，宋佳音有些着急："云大人呢？"

小桥回道："世子上朝去了，吩咐奴婢，说如果大人醒了就可自行离去。"

"多谢你，小桥姑娘。"宋佳音缓了一缓，待腿的力气恢复了些，便回家换上官服，去京兆府衙门当值。

没过一会儿，郑槐章下朝归来，脸色阴沉得像锅底，脚步沉重，每一步都仿佛在踩谁的脑壳。

归婉拿话本子遮住下半张脸，凑到宋佳音身边："……看这样子，郑大人又在朝上被云大人伤害了。"

话音刚落，郑槐章的锅底脸就在门口出现，声音压着火气："宋佳音，出来一下。"

宋佳音拍了拍紧张的归婉，转身跟郑槐章出去。

走到廊下，郑槐章咬牙，脱口就是一句："云琰那个狗东西！"

今日朝上，云琰将昨夜春风阁追云的案子具折上报。

追云之死和莺歌的案子高度重合，舞姬俱是出自八大舞坊的春风阁，死因都是被与之有情的官宦子弟在众目睽睽之下杀死。疑犯都出自名门，云琰恐有人利用命案搅弄朝堂、挑拨人心，为查清案件真相，也为防止朝堂社稷动乱，是以想将两案合并，重新审理再查。

禹王一心想让圣上拉下云琰将其治罪，以慰藉儿子在天之灵，见云琰想重查案子，这些在禹王眼里都是想借故拖时间，他自然是不肯答应。

禹王甚至都怀疑春风阁的案子就是云琰自己搞出来的。

面对禹王的跳脚,云琰就说了一句:"那京中之后再死人,王爷担待得起吗?"

在禹王这些人眼里,舞姬的性命卑微如草芥,死不足惜。可若是拖累了其他官宦子弟再丢了性命,就是和其背后的家族为敌。禹王被噎得说不出话,圣上见状立刻下令两案合并,着大理寺审理。

郑槐章立刻申请一起查,毕竟这两个案子京兆府也是出了大力,尤其是捕快宋佳音,在裴域案中帮忙缩小了疑犯范围,在春风阁案中又及时将凶手抓捕归案,可以说是居功至伟。

云琰点了点头,说:"所以京兆府能帮忙的,就只有捕快宋佳音一人。"

"所以最后圣上下旨,由你一个人代替我们京兆府和大理寺合作。我本来还想让袁威他们一起去,让我们京兆府也风光风光,却不想云琰如此行事,无耻啊无耻!"说到这儿,郑槐章叹了口气,伸手想拍宋佳音的肩膀,举到半空想到什么又缩了回去,神情凝重,"好好干,让云琰瞧瞧我们京兆府的厉害!"

想到能有机会亲自去查这么复杂诡谲的案件,且自己或许可以亲手将凶犯抓住,宋佳音内心就不免有些激动。

宋佳音低着头,借此掩住那疯狂上扬的嘴角:"属下会尽力,请大人放心。"

郑槐章沉沉地应了一声。

案情紧急,宋佳音别过郑槐章之后就去找了云琰。经过前两次事件,宋佳音觉得《云中记》实在有用,出了衙门她就先去了一趟南北铺子,买了份铺子里刚出的桂花糕,再往大理寺去。

《云中记》上写,云琰最爱吃的就是这家铺子的桂花糕。

宋佳音被引到云琰办公的独间时,云琰正埋首在案几上看卷宗,陆清然揣手立在他旁边。

见到宋佳音来,陆清然下意识就要走,给这两个人腾地方。

云琰出声把他叫住,将卷宗拿给他,示意陆清然递给宋佳音。

陆清然暗自吸了口气,认命地双手捧着卷宗递过去。

云琰指了指对面的椅子:"都坐下看吧!"

宋佳音道了谢,坐下翻起卷宗。这是昨晚案发之后对被抓凶手荀家二公子荀安的审问记录。

荀安自招与追云有情,追云赎身的银子还是他所赠。二人情浓时,荀安承诺追云赎身之后将其迎入府中。可不料想,誓言犹在,追云拿银子赎身之后,却给自己办了出阁会。

舞姬在出阁会上大出风头,实际上就是为了招郎君为婿。荀安自觉被骗,愤怒中去找追云想要讨个说法,拉扯间,他脑中一片空白,不知道发生了什么,等回过神时,人已经被扣住。

宋佳音捏着纸张的手一顿:"所以荀安也和裴域一样,没有认罪?"

"是。"云琰起身,从桌案后绕了出来,将之前裴域的卷宗也递给她看。

宋佳音低头一页一页翻着,柳眉时皱时舒。

"裴域和荀安皆是被人用药控制了心魄,在众目睽睽之下杀人,之后药效散去恢复正常。"过了一会儿,云琰睨眼盯着宋佳音开口,"这药很厉害,你昏迷也是因为沾上了些微。你之前在春风阁要和我说的,就是这个吧?"

陆清然没料到,也就一天时间,自己错过了这么多,他独自沉默着,视线不断地在两个人身上游移。

宋佳音暗暗吃惊,她是两次人在现场,再加上嗅觉惊人,才大概摸透了这案子的门道。可云琰却只靠目前查到的一些散碎的细节,居然也能推断得八九不离十。

宋佳音满面钦佩之色无法掩饰,眼睛一眨不眨地盯着他,眸底藏了一弯月亮一样,亮得灼人。

云琰喉咙发紧,屈起手指在她旁边的小几上轻敲了一下,欲盖弥彰地提醒:"说话。"

宋佳音回过神,将案发时荀安说的那句话重复了一遍,又道:"房间里放着可供荀安替换的衣服……荀安如果真的按那句话所说回到那个房间,换掉衣衫,将身上染血的衣衫扔到床下面。之后药效失效,他身上没有痕迹,也没有杀人的记忆,那么在他眼里,他就只是到了追云的房间而已。"

说到这儿,她想到什么一样霍地站起来:"荀安呢?"

云琰敛下眼皮:"在你来之前,心悸病发,死在了天牢里。不过他也好,裴域也好,都没有查出有用过药的迹象。"

"不是药,是香。"宋佳音摸了摸自己的鼻尖,因最近用得过多,鼻子有些酸胀,连带着声音也有些闷闷的,"莺歌和追云身上,都有一种很特殊的香气。裴域、荀安身上亦是有香囊,我怀疑这两种香混合便是毒,可诱人失去心智,之后致人死亡。我为了不让荀安逃跑,和他绑在一起,也就是那个时候和他接触很久,身上才沾了那个毒。"

"等到裴域和荀安死的时候,他们从莺歌和追云那里沾染上的香都散了,就什么也查不出来了,只能当成是因情杀人愧疚难当引起的心悸病发。"

她想起追云死之前嘴唇嚅动不知道在说什么,现在看来就是在控制荀安。这方法用得实在是高明,宋佳音不解:"凶手大费周章弄出这案子的目的是什么?"

云琰负手而立,看着窗外随风摆动的树影:"不管凶手是何目的,我们都要阻止这案子再在长安城发生。宋佳音——"

宋佳音一怔。她这好像是第一次听到云琰喊她的名字。

他声音清冽,这三个字在他唇齿间绕转,格外好听。

"我现在需要一个人进舞坊卧底,你……"

宋佳音没有犹豫:"下官愿意去做卧底。"

她还贴心地顺便补充说明:"这案子里下官的鼻子能发挥很大作用,再加上大理寺内,目前应该只有下官一个女官,下官是最合适的人选了。"

这点云琰也知道,不然也不会和郑槐章一唱一和,让宋佳音也参与此案的调查。

云琰还欲叮嘱些什么,宋佳音突然扬起脸,笑意盈盈地看着他。

这熟悉的一幕让云琰指尖发僵。

又来了。

"如果我查不到什么有用的,离开八大舞坊之后大人还是让我继续参与调查好不好?"

八大舞坊早就被查了个遍,她这次也很难查到什么有用的。但她也明白,在没有新的线索出现之前,机械而枯燥的排查工作是查案人唯一能做的。如今朝上朝下那么多双眼睛盯着这个案子,只要有万中之一的希望也要试一试。

但云琰本就不想京兆府的人参与案子,等到宋佳音无功而返后,他很可能以办事不力为由把她踢走。

宋佳音想起《云中记》中,初期"宋佳音"和"云琰"一起办案时,"宋佳音"很担心"云琰"不待见她。所以"宋佳音"每次都带着"云琰"最喜欢吃的桂花糕,再放低姿态恳求,每次"云琰"都无法说出拒绝的话。

宋佳音把之前买的桂花糕呈出来,压下心头涌上来的羞耻,歪着头,眼睛弯弯,低声又黏糊地问了一句:"好不好?"

没几个人知道,看着清清冷冷的云琰其实喜欢吃甜食,最爱的就是桂花糕。

她居然……连这个都知道。云琰想,她果然是对他情深。

那桂花糕甜甜热热似堵在了心口,云琰的喉咙上下一滚,挑眉回了一句:"看你表现。"

春风阁发生了命案,整阁被封,阁中的姑娘受审之后,与案子无关的就暂时被安排进了八大舞坊排名第三的桃邬。

卧底一事宜早不宜迟,云琰那边安排身份,天亮前宋佳音就化名"鸿音"进了桃邬。

桃邬如今人杂,多了一个人倒也并不显眼。

宋佳音此行的主要目的,是查追云和莺歌身上的香。

桃邬里自然也有天机司的暗桩,是在后厨负责来往送饭的韵娘。云琰只和宋佳音说韵娘是大理寺安插的人手,让宋佳音将每日查探的结果告知韵娘,再由韵娘传出来。

第三日的夜里,韵娘就匆匆从桃邬离开,敲开云琰的家门。

天机司的人无事不上门,云琰眼中冷然划过一道光芒:"出什么事了?"

韵娘道:"鸿音姑娘失踪了。"

第三章 以下犯上

（一）

因着春风阁的姑娘们被安排进桃邬也需要时间，是以这两日桃邬只留了几个擅唱曲的姑娘在大堂内招呼，并不留私客。宋佳音自从到了桃邬之后不用应付什么外人，偶尔到处转一转也并不显眼。

宋佳音来之前，云琰为她准备了一个包袱，里面除了一瓶有祛毒作用的药，还有春风阁与桃邬的详细地图。

每到一个地方，宋佳音便用自己的嗅觉去判断有没有异常的气味。韵娘过来送饭时，宋佳音就将已经确定没问题的地点标出，由韵娘带出去。

考虑到桃邬现今人员杂乱，宋佳音又要潜藏好自己，不能暴露，排查起来相对困难。云琰给了宋佳音十日，是他能为这个案子争取到的最长时间。十日后如果查不到，云琰会派兵再去重点搜查剩下的地方。

"今日午时，属下照旧去送饭。平日里这个时辰，鸿音姑娘知道属下会来，必定是在房中等着的，可今日属下进去，她却不在。属下又等了一炷香的时间，她还是没回来。为免耽搁太久引人怀疑，属下只好把饭菜放下先回了厨房。之后每隔一个时辰，属下都去看一眼，整个下午都没见鸿音姑娘的人影。属下怕事情有变，只好来告知指挥使。"

云府书房的灯点起一盏，秋分时的风凉意更甚，却凉不及云琰眉间凝结

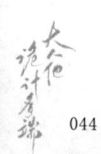

的冰霜。

韵娘心颤了几下，不敢再多言，静静立在一旁。

天机司的暗桩有规矩，潜入哪里之后就要忘记本身，只记得当下身份。她既入了桃邬做厨房的厨娘，那在这个身份还有用之前，她就不能离开桃邬。

可如果这事不及时告知指挥使，那鸿音姑娘很可能就会没了命。

韵娘入桃邬三年，这还是第一次牵扯进有关性命的案子里。韵娘纠结半晌，才下定决心来这一趟。

云琰的指尖顺着地图上的笔迹游走，眉头不自觉皱得更紧。这短短三日，地图上的痕迹就留了这么多，不难看出宋佳音到底有多心急，想自己查个清楚明白。

云琰收了手，淡声问："这三日鸿音姑娘有和你说过其他的吗？"

韵娘怔了怔："指挥使指的是……"

"和案子无关的事情，譬如一些家常的闲聊。"

韵娘略想了想，应道："鸿音姑娘问过属下的家里事，属下自然不能说出真实身份，就告诉了姑娘'桃邬韵娘'的身世。之后姑娘说不喜欢吃腌过的腊肉，属下帮她换过。除了这些，应该就没了。"

云琰皱紧的眉缓缓松开，掀眸看她："天机司的规矩你知道，不过这次念在事出有因就算了，下不为例。"

如此轻易放过，韵娘不免大喜过望："多谢指挥使。"

云琰的眼又放回地图上，淡声道："你先回去。"

韵娘迟疑了下："……那鸿音姑娘？"

云琰道："这事我自会处理，你不必再管了。"

韵娘这才放下心来，趁着夜色还浓时悄然离开。

云琰又看了一会儿，将地图卷了起来搁到一旁，翻出几本卷宗，拿起还在燃着的灯烛走到南墙处，掀开挂着的字画，敲了几下墙面，那道暗门应声而开。

郑槐章是被吓醒的。

他平日里除了数银子，最大的爱好就是睡觉。为了让自己能第一时间被指挥使找到，郑槐章还特意将暗门设在了自己的卧室内。

早年在天机司的时候,因着经常会夜里出任务,他总睡不踏实,在任京兆尹初期还保留着这个习惯,不过后来他渐渐发觉,指挥使从来不会在休息时找他,他这才在夜间彻底放松下来,睡上安稳觉。

郑槐章睡得格外沉,沉到都没有发觉那道久没打开的暗门被人开启,沉到身体被人推了几个来回还没有醒过来。

等到一阵疼痛从肩膀袭来,他才猛地睁开眼坐起来。

灯烛照亮来人的脸,是面色青白到有几分阴森的云琰。

郑槐章被吓得彻底清醒,一下从榻上跳下去,胡乱地套着鞋,嘴上说:"指挥使怎么这个时辰过来了?"

云琰笑了笑:"打扰你睡觉了。"

"不打扰,睡太多容易变傻子,指挥使这是为属下好。"郑槐章最怕云琰这副笑起来的样子,还不如冷着脸呢,笑得他背后凉飕飕的。

他倒了一杯茶递过去:"指挥使有事?"

"这两日我不会上朝,禹王若是在朝上再挑弄些什么事,你看着处置。只一条,这案子一定要握在大理寺和京兆府手里。"云琰将卷宗递给他,"你尽你所能就是。"

郑槐章琢磨出不对劲儿来:"宋佳音那边出事了?"

最近云琰的不对劲儿或多或少都和宋佳音有点儿关系。郑槐章也就是那么顺口一问,没想到云琰真的点了头:"她失踪了。"

"那指挥使是想去桃邬找宋佳音?"郑槐章皱了皱眉,觉得不妥,"还是找下面的人去吧!"

"我必须要去。"云琰饮了一口茶,茶水凉凉的,却压不下他体内沸腾的躁郁。

郑槐章还要再劝,云琰放下茶杯,眸底暗色一片:"既然是我派去的人,自然要我来找回。"

相处几载,郑槐章深知云琰做什么都有他的道理。郑槐章也不再多说,只叮嘱了一句"小心"。

云琰走后,郑槐章也没什么心思睡觉了,他去了书房拿起之前写了一半的验尸册子。

这几年他能亲手验尸的机会不多,手痒得厉害时就只能回味一下之前的验尸经历，还是云琰提议让他写一本册子出来，既是记录过往，也能流传后世。

若能有仵作从他的册子中找到验尸法门，拨乱反正，为冤假错案翻案，也是功德一件。

天黑之前，郑槐章已将裴域案的验尸过程写了一半，眼下有云琰新送来的卷宗，他蘸墨悬笔，续着之前的写下去。

裴域的死因是中毒香引发的心悸，尸体表象和正常的心悸病发一般无二，若不是宋佳音当时在现场发觉那死了的莺歌身上有异香，怕是这世上就再没什么可证明裴域之死另有蹊跷。

所以不管是活人的话，还是尸体的"话"，都有可能是谎言。

莺歌的尸体经之前的仵作检验死因是一刀毙命，之后被大火焚毁什么也不剩，郑槐章没有机会再验。不过之后追云的尸体他验过，只是毒香自骨血里散了之后什么也没留下，从尸体的表象看就是被人推下楼摔死的，所以就算他能验莺歌的尸体，怕是也验不出什么。

郑槐章看着自己记的几行字，有些自嘲地摇摇头："验出来的都是凶手想让我验的，我想验的都验不到。"

他说着，双眸突然一凝，想到什么一般霍地站了起来。

他仔仔细细地将之前的验尸结果翻了几遍，耳畔回荡着云琰的那句话——"你尽你所能就是"。郑槐章坐立难安，待到天光熹微时，他立刻换好朝服先上京兆府，嘱咐刚来上衙的袁威和归婉，带人先到大理寺府衙内安放尸体之处守着。

去对家衙门里，还带人去？

怎么去？为什么去？

二人一头雾水，郑槐章也来不及解释就去上朝了。

吏部呈上大理寺卿云琰的告假条，言道大理寺卿查案时染上风寒病倒，今日同样没来上朝的还有丧子的禹王。

吏部刚一说完，果然如云琰所想的那般立时跳出一个人来，却不是之前一直为裴域之死到处狂吠的那几条禹王的狗腿子，而是朝中难得不参与党争的清流文臣、翰林院的学士王文齐。

"现如今长安城内外都在讨论这案子。民心浮动，向来是历朝祸乱之始。云大人病得实在不是时候，然案子不能再耽搁下去，还请圣上另择人选。"

年轻的帝王有些为难:"云爱卿不过是感染风寒而已,有个几日便好。若是突然换人,交接案情也需时日……"

王文齐继续道:"臣听闻京兆府也参与了这案子许多,若是由京兆尹先代替云大人去查,想来交接案情也不会太费时间。"

郑槐章那是谁,那可是云琰头号死对头。

郑槐章一直不显山不露水,想来要比云琰好对付很多。

此言一出,禹王的几个党羽交换眼色,俱是出言附和王文齐。

年轻的帝王扫了一眼不动如山的郑槐章,心里发笑,面上却丝毫不显,颇为勉强地叹了口气:"那只能如此了。郑爱卿先查个几日,等云爱卿病愈再一起查。"

郑槐章拱手:"臣遵旨。"

短短时间内云琰就已经安排好了一切,让自己顺理成章地接手案子,郑槐章心里对云琰的敬佩程度陡然又升了几个台阶。

下了朝,郑槐章立时拔腿就走,没给任何人留同他说一句话的机会。

出了浮图门,郑槐章直奔大理寺。

郑槐章领的是圣旨,来大理寺办的是公事,大理寺守卫不敢不放行,只是他越往里走,吵吵嚷嚷的声音就越清晰。

"男子汉大丈夫,欺负小姑娘算什么本事!"这是袁威的声音。

回答的男声很郁闷:"我什么时候欺负她了,我还没伸手呢!"

"你没欺负她,她怎么哭了?"

袁威话一落,随之响起的是一阵女子哀婉的哭泣声,是归婉。

上峰的命令不管多离谱都得想办法去办,既然郑槐章说要他们来大理寺守着放尸体的地方,那他们一定得来。打不过大理寺的人,就要想些野路子了。

这是宋佳音教他们的。

于是,归婉负责碰瓷孟随,袁威负责胡搅蛮缠,一行人浩浩荡荡的,总算是带着人闯了进来。

"郑大人。"袁威看到郑槐章,明显松了一口气。归婉的哭音也跟着一滞,她哭得红肿的眼睛里还包着一包泪,看着分外可怜。

郑槐章见不得女人哭,顺手递过去一张帕子做安抚,随即背着手一脸深

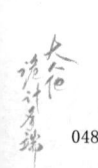

沉地看着孟随。

孟随一张英武的脸涨得通红,手都不知道该往哪里放,简直是有理也说不清:"我、我……郑大人,我真没有……"

"有没有的日后再说。云大人染病,圣上命本官暂代云大人查案。现下本官要再验追云的尸身,速速带路。"

大理寺人俱是一惊,有人不满地嘟囔:"要查也应该是我们大理寺的人代替云大人,哪轮得到……"

"圣上的命令也敢置喙!"孟随呵斥一声,转头抱拳对着郑槐章一礼,"下官领郑大人进去。"

郑槐章点头:"有劳了。"

自上次大理寺起火之后,存放的尸体被暂时安置在值房后面的院落,每日守卫四班倒,两队交班时会有第三队在一旁,确保每日十二个时辰内都不离人,以防再出问题。大理寺的规矩,尸体验过后家属可领走安葬,因着追云并无家人上门,再加上案情诡谲,云琰便做主将尸体一直留存在大理寺。

一进门,扑面而来的腐烂气味直冲天灵盖。有人闻到这个味儿几欲作呕,郑槐章面色却分毫不改,径直走到追云的尸体旁。

孟随紧跟其后,将蒙着的白布一把扯开,一股更浓的腐烂气味迎头打过来。孟随屏住呼吸,待喘过那一口气后,眼睛愕然瞪大:"这……这是怎么回事?"

追云的身体已经开始腐烂,可那张脸却丝毫没有变化。

她嘴角微弯,面容倾城,鲜活得仿若下一刻便能如常地翩然起舞。

郑槐章的指尖顺着她的下颚向下摸索,却并没有人皮面具的接口,他收回手,神情肃穆。

莺歌也好,追云也好,明明是在众目睽睽之下死去的那一个,可在案子里却仿佛只是陪衬,甚至像隐身一样。所有人的目光都放在禹王世子裴域和荀老将军之子荀安身上。

这一刻郑槐章已经明白,云琰将大理寺这一摊也交给他,不只是因为他是天机司的副指挥使,更重要的,他是个仵作。

尸体有秘密,只有他,可以"倾听"。

"郑大人……"

郑槐章回神,吩咐道:"劳烦孟统领将这里的其他东西都搬出去。袁威,回衙去取我的工具，我要重新验尸。"

"是，大人！"

（二）

夜深风静，春风阁的姑娘们安顿好之后，桃邬在这夜重新挂灯迎客。

春风阁连着死了两个姑娘，这事怎么都透着邪门。桃邬的老鸨焕娘为免出事，并不敢真的让春风阁的姑娘们迎客。饶是如此，还是有诸多客官慕名而来，要点春风阁的姑娘作陪。

裴域风流无羁，倒在女人手下就算了，荀家二公子荀安那可是名声在外的高洁，居然也被春风阁的姑娘拿捏在股掌之间，可见春风阁的姑娘有多迷人心智。

银子如海一般砸下去，焕娘终是松了口，不过也只敢让春风阁的姑娘们在大堂作陪。

一时间，桃邬大堂内丝竹萦绕，处处靡靡。

那乐音穿过层层叠叠的轻纱帐幔，穿过拥挤的大堂，传到后院西边的一处角楼里，就只剩下了一丝残音。

宋佳音耳朵动了动，仰头看向楼顶，面色哀婉，那双惯来灼亮的眼睛里此刻一片死灰般的沉寂。

旁边的姑娘将食盒里的饭菜收拾起来："你应该知道，如果今夜他再不来，你会有什么下场吧？我们这里是不要没有利用价值的人的。"

"自然是知道的。"宋佳音扭过脸，诡异地笑了一下，"可就算我死，我也要拉着他一起！"

"他骗了我！他负了我！"宋佳音突然神情激动，脖颈的青筋都突了出来，"他说好只要我帮他办事，他就会娶我，可最后呢？他把我卖到这种地方……凭什么他可以仍在高位锦衣玉食，我却要在这里受尽凌辱，我做错了什么！"

"好了好了。"姑娘安抚地拍着她的脊背。

慢慢地，宋佳音的情绪才缓和过来，眼皮沉沉的，将睡未睡。

那女子将宋佳音放到一旁躺着，自己带着食盒轻手轻脚地离开。

门一关上，宋佳音的眼睛立刻睁开，眼神清明，没有半分的倦怠。

她捏了捏鼻尖，因为长时间闻着那股香，鼻子酸胀难受得厉害，云琰给的药丸所剩不多，如果云琰再不来，她就真的要交待在这儿了。

三日前，宋佳音按照和云琰商定的，卧底过来探查，一个地方一个地方地排除。虽然她知道此行能查到线索的几率不大，但一连几日一无所获还是让她倍感沮丧。

就在宋佳音苦恼的时候，她突然在后院看到了一个人。

那是个看着年岁不大的小姑娘，穿着并不合身的粗布麻衣，瘦小的身体艰难地拎着一桶泔水往外走。宋佳音脑海里闪过一张有些模糊的脸，提步就跟了上去。

小姑娘一路踉跄地抬着水，顺着蜿蜒的小路往后门走。泔水车停在门外，她打开门闩，抬着泔水走了出去。

宋佳音放轻脚步跟过去，手微微推开门往外看。

却不想猛地撞进一双含笑的眼中，小姑娘站在车边，正盯着她："宋捕快，许久不见了。"

对需要和人打交道的捕快而言，记人算是基本功，但这小姑娘乍一看觉得有些熟悉，可五官组合在一起却又陌生，她想了半天也没想起来是谁。

此刻听对方开口，宋佳音才敢确定——居然是当初在山庄拦住她，将消息卖了两头的那个线人。可对方的脸，分明和那时的不一样了。

宋佳音心下骇然，转瞬间就已经断定，此人十有八九和案子有所关联，甚至从她找上自己和大理寺开始，就是有目的的。

身份暴露，危险逼近，宋佳音轻功超群本可一走了之，可好不容易抓到一点儿蛛丝马迹，要是就这么走了，机会就再难寻了。

打定了主意，宋佳音伸手将门推开，看着小姑娘缓步走向自己，没有泔水异味的掩盖，那股异香此刻才隐约散了出来。

宋佳音鼻尖一动，随即屏住鼻息。

既然不想走，那就得编一个像样的理由，来解释她为何会出现在这里。宋佳音想起《云中记》里有一幕，是"宋佳音"误会"云琰"和别的女子幽会，进而伤心欲绝。

她眼睫下垂，泪珠瞬间滑下，声音喑哑："别叫我宋捕快，我已经不是京兆府的捕快了。我现在，是舞坊里的鸿音姑娘。"

小姑娘神色不明地打量宋佳音，宋佳音恍若未觉，扶着门的手无力地垂下：

"我被他调出京兆府,本以为……就此能留在他身边,谁料到转眼就被他送到了这里……"

小姑娘的眼里显出几分诡谲的亮光:"'他'是谁?"

宋佳音默了默,半响才极是艰难地从嗓子里挤出那个名字:"云琰。"

这又是一个负心人的故事,在宋佳音的演绎下,这个故事里的自己凄惨无比,云琰则是负心薄情。

他们相识很早,暗中有情,云琰让她在对头衙门内监视一切,如此才让大理寺与云琰名声大噪。云琰承诺今年将她调到自己身边,之后二人便会成婚,白头偕老,再不分离。

可谁料,她前脚进了大理寺,云琰后脚便提要求要她进入桃邬,利用自己的美色拉拢他看中的朝臣。

她痛苦不已,不肯答应,云琰丧心病狂地将她迷晕,送到了桃邬。

这时她才知道,云琰对她只有利用,从未有情。

"也是,人家是堂堂国公府的世子,是九天之上的金鹏,我只是乡间的燕雀……他怎么可能真的对我钟情,是我太傻。"宋佳音想起那本已经被她翻到泛黄的《云中记》,此刻庆幸它没有完结,给了她一些编造的空间。

"即使他这么对你,你还是没有什么反抗的余地。"小姑娘一步一步,走到宋佳音跟前,她身上那股异香缓缓地氤氲出来,迷惑人心。宋佳音的眼神逐渐变得茫然。

"你不听他的话,他不会放过你,最后他只会想办法灭你的口。可即使他杀了你,以他大理寺卿的身份,也能轻易地将事情掩盖。"

"可凭什么呢?

"凭什么受害者要受尽凌辱,死不瞑目,就算是死之后,也并没有几个人会记得你。你的性命,轻如草芥。"

"你想不想,改变这一切?"

小姑娘颜色偏淡的唇一张一合,发出的声音似昊天庙宇间的神祇之音。

宋佳音愣愣地点头:"我想。"

"可想改变,是要付出代价的……这样你还想吗?"

宋佳音表情木然,仍然是那两个字:"我想。"

"我姓'林',叫我'林姑娘'吧!"小姑娘这时才笑起来,"我会帮你,我们都会帮你的。"

那之后,宋佳音就被带到了这处角楼里。她之前来过角楼附近,并没闻到什么异味,进入后才知道,这里面另有地道。因为有地面隔绝,所以她在外面才没有察觉到什么不对劲儿的地方。

一整晚林姑娘都没再出现,宋佳音一直吞药丸来抵御那迷惑心智的香,她知晓林姑娘肯定会去查证自己说的话的真伪。为了让一切显得更真实,她把韵娘是云琰线人的事情也透露了出去。说自己帮云琰拉拢朝臣,韵娘是监视自己的人。

这几日,她试探过韵娘。韵娘经历过困苦,本性良善,再加上对云琰明显惧怕,这夜韵娘见不到她,自然会有所行动,或许是和云琰联系,又或许是直接去找云琰。不管如何,只要林姑娘能确定韵娘和云琰有关系,那自己的话自然就变得可信了。

直到翌日天光大亮,林姑娘再回来,告诉她,让她写一封信给云琰。云琰接到信后今夜如果来了,林姑娘才会答应她的条件。

这时,宋佳音才隐隐感觉到,自己为了圆"桃邬鸿音姑娘"身份说的那些话竟然歪打正着,正中了林姑娘等人的心思。

权贵之子性命不再,身败名裂。风尘舞姬魂断消亡,不存于世。

如今的鸿音姑娘,和世子云琰,就是下一个莺歌与裴域、追云同荀安。

她在信里写自己的相思之情,邀他今夜前来相见。她刻意写得幽怨又缠绵,任谁看都觉得两个人情深似海。云琰明察秋毫,这封莫名其妙的信再加上韵娘的话,他一定能察觉出怪异之处——她出了事,需要人来。

只是宋佳音担心的是,来的或许不是云琰。毕竟云琰没有必要为一个其他衙门的人来这里冒险。

想到这儿,宋佳音叹了口气。掩住的门在这一刻被人推开。

她装成目光呆滞的样子,仰头继续看楼顶。

林姑娘去而复返,手温柔地摸着宋佳音的墨发:"他来了。距离你完成你的夙愿,越来越近了。

"一会儿你见到他,把这个送给他,让他戴在身上。

"告诉他你会按他说的做,但你只会把得到的消息告诉他一个人。

"只要他在桃邬里对你一个人有情,你就还像从前那样,什么都听他的。"

宋佳音缓缓地点点头。

林姑娘轻轻地笑了："好姑娘，去吧！"

桃邬二楼北侧的房间外，也如外面大堂那样，挂起了红灯。这代表着这间屋子今夜有客人，外人不会踏足。

云琰坐着饮完一杯茶，门口才有了动静。

宋佳音推门进来，云琰将茶杯放到红花梨木的桌面上，发出一声轻磕声。

他脊背笔直，光看背影就知其不近人情。宋佳音的心颤了一下，知道他是不满，甚至说是恼怒她的所作所为。

宋佳音几步走近他，唤了一声："大人。"

云琰刚刚好不容易压下去的火腾地以燎原之势再次烧了起来，声音也有些压不住："你——"

下一瞬，纤细的双臂突然从他的脖颈两侧探出来，馨香的身躯霎时贴了过来，从后面将他轻轻地环住。

云琰的脊背猛地僵住。

如此以下犯上，这世上还有谁能比她更胆大包天？

云琰想出声呵斥，可宋佳音像是猜到了他要做什么，先一步探出手，直接将他的嘴也给捂住了。

"下官不是故意冒犯大人的，林姑娘肯定就在不远处。"她柔软的唇轻轻擦过他的耳垂，声音就贴在他的耳边响起。

云琰明白她的意思，默念了几句少年时为了静心读的经文，将神思拉回平日的冷静。宋佳音察觉到了云琰的妥协，才慢慢收回手。

"你那信是什么意思？"云琰出声，不自觉地配合她压低声音。他的声音素来清冽，此刻刻意下压，哑然低沉，是另一种好听。

他从韵娘那儿得知宋佳音失踪的消息，安排好一切就打算亲自过来找人。可还未出发，韵娘去而复返，带来了一封信，说是从宋佳音梳妆的桌案边发现的，是宋佳音写给他的。

云琰拆开信，第一句是"吾爱云琰"。

云琰后脖颈的汗毛都竖了起来，正与此时此刻一模一样。

宋佳音尖尖的下巴往前靠了靠，抵在他的肩颈处，声音听起来有些发闷：

"八大舞坊里应该有一个组织,莺歌、追云,都是这个组织里的人,还有之前在郊外山庄里的线人林姑娘。"

云琰扭过头,因着宋佳音之前的动作,他这陡然一转身,与她的面颊只有分毫之距。

那股扑面而来的沉水香让宋佳音一怔,瞳仁跟着发僵,《云中记》里的"知识"在方才陡然靠过来的云琰面前毫无施展之地。

随即,她反应过来,往后稍退了退,有些无措地垂着眼,声音也变得磕磕巴巴,将自己编的瞎话简要说了。

当然,略过了《云中记》这一段。

"就……就差不多是这样……既然是卧底,那必定是要卧在凶手身边才行……"

云琰有些一言难尽,视线重新落到她身上,很轻易地看出她面颊上泛起的桃色,羞怯又惊慌,仿佛是因他刚才的靠近而有的变化。

这一瞬间,像是不知道从哪儿飘来了一场及时雨,将云琰心头烧起来的火陡然浇灭。

她这般费心费力,连名声都不顾了,如此豁出一切地做事,不过也是为了他。

他还怎么能狠得下心指责她擅自行动、胆大妄为呢?

但该有的敲打还是要有。云琰面色沉沉,冷声训了一句:"下次再敢私自行动——"

宋佳音立时打蛇随棍上,缩着脖子接口:"不敢了不敢了,以后云大人说什么我听什么。"

听她这么说,云琰的面色这才和缓下来。见窗外人影已经不在,宋佳音从他身上起来,立在他身侧,是一个恭敬的距离。她低着头刚要说什么,那黑影出人意料地再次出现,紧跟着,她腰腹处搭上一只有力的手臂,往回一拉,她便跌坐在云琰的腿上。

"别乱动。"大手在她腰肢处微微用力按了一下,这次云琰倒是淡然,"就这样说吧!"

案子要紧,宋佳音也顾不得别的了,僵着后背窝在他臂弯里,二人低声密语。

从门外看,倒真的像是一对缠绵的璧人。

林姑娘收回目光,顺着木楼梯缓缓走下去。

大堂内来寻欢作乐的人不记昨日难,不知明日苦,只愿醉今朝。

(三)

时入深夜,桃邬内丝竹声不歇。

桃邬如今不留客,说完了事之后,云琰便要离开。

临出门前,云琰看了一眼宋佳音,不想正对上一双灼灼注视他的眼。宋佳音似是没料到他会回头,还来不及掩盖眸中的想法,匆忙低下了头。

可云琰是多锐利的人,将她刚才那眼中的眷恋瞧得一清二楚。

想她一个人在桃邬内要掩藏身份,还要调查,可谓是深入龙潭虎穴,危险至极。她思念他,想多看看他,也无可厚非。

云琰眸光微动,折身走了回去,坐在桌边,道:"再待半个时辰再出去,我走得太急,也容易被人怀疑。"

许是他意外留下的这份惊喜超出她的承受范围,她一时僵在原地没有动作,云琰好心地道:"站那么远做什么,过来坐。"

宋佳音这才像回过神来,走过来坐到了他的旁边,过了一会儿,她掀开眼皮偷偷地觑了他一眼。

云琰自己给自己倒了一杯茶,抿了一口,淡声问:"在想什么?"

宋佳音支吾了一声:"下官在想这个案子。"

云琰听出她的死鸭子嘴硬,也不拆穿,顺着说了一句:"想问什么便问。"

宋佳音沉默了一会儿,转了个身朝向他:"下官一直以来都是负责追捕拿人的,追到人之后剩下的,就和下官没什么关系了。这还是下官第一次和疑犯待一起这么久还没抓人的……"

从前无论是在地方上,还是在京兆府衙,她抓完人之后都不参与刑讯,等案子结了之后有时她会看一眼卷宗。那上面会写明犯人的罪行、作案手法、时间,但具体怎么查到的几乎少有提及。

和林姑娘相处越久,宋佳音心里的疑团就越大。眼下云琰这么个经验丰富的查案高手就在身边,她忍不住想和他讨教,今日她几次盯着云琰就是想问这个,可又不知道怎么开口。虽然如今两个人办一个案子,但毕竟衙门有别,云琰不见得会把自己的分析结果告知于她。

宋佳音顿了顿,继续说:"下官有些好奇,但凡杀人者,无非为情为钱为权或者为仇,大多有个行事的理由。林姑娘操纵舞姬以身为饵,引那些权贵公子上钩,最后双双殒命,那她的目的是什么?

"若是为钱为权,人死了谁拿钱给她、谁用权为她做事?为情……裴域、荀安和她有没有什么过往我不清楚,可她此次挑中的是云大人。云大人醉心公事,从不沉醉于儿女情长,这是满长安城都知道的,怎么可能会和她有过什么情……"

听她一派笃定之言,云琰缓慢地眨了一下眼睛。

他想,她怕是因此才藏着自己的心迹一直不敢言。因为就算说了,也不会有什么结果,反而会给他徒增些烦忧。

她倒是个知进退的人。

宋佳音迷茫得很:"所以为情也说不通……为仇也是一样,裴域和荀安做过什么我不知,云大人肯定不会跟她有什么关系。可看林姑娘这行事作风,分明是花了很大心思,并不是随机杀人。她究竟是有什么目的啊?下官真是百思不得其解……云大人,你说呢?"

听她唤自己,云琰顺口"嗯"了一声:"你说得对,我确实没和她有过什么情。"

宋佳音沉默了片刻,"啊?"了一声。

云琰意识到自己说了一句奇奇怪怪的话,皱了皱眉,话锋一转道:"禹王和荀老将军并没有什么交集,裴域和荀安除了都和春风阁的姑娘有过一段过往,也没什么其他的相似之处。"

"裴域和荀安都是被春风阁的姑娘抛弃,因爱生恨,你与我……"云琰说着停顿一下,又继续道,"在你的造谣之下,和他们刚好反过来。"

宋佳音尴尬得脸一红,轻咳一声道:"目前看,一是权贵之子,二是与之有情的舞姬,这二者算是凶手挑选对象的标准。所以,还是那个问题,为什么呢?"

云琰并没有回答她这个问题,而是反问:"在你眼里,林姑娘是个什么样的人?"

宋佳音摇摇头:"是个看不透的人。我不知她的姓名,也不知她的目的,甚至连她本来长什么样，我也不知道……她好像是一团迷雾，我看不到她的过去。"

云琰说："但凡是人，皆有过去。没有过去，何谈现在。"

这一句话直中了宋佳音心底的某处隐秘，她一瞬间沉默下来。

室内静得发冷，云琰发觉自己有些受不了和宋佳音在一起时突然的沉寂，出言叫了她一声："宋佳音。"

宋佳音应："嗯？"

"不管之后事情成不成，记住一点，保你自己的命。"云琰的声调陡然压低，语气很重，"拿你自己性命去冒险的事，不许再有下一次。"

宋佳音被他话里的沉重震得眼皮跳了跳，怔怔点头："我知道了。"

待她翌日醒来，身边已经没了云琰的身影。

和他一起不见的，还有林姑娘嘱咐她送给云琰的香囊。

他们的计划，是将计就计，在林姑娘指使宋佳音动手行凶的那一日行动。

香囊里的东西可以换，这倒是容易，麻烦的是要怎么圆她造谣的那个"帮云琰拉拢看中的朝臣"。

既然是云琰需要拉拢的，那肯定得是明面上跟他没什么交集，甚至是敌对的朝臣。

云琰要对方来帮忙这事本身就很难，挑的这个人选必须慎之又慎，才不会坏事。

如果这个谎圆不上，林姑娘也不会信他其他的话。

宋佳音在楼里待了一日，在黄昏时分等来了一个人。

一壶凉茶被一口饮尽，青瓷的茶壶重重地落在桌上，壶盖都跳了三下，昭示着来人的愤怒。

郑槐章脸色铁青，咬牙切齿："我居然要上这种地方来，我的一世清白，就这么被云琰那个狗东西给毁了！"

郑槐章确实是云琰敌对的朝臣，这一点长安城无人不知无人不晓。

且郑大人也任职于三法司之一的京兆府衙门，本身就有协理查案的职责，是一定会尽全力帮忙又不会坏事的人。

这世上确实也没有谁比郑槐章更适合了。

宋佳音给郑槐章续了一杯茶，温声开解道："大人这也是为了朝廷为了百姓,他日抓到凶手,圣上一定会记得大人的功绩,大人也可在朝堂上扬眉吐气了。"

郑槐章喘出一口气,接过茶又抿了一口,面色已经缓和过来:"也是。"

郑槐章虽说和云琰不对付,但正事当先,其他的恩怨都得先放在一边。

在宋佳音看来,他明显是已经和云琰通过气的,她在桃邬发生的种种他都知晓,倒也省了她再解释的麻烦。二人简单说了一下要做的事,也就是顺着演一下。

过几天,郑槐章还要和云琰演一场"宿敌和好"的戏码。

"我知道要大人和云琰演关系好太为难大人了,不过为了百姓,为了苍生,大人就先委屈委屈。"

郑槐章沉重地点头,面上一派正义凛然之色。

他心想,这么一来,以后他和指挥使是不是都不用地道联络了,直接上门就行了?

郑槐章放下茶杯,拉长声音叫了一声:"小宋啊!"

"怎么了大人?"宋佳音看过来,一双眼里写满了好奇。

郑槐章的声音不自觉地放轻:"我又去验过追云的尸体。"

宋佳音的眼睛霎时更亮:"大人有别的发现?"

"追云的脸上涂过药,更改了原本的容貌。那药并不是中原的东西,我这儿没有解药,就算有解药,她真实的容貌这个时候也辨不出了。"

"更改了容貌……林姑娘如今的样子和我曾在山庄看到的也不甚相同,应该也是用了这种药。"宋佳音顿了顿,"舞姬以貌为生,追云换一张好看的脸也很正常,可如果只是为了留住荀安,那从一开始就找容颜姣好的女子就好了吧?何必这么麻烦?除非这件事只有她能做,她易容是为了掩盖原本的面容……难道她和荀安一早就认识?"

宋佳音被这个猜测震撼到,郑槐章点点头:"很有可能,不过也不能确定,毕竟莺歌的尸身已被烧毁,而现下被挑选的你,也并没有涂这种药,很难说更改容貌是这个连环案子里共通的条件。不过我们已经安排了人专门朝着这个方向查,去事无巨细地查荀安之前所有的事。"

宋佳音以为他说的"我们"是京兆府和大理寺,并没有什么信心:"荀安一向不怎么与人多往来,怕是很难查到什么有用的……如果能有……"

剩下的话被她咽了下去。

京兆府和大理寺一向重证据,之前荀安并没有涉过什么案,两个衙门自然也没有理由跟踪调查他。既然调查都没有,何谈查到多少线索?

宋佳音想到了另一个衙门——天机司。天机司刺探京畿情报,在各朝臣家中皆有暗桩,荀老将军家必定也有。如果能有天机司帮忙,必定能事半功倍。但天机司只归圣上统管,又素来行事狠辣,朝堂衙门个个对之畏惧如虎,避之唯恐不及,生怕被天机司盯上。再说就算大着胆子去请,天机司也不可能给谁这个面子。

她居然有这么个心思,她还真敢想。

郑槐章听她话只说半句就停下,好奇地问:"能有什么?"

宋佳音摇摇头,甩掉那个胆大包天的想法,笑了笑说:"没什么。"

郑槐章眉眼间鲜见地浮现出阴狠之色:"放心,肯定能查出些什么的。"

宋佳音没注意到他神态的变化,只把这当成是自家上司的"挽尊"言论,跟着附和了两句。

二人又对坐了一会儿,郑槐章看时间差不多了,起身要走。

临出门前,他突然想起一档子事,回首扫了宋佳音一眼。

那一眼里的内容格外丰富,有怀疑,有好奇,还有些得意。宋佳音摸了摸自己的脸:"怎么了大人?"

郑槐章眯眼笑了笑,像是只老狐狸:"没怎么,想到你这样的人才是本官一手挖掘出来的,不免有些高兴。"

说他一手挖掘出宋佳音,这话倒是不假。

宋佳音之前一直在地方府衙做捕快,虽说也可以通过考核,调到长安城来,但每年入职名额很少,大多数得由人举荐才能有机会进入长安城的衙门。宋佳音的考核成绩连着三年都是第一,却一直没能入职长安城任一衙门,后来是郑槐章无意间看到了宋佳音的考核成绩单,亲自敲定她入职京兆府。

如果不是郑槐章,她此刻可能还在地方府衙。

宋佳音拱手一礼,郑重道:"大人对属下的知遇之恩,属下不敢忘。但凡大人有吩咐,属下上刀山下火海,万死不辞。"

之前她虽然也想进神探司,但最终还是决定留在京兆府以报答郑槐章的提携之恩。还是郑槐章一次醉后来找她,让她有时间准备准备神探司的考试。

郑槐章的原话是:"与其让你留在京兆府捉贼抓赌,不如去神探司发光发热。你去努力,到时候扬名长安时我还能沾沾你的光。"

郑槐章自始至终都是个好伯乐,乐得送手下人走得更高,更远。

郑槐章摆摆手:"上刀山下火海可谈不上,以后帮我说句话就行。"

宋佳音能让指挥使这么上心,日后他万一得罪指挥使,说不定有靠她救命的时候呢!

宋佳音不解,郑槐章也没再说什么,故意将衣襟弄得凌乱一些,之后推门走了出去。

之后一连三日,郑槐章都来宋佳音这儿,二人关上门喝酒聊天。三日之后,有人在夜色朦胧时,撞见郑槐章从云琰家的后门出来,行踪有些鬼祟。

翌日朝堂之上,就有人议论此事。

郑槐章的理由倒是很合理:"云大人身体还未好,有关案子的一些事情我需要亲自问他,所以才上了门。"

但他说话时眼神闪躲,大有心虚之态。朝堂上的人都有八百个心眼子,说一句话绕八百个弯儿,郑槐章这套辩解落在他们眼里显得格外苍白。

他们断定,郑槐章和云琰一定有不可告人的秘密。

这夜,郑槐章没有再来桃邬,来的人是云琰。

门打开时,高大的男人便急不可待地一手将娇柔的女子搂在怀里,抬手将一朵新开的花插进女子发间,眉眼轮廓极尽温柔,嗓音低淳又缠绵:"好鸿音,这次多亏了你……"

说完,他似才想起来门还未关,另一只手压过去将门关上,转身间可见腰间挂着的精致香囊。

两人缠绵的身影落在窗纸上,摇曳着又远去,直至从外面再也看不见。

房间内,宋佳音的额角还抵在云琰宽厚的肩膀上,声音低低闷闷的:"后日辰时二刻,我要在大堂的舞台上跳舞,林姑娘定的行动时辰,就在那时。"

"嗯。"云琰应了一声,低眼见她还保持着那个姿势不动。

她身量比自己矮不少,此刻低着头,那一段弧度像是蝴蝶一样孱弱,透着一些莫名的低落与悲戚。

在云琰的印象里,宋佳音总是不怕伤痛一般冲在最前面,即使她是个身量比他矮上不少的女子，他也没想过有一天会用"孱弱"这个词来形容她。

"你……"云琰顿了顿，声音低下去，"怎么了？"

"没怎么。"宋佳音抬起头，冲他笑了一下，"可能是马上要行动了，有些紧张。"

察觉云琰探究的视线还在自己身上，宋佳音转身跳上床，将被子拉高，含糊地打了个哈欠："这几日都没睡好，云大人，我先睡啦。"

本来宋佳音只是想装睡，但或许是这几日太过耗费心神，没过一会儿，她真的睡着了，这夜她又做了个梦。

梦里是一片开得绚烂的海棠花，温柔的女人掐下一朵海棠，簪在如珠似玉的小姑娘的鬓边："每年生辰娘亲都为你簪一朵花，等到以后我们红豆遇到喜欢的郎君，就让他代替娘亲帮你簪花。"

小姑娘睁着圆溜溜的眼睛："为什么要让郎君代替呀？我要娘亲给我簪一辈子的花。"

"傻姑娘，因为娘亲不能陪你一辈子，可你的郎君会。"女人揉着小姑娘的发，轻轻地笑，"他也会和娘亲一样给你簪花，对你好。"

小姑娘听到娘亲不会陪自己一辈子，泪立马涌了上来，藕臂紧紧地抱着娘亲的脖颈："我不要，我才不要什么郎君，我要娘亲陪我一辈子！"

女人拍着她的后背哄着她，这时假山后跳出一个十来岁模样的英武少年，手中转着一把银色长枪，笑嘻嘻地喊："红豆又哭鼻子了！"

小姑娘听人调侃，挂着泪一脸凶巴巴地去追人："沈惊羽，你给我站住！"

少年做了个鬼脸，拎着长枪跳着跑远。

宋佳音猛地睁开眼。

眼前没有春日海棠，也没有花园假山。什么都没有，只有静谧的黑夜。

云琰已经不在屋子里，只有发间那朵花提醒着她，今夜云琰曾经来过。

昔年娘亲的话萦绕在耳畔，宋佳音心跳陡然加快，她急忙拍了拍发热的脸，让自己清醒一些。

"簪花也不代表什么，这都是演戏罢了。"嘟囔了这一句之后，宋佳音沉默了下去。

半晌，她抬起手摘下发间的花，凑到鼻下嗅了嗅。

花蕊上沾染了一点沉水香的气味，这是属于云琰的气味。

第四章 独木成林

（一）

在桃邬献舞前一日，宋佳音再一次如约去了后院那座角楼。

林姑娘今日没有在厨房，换下了那身总是布满油污的麻布衣服，穿了一身藕色对襟上襦，下配一条粉色撒花裙，头发梳成了双髻。这身装束俏丽，很符合她呈现出的年纪。

她坐在角楼中央之前宋佳音总坐的那个位置，仰着头，看楼顶那扇小小的窗。

宋佳音走到她的旁边，说："我不会跳舞。"

"本来也不用你跳什么，走几步充充样子便好了。"有一朵白云刚刚从窗口处游走而过，林姑娘收回视线，手拍了拍身边，"过来坐啊！"

宋佳音依言坐在了林姑娘的身边。她本以为明日行动，今日林姑娘叫她来会和她说明日的各项安排，可林姑娘却只字未提。林姑娘从旁边拿过食盒，里面是几样糕点和一壶清茶。

"我不记得已经有多久没像现在这样悠闲地品茶了。宋捕快，陪我喝喝茶吧！"

宋佳音心下狐疑，不动声色地看着林姑娘从茶壶里斟茶饮下，确定她喝下去之后，自己才将杯中茶咽下去。

林姑娘的面色很松弛，完全没有第二日要做那么大事情的紧绷："宋捕快还记得我们的第一次见面吗？"

宋佳音点点头，说："记得，我奉命去郊外山庄搜寻，却没有查出任何怪异之处，这时你出现了。"

"我说我受不了山庄里的苦，哭着求你救我，之后我做了你在山庄里的线人。你答应我在事成之后给我一封路引，让我能平安离开长安城。你大概以为我说的都是谎言，其实我并没有完全骗你。"林姑娘从怀里拿出那封路引，这东西她一直带在身上。

"我找上你，是因为我知道三法司衙门可以为我做这份路引。除你之外，我还找过大理寺，不过云大人并不肯为我做路引。"

宋佳音心下诧异。

她与云琰初见那夜，她猜测过是因为线人把消息卖了两头才让大理寺那么快追上去，事实上却不是。

那就是大理寺自己查到的。

京兆府是靠着林姑娘这个线人才查到地下赌坊，可云琰什么也没靠，这人比她想象的还要可怕得多。

宋佳音垂眼看着路引，问："那你为何没有走？"

林姑娘屈起双腿，双手做枕搭在膝上，脑袋枕上去，却是自顾自说起了别的："宋捕快不是长安人吧？"

宋佳音说："我家在济城。"

"济城……"林姑娘喃喃，"倒是个山清水秀的好地方，怪不得能生出宋捕快这样标致的美人。"

"我却是地地道道的长安人士，生于斯，长于斯。

"我爹娘只有我一个女儿，从小他们就将我捧在掌心里，日子虽不富裕，但安逸幸福。每日爹爹回来，会带来城南的枣花酥，娘亲会煮一碗茶。门口那棵柳树下有爹爹凿的石桌，我们一家人就坐在树下，吃着点心喝着茶，看月听风。

"长安的月亮倒是好看，可山水却没有那么好。

"宋捕快……"

宋佳音应了一声。

林姑娘歪着头看她,嘴角翘了起来:"等事情结束之后,带我去一趟济城吧!"

她的眼中波光流转,笑意宛然,格外动人。在这一日,她仍是被父母疼爱的长安城的小姑娘。

宋佳音似被感染,也学着她的样子,将脸枕在膝上,朝她笑着:"济城春日最好看,漫山遍野开着花,槐花饼最好吃,我做给你吃。"

林姑娘眼睛弯弯:"一言为定。"

当夜,宋佳音走出角楼,回到自己的房间做准备。

翌日午时,桃邬大堂内的舞台便被重新布置好。因着后日便是中秋,舞台也应景,搭了几株桂树来。

云琰踩着暮色而来。为免打草惊蛇,大理寺一共只安排了三人混入大堂,其余人都在外面的巷子口听候差遣。

与云琰前后脚进来的,是现如今在外人眼里和云琰有小秘密的郑槐章。

二人不是一起来的,在大堂内也不坐同一桌。但越是避嫌,越是看着有猫腻。

渐渐地,四周人开始多了起来。云琰的目光在台上四周扫着,林姑娘擅机关,今日这里也免不了安了什么机关。

"哟,这不是云大人嘛!"

忽然,一道惊讶的男声响起。旋即,一人凑到云琰这一桌来,肥硕的脸上挤出个讨好的笑:"没想到云大人这样的人物也会上桃邬来,我还以为是看错了呢!"

这是长春侯的庶子,卢京权。他的名声虽不像裴域那般坏,但平日里招猫逗狗,窝窝囊囊不干正事,云琰看不上这样的庸碌之辈。

云琰眼底闪过一丝嫌恶,只淡淡应了一声。

卢京权没什么眼色分寸,像是没看出云琰的厌恶,拉着椅子就一屁股坐下了:"桃邬这地儿我熟,云大人要是有什么不知道的可以问我。"

云琰没有搭腔。卢京权捏了桌上一块糕点塞嘴里,皱着眉"呸呸呸"吐了几口:"今日这桂花糕的味道可不比往年了,厨房里的厨娘是一茬不如一茬了。云大人今日是为了哪位姑娘来啊?今日这桃邬有位新的舞姬领舞,不知道是个什么模样……"

"吃糕点就好好吃,哪儿来这么多话。"云琰冷眼扫他,似笑非笑,"若是不想吃,这辈子都不用再吃了。"

云琰常年掌刑狱,身上的气势凛冽。卢京权拿着糕点的手瞬间僵住,随后拼了命往嘴里塞,吃完之后拱拱手,匆忙起身告辞,没敢再多说一句话。

刚走了几步,一个有些眼生的小丫头将他拦住:"卢公子怎么在这儿啊?我们姑娘等公子许久了呢!"

卢京权喉咙里噎得很,打了个嗝,问:"你们姑娘?"

"雨鸳姑娘呀,卢公子莫不是忘了?"

卢京权"哎呀"了一声:"你这丫头我可没见过,哪知道你是雨鸳姑娘手下的。"

丫头一边领着卢京权往前,一边道:"奴婢一直在雨鸳姑娘身边,公子是贵人多忘事。姑娘一会儿要领舞,如今在后头上妆呢!姑娘思念卢公子,知道卢公子来,特意让奴婢来寻……"

二人的对话钻进云琰的耳朵里。云琰抬头望去,卢京权的步伐很大,腰间一抹蓝色跟着前后摇摆。

是一个绣工精致的香囊,与云琰身上的这个,明显是出自同一人之手。

按原定的计划,今日领舞的是宋佳音。

可这小丫头说领舞之人变成了雨鸳,而卢京权的身上,也有林姑娘安排的香囊。

云琰的呼吸陡然间乱了。

……宋佳音那儿出了问题。

云琰向来坐得稳、算得定,之前几次险象环生时,他都能全身而退,想出破敌之策。可如今只不过是一个猜测,他却发现自己居然连一刻冷静思考都做不到。

四周的人落在眼底变成一幕幕虚影,他脑子里只剩一个想法——他应该跟过去。

这个想法化作无形的手,推着他起身朝着卢京权走的方向过去,连半刻权衡的时间都没有。

后面落座的郑槐章看见云琰大步流星离开的身影有些疑惑,同样疑惑的还有大理寺跟过来的三人。

为防止被林姑娘认出来，这次来的人都没有参与过当初的郊外山庄搜捕，三人中领头的是和孟随一样领队护卫大理寺的岑仲元。

岑仲元不敢轻举妄动地跟上去，只能遥遥地看向郑槐章。

虽然大理寺和京兆府不对付，但郑槐章如今也一同参与查案，云琰不在，他是唯一能做得了主的人。

更何况，他们可都听说了郑大人和他们云大人私下有过来往的事情。很有可能二人握手言和了呢！

他们作为属下，自然也要表现出一些恭敬和友好。

郑槐章也不明白云琰为何突然变了行动，不过他一向相信云琰，面上气定神闲地摇摇头，示意他们少安毋躁。

看郑槐章这么镇定，岑仲元三人也放了心，就继续在台子前面盯着。

舞台后方，云琰撩开帘子走了进去。

里面没见到那个领路的小丫头，也没见到卢京权。他暗暗地松了口气，只觉得过来这短短的几十步路间一直悬在半空的心，这才落了地。

对着铜镜正在描眉的人陡然见到镜子里出现云琰的脸，一阵错愕，宋佳音放下眉笔左右张望看没人过来，才压低声音问他："云大人，你怎么到这儿来了？"

云琰的声音还有些紧绷："刚才没有人过来吗？"

"人？"宋佳音摇摇头，"我刚才一直在这儿，没见到有什么人过来。"

云琰面色沉郁："叫雨鸳的舞姬可是会跟你今日一起跳舞？"

"雨鸳？"宋佳音眉头皱了一下，"我来这儿这些日子，没听说有人叫这个名字……"

说着说着，宋佳音面色一僵。她对云琰已了解颇多，明白他不会问没用的问题，她瞬间意识到事出有变。

二人对视一眼，宋佳音起身将头上碍事的步摇一把拽下："林姑娘擅机关，这里应该也有地道可以绕过这个后台去别处。之前她教过我怎么找机关，我留在这儿，大人先出去。"

云琰一点头，走至门口时脚步停了停，想说什么却终究没开口，快步走了出去。

宋佳音的鼻子灵敏，如果来人她不可能不知道，是以刚才过来的人连门都没有踏入。从舞台到后台这一路，想避开后台上妆之处，就只有一个楼梯拐角，范围很小。

宋佳音很快找到了暗门的开关，此处略有香气残留，是林姑娘最常用的那种香。

那种能惑人心智的香。

宋佳音拿出火折子，踏入地道，凝神静气，仔细嗅着那香味，顺着往前走。

——"本来也不用你跳什么，走几步充充样子便好了。"

——"长安的月亮倒是好看，可山水却没有那么好。"

——"等事情结束之后，带我去一趟济城吧！"

之前林姑娘说过的话在耳边不断地盘旋，宋佳音摸着冰冷的墙壁，内心忐忑不安。

宋佳音一直觉得林姑娘很矛盾，她有时像天真的小姑娘，有时又似温柔的大姐姐。她明明是举起刀的刽子手，是操纵凶杀案的凶犯，可却从来不会让自己觉得恐惧。

她像是一个水下的谜团，没有人知道她的过去，和她的将来。

地道漫长，凭着感觉是往上走，越走视野越明亮。

踏出地道口，宋佳音吹熄了火折子。

暗门外，是一处高台。

桃邬大堂内常有舞姬从天而降，演绎天外飞仙，便是从这处高台往下落的。

此刻，高台边缘有人背对她而立，单薄白皙的背上文了一大朵开得极盛的海棠花，花瓣边缘蔓延至腰线之下。

下面的琵琶音陡然一响，她扶着旁边的绳子要下去。

宋佳音伸手，一把拽住她的手腕："别去！"

那人扭过脸，又是和之前不同的容貌，但仔细辨别，却和在角楼里最后一次相见，有个四五分的相似，只是年纪却长了约有十岁，妩媚多姿。

她眼里闪过一丝意外，但面上还在笑："你比我想象中来得要快，宋捕快不愧是京兆府衙门第一捕快。"

宋佳音更近一步，重复了一次："别去。"

"我若是不去，宋捕快该怎么定我的罪呢？"林姑娘笑了一下，语气徐徐，

"之前莺歌案、追云案,你们都没有什么证据能证明和我有关系。你来做卧底,就是想让我指使你犯案,之后便可有证据抓人了。只是何必那么麻烦?我下去之后就会在众目睽睽之下亲口指使卢京权杀我,一切自然真相大白。事成之后,宋捕快就可以结案了。

"可是你若是一直抓着我不放,那我之后也不会再动手。到时候你们上哪儿找证据呢?这案子不结,你也好,云大人也好,怕是都没办法交代吧?

"我就算不死在卢京权手里,也会死在审决之后的处斩。给我个痛快,又有什么不好呢?"

她声音温柔,一字一句,温言软语,皆是攻心之言。

宋佳音的面色却没有丝毫的松动,只是将她的手腕抓得更紧:"能审判你、处决你的是律法,我没有这个权利。就算我今日抓不了你,明日、后日,终有一日,我会将你缉拿归案。"

"律法?"林姑娘像是听到了什么好笑之事,失声笑了出来,笑得眼角都有了泪花。

她摇了摇头:"律法若是有用,就不会有那么多作奸犯科的权贵依旧在外横行无忌,不会有那么多普通的民众被欺压凌辱,被磋磨一世。"

话音落,她出其不意地反手掐住宋佳音的手腕,指尖扣住宋佳音的脉搏。

不知她的手点到了哪里,宋佳音浑身顿时麻得动不了。林姑娘将宋佳音按在地上,宋佳音的后脑勺一凉,她肩膀以上已经在高台外面。

下面的人见此变故俱是惊惧不已,云琰神色骤变,猛地推开身边的人,大步往楼梯的方向跑。

"宋捕快口口声声说律法,自然也知道'律法面前,人人皆平等'。"林姑娘收回视线,手按着宋佳音的肩膀,含笑看着她,"你不想卢京权死,那死的就是云琰。卢京权还是云琰,你自己选一个吧!"

(二)

桃邬内,四下惊恐喧闹。

宋佳音张了张嘴,"卢京权"三个字几乎是不用想就要脱口而出,却被她硬生生地压在喉咙里,噎得她一时嗓子干辣无比。

是啊,要是非要选一个,她一定会选让云琰活。

可卢京权就该死吗？

云琰和卢京权都一样有活着的权利，他们是平等的，可这一刻在她眼前，她做不到平等对待。

林姑娘像是一早就料到宋佳音的反应，语带讽刺："己所不欲，勿施于人。宋捕快自己也做不到的事情，又怎么能要求别人去做？"

宋佳音沉默，她知道再过一会儿，云琰就会上来。

为防止露馅儿，云琰今日还是戴了那个香囊，没有调换其中的香。

云琰和卢京权的身上都有那种香，而自己和林姑娘身上则有另一种香。

二者相接，时间一长，便会中毒。

林姑娘一直对她的话持怀疑态度，但并未拆穿。她和云琰将计就计，林姑娘亦是。

若林姑娘的话是真的，今日便是宋佳音杀云琰。

如果不是，林姑娘自己亦能以"雨鸳"的身份诱杀卢京权。

无论怎样，林姑娘都可以在今日桃邬客人众多的时候作案——一个和之前莺歌、追云一样的案子。

"值得吗？"无数个念头在脑中徘徊，最后宋佳音却只吐出这么一句话。

无论是唆使宋佳音杀云琰，还是她亲手诱杀卢京权。

今夜之后，她都只有死路一条。

用性命来做局，真的值得吗？

林姑娘怔了怔，随即眺望远处。

入目的只有桃邬的楼台，明明是大好的中秋时节，却看不见长安的云和月。

"我早就是个死人，无论我是活着还是死去，都没有人在意。"她有些失神，随即又笑了。

下一刻，沉重的脚步声自后面响起，似是要踏破一切潜藏在夜色里的魑魅魍魉。

宋佳音回过神来，用尽全力大喊了一声："别过来！"

云琰被这声音震住，脚步一顿。

林姑娘的手控制在宋佳音的咽喉处，人转过来，意外地看见，他虽是跑上来的风尘仆仆状，可面色沉静，并没有多少慌张。

有那么一瞬间，林姑娘怀疑自己是不是猜错了，云琰好似并没有对宋佳音有情。

可下一刻，云琰却突然开口："我来换她。"

他的语气很平静，并没有要赴死的壮烈，也没有惊惧。林姑娘却眼神犹豫，一时没有动作。

云琰上前一步："香囊的气味你应该确认过，我并没换掉，只要我靠近你，就可以被你控制心魄，受你驱使。本官是大理寺卿，她只是一个小小捕快，不管你打算做什么，把我控制在手里，总会比她更有用。"

云琰的一字一句打消了林姑娘的顾虑。宋佳音扬声要制止，却被林姑娘伸手捂住了嘴。

林姑娘盯着云琰，沉声说："你走过来，走到离我三步内，我放她走。"

三步的距离，两种香混合一刻钟，便可诱发毒素。

宋佳音口中发出"呜呜"的声音，身体挣扎着看着云琰一步一步地走来。他步子迈得很大，走路的时候衣袂扬起一阵风，像是从她之前的一场梦中走出来的。

云琰在五步开外的地方停了停。他的视线投向宋佳音，依旧面色沉沉，没有太多的情绪。

平时宋佳音会觉得云琰这副表情很冷，但此刻却莫名地让她心安。

见云琰突然停下脚步，林姑娘眼风锐利，并未说话，只是手更紧地扣住宋佳音脖颈上的经脉。

云琰的目光随之轻轻地落在林姑娘的身上。

"元济三十二年腊月十三，长安人士木家状告禹王世子裴域逼良为娼，致其爱女木清霜投河自尽。经大理寺查明，死者木清霜与裴域有情，投河之事实属意外，最后死者家属与裴域和解，裴域被无罪释放。"

林姑娘眸子微凝，下意识地咬紧牙关。

云琰顿了顿，又说："木清霜被水冲走，尸骨无存，禹王府也算是有心，道木清霜既然与裴域有情，人虽已死，但禹王府不会不管其身后事。木家人对禹王一家心怀感激，两家商议之下，为木清霜设立衣冠冢，就在禹王府陵寝之中……"

林姑娘胸口迅速起伏着，呼吸陡然加重。

"禹王为安抚木家，给了木家一笔钱。木家一改从前生计艰难之态，一跃成为长安富户。哦,对了,我听闻木清霜的弟弟,木家的二郎马上要定亲了,聘礼足足塞了三辆马车。在木二郎正式定亲之前,木家人还要去祭拜木清霜。"

云琰观察着她的反应,语调微沉的字句无形中化作一柄柄钢刀直插入她最痛处:"裴域生前未娶妻,之前木清霜已经葬在禹王府陵寝之中,我估计,裴域下葬时要与她合葬了……"

"谁要与他合葬!"林姑娘心下大乱,总是温柔的脸变得狰狞无比,凄厉道,"谁与他有情!谁又要他们祭拜!"

——"但凡是人,皆有过去。没有过去,何谈现在。"

宋佳音看着她的反应,想起之前云琰说的话,陡然明白了云琰今日的所作所为——诛心。

林姑娘,林姑娘。

双木成"林",林姑娘就是木清霜。

当年她落入水中未死,改头换面,来要裴域的性命。

宋佳音明白这一层之后,反而陷入了更深的疑惑之中。

木清霜唆使莺歌杀裴域有理由,那杀荀安呢?这一次还要杀云琰和卢京权,又是为了什么?

荀安素有贤名在外,卢京权为人虽庸碌贪色,却胆小如鼠,不敢犯什么大错,云琰更是不可能与木清霜有什么关系,她冒险行事杀他们,又有什么原因?

宋佳音动了动手指,意外地发觉身上又能动了。

木清霜如今已经陷入云琰的诛心之语中,阵脚大乱,没有发现这一点。宋佳音屏住呼吸,装作依旧不能动的样子,等待着行动的时机。

木清霜激动的情绪在几息之间被强压下去,她反手抹去脸上的泪,又变回那个好似没任何感情的林姑娘,只是眼底的一点红意多少泄露出几分情绪。

"云大人不负神探之名,居然能在这么短时间内就查出我的身份。只是这都不能改变什么,摆在云大人面前的只有两条路:一,是云大人过来换宋捕快;二,是看着我将宋捕快推下去。"

云琰摇了摇头,木清霜嗤笑一声:"连云大人也没法做选择吗?"

"不是没法,是不用选。"云琰一言,石破天惊,"你没想过杀我,也不会杀宋佳音。"

木清霜微怔，云琰屈指捻了捻自己的指尖："你挑选人有你自己的逻辑，我与宋佳音，在宋佳音的讲述中，虽也是我负了她，却和莺歌与裴域、追云与荀安并不完全相同。宋佳音在动手时不必易容掩盖自己的容貌，最重要的是，你不会在这么短时间内，就决定让宋佳音成为你新的刀。从一开始，你选的，就是卢京权。

"其实你大可在宋佳音出现时就杀她灭口，但你没有。你选择将计就计，把我扯进来，来掩盖你真实的目标。这是有一定风险的，但你最终还是做了……这就证明你并非一个真的丧心病狂的人，你不杀无辜的人。

"木清霜，你若是死了，天下就再也没有人知道元济三十二年的真相。那些人，也不会得到应有的惩罚。"

木清霜面露嘲讽："我没有说过真相吗？我说过，我说过一千次一万次，可结果呢？我的衣冠冢被葬在仇人家，我的名字和我最恨的那个人永远地绑在一起。我'生前'生不如死，'死'后也不得安宁。可那些人呢？依旧享受富贵荣华，依旧高高在上。"

"我花了很长时间，才成为现在的我。"她站了起来，眸中渐渐聚集璨璨光亮，坚定灼人，"我要让他们高贵的身躯和名声，因他们口中的'蝼蚁'而碎裂。律法不为，天道不公，那就由我来审判他们。"

没了桎梏，宋佳音活动了一下手腕，手掌撑在地上，对着云琰微微点了点头。

云琰的余光从她身上一转即收，又看向木清霜："卢京权已经被我的人带走，你注定杀不了他。"

听到这一句，木清霜才又变了脸色。云琰从来无甚情绪的眼中，晃过一丝惋惜。

"圣上许我厘清大理寺历年陈积旧案，一旦有冤，无论涉案的疑犯是皇亲国戚，还是天潢贵胄，俱不得包庇。在莺歌案发生之前，我已经在重查当年木清霜之案。"

一个月，只差一个月时间，最多一个月他就可以查清一切。

木清霜的手可以不沾染血污，可以看着那些害过她的人得到应有的下场，可以光明正大地走在长安城的街上。

可世事就是如此，路有千万，总会阴错阳差地与坦途错过。

木清霜死过一次，不再相信衙门、相信律法，她选择举起刀，先挥向曾经的那个自己，再挥向仇敌。

最后，又会再次杀掉这个好不容易活到今日的自己。

她会后悔吗？

也不会。

从走上这条路的那一刻开始，她就只相信自己。

这一刻，她只是觉得讽刺，支持她撑到今日的事情最后却被告知没有任何意义。即使她不做，也会有审判降临。而为了这场审判，她搭进了自己好不容易从鬼门关抢回来的性命。

从头到尾的这一切，仿佛都是笑话一场。

木清霜也真的笑了出来，下一刻却忽然转身，没有犹豫地往台下跃去。宋佳音一下跳起来，抓住她的手腕。

"没有律法，人人挥起刀剑，天下血流成河，从此再无安宁。律法没有错，错的是掌律法的人。"

宋佳音咬着牙一使力，将木清霜一把拽了上来，然后将其控制住。

"大理寺捕快宋佳音，奉命逮捕桃邬行凶疑犯。"

(三)

木清霜被关进大理寺牢房。面对审问，她一个字也不说，仿佛就此不打算再开口。

而与此同时，卢京权死在了牢房里，他是被活活吓死的。

没用毒，他自己吓破了胆，最终和裴域、荀安落得了个同样的下场。

审问推进艰难。孟随来报后，云琰吩咐不得用刑，只叫人除了木清霜身上所有的东西，着人好好看押。

翌日中秋佳节，衙门休假。

难得有个休息的时候，宋佳音出了大理寺，就回到北市的小院落里，洗了个热水澡之后闷头睡到下午，醒来后换上一身干净的衣服出门。

街上热闹纷繁，街道两旁支着无数小摊，有卖月饼、糖果等吃食的，有卖兔子灯、小人偶等小玩意儿的。

出来逛的大多是一家，郎君拎着几大盒吃食，夫人一手牵着稚童，一手提着兔子灯。团团圆圆,美满幸福。

宋佳音形单影只,与这热闹格格不入。

她拐进一条僻静的小巷,脚尖一点跃上墙。她之前记过地图,木家宅子在七星街东北方向。她用轻功飞过两条街,落在一座看着气势恢宏的大院前。

院门口开阔平坦,大门两边站着两个膀大腰圆的家丁,看着凶神恶煞。宋佳音多看了两眼,不动声色地绕到院后,动作利索地翻过墙,安稳地落在院内。

木家似是要办喜事,四处红绸装点,下人们来来往往地忙活着。

宋佳音记得云琰之前说,木清霜的弟弟即将成婚。这布置,显然就是为了这场婚事。

木清霜如今在牢狱之中,而木家荣华富贵,喜事临门,何其讽刺。

宋佳音心下冷笑。

不远处,一个肚子滚圆、脑满肥肠的年轻公子一脸不耐烦地推门进入一间屋子,扯着嗓子对屋内的人嚷嚷:"我成婚就办二十桌够做什么的?请我那些朋友都不够!"

下人们明显是看惯了这种场面,见吵了起来便赶紧离开此处。

木老爷被气得脸色铁青:"你、你也不看看家里还剩几个银子,我和你娘卖了家里多少东西才凑够了你成婚的花销。你那些个狐朋狗友整天吃你的喝你的,这个家迟早得让你败光!"

木二郎指着木老爷的鼻子反驳道:"别跟我装穷!你以为我不知道啊?当初你把木清霜卖给裴域,我可是都瞧见的。你要是不给我银子,我这就去衙门告你!事情捅出去,禹王府的脸面丢光了,你也别想有好日子过!"

"你、你——"木老爷颤着手,白眼一翻差点儿背过气去。

木夫人焦急地喊人去请大夫。见有人要过来,宋佳音从廊下跳出去,沿着来时路翻墙出去。

宋佳音去南北铺子买了一盒桂花糕和一盒枣花酥,又去了大理寺。

云琰今日没有上朝,宋佳音进来的时候,他正在与自己对弈。

旁边茶盏里的茶水已经凉透,棋盘上黑白子搏杀得很凶。"啪"的一声,云琰捏着一颗白子落下,登时白子连成长龙,将黑子困住,他才抬起头看她:"不是回去了,又来做什么?"

宋佳音提着手里的那份桂花糕，道："今日中秋，桂花糕出了新样式，想给大人尝尝。"

云琰眸光微动，心下了然。中秋佳节夜，人人都想求个团圆。她想来见他，倒也合理。

他颔首，手指点了点案头，说："放这儿吧！"

宋佳音走过来将桂花糕放下，等了一会儿才提起自己刚刚去了木家之事。

云琰微怔，问道："怎么想到要去那儿？"

木家人被禹王拿银子封过口，若不用刑他们不会说真话。但禹王对这个案子盯得很紧，若是大理寺用刑他必定会在朝上反咬一口。是以云琰本打算入夜将他们带回天机司再审，不想宋佳音去得倒快。

"大人说过'没有过去，何谈现在'，木清霜犯案是为了过去的事，木家也牵涉其中，下官就想着去看看。"

云琰看着她认真说话时明媚的眼，嗓子莫名发干："你倒是把我的话，记得很清楚。"

宋佳音恭敬道："我一直把大人的话奉若神明。"

云琰忽觉左胸口有些发痒，似被什么东西咬了一口心尖，他低头将棋子一颗颗捡起来，放到旁边的小盅之中，这时一只手伸到了他的眼下。

她虽是练武之人，手倒是生得小巧，指尖白润，捡起一颗他落下的黑子，他的视线不自觉跟着她的动作游移。直到"啪"的一声，那颗黑子也落入小盅中，他才恍惚回过神，只听她问："大人是什么时候确定林姑娘是木清霜的？"

云琰定了定神，说："有这个猜测很早，确定的话是在木清霜让你献舞杀我时，因为此次人选不甚合理。我又仔细去查之前两个案件的细节，追云和莺歌这两个舞姬皆易了容，且一个尸身化灰，一个辨不清本来容貌，很难查到之前的身份，不过也不是全无办法可查。"

宋佳音好奇地问："还有什么办法？"

"仵作法里，有一种叫'滴骨'的认亲办法，即血亲的血可溶于亡者的骨头里。我叫人去查数年来长安城走失女子的报案信息，一个一个对过去，最后查到了追云的身份。追云本名'徐宜娘'，长安人士，商户之女。"

"走失的人不回家，却隐姓埋名扮成他人……"宋佳音想了想便明白了，"她是怕被人发现行踪，她不敢回去。"

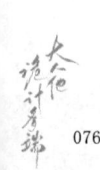

宋佳音是从地方府衙一步一步走上来的，能力可见一二。云琰不必再多说，她已经能将事情推断出个大概。

走失的徐宜娘，被水冲走"尸骨无存"的木清霜，她们在相近的时间内出事，这样一个小小的巧合在云琰的眼里已是很大的破绽了。

云琰道："木清霜是此案唯一活着的人，她不开口，没有人知道真相。就算已经确定她是凶手，可人证和物证一样都没有，案子很难结。"

"那，没有其他办法了吗？"

云琰淡声道："有。向圣上请旨，把案子转交给天机司。"

宋佳音眉目间浮现淡淡的忧愁，抿紧了唇。

云琰不喜欢以刑逼供，天机司就不一样了。天机司审案手段多样，又完全不顾忌名声，进了天机司还没人能全须全尾地出来，若此案真交予天机司，那木清霜……

宋佳音把桂花糕往前推了推，那股甜香漫出来。她的眼睛直直地盯着他，轻声道："大人，我想去见木清霜。"

刚出炉的桂花糕又软又甜，眼前人亦是。云琰喉头滚了滚，答应了宋佳音。

牢房的守卫被撤掉。一方小桌上，宋佳音将买来的枣花酥放上去，又将纸包拆开。

"城南的那家糕饼铺子已经关门了，我就在别的铺子里买了一份，不知道是不是你喜欢吃的味道。"

木清霜一日水米未进，嘴唇干裂泛白，虚弱地靠在墙边。听到这话，她缓慢地扭过头看宋佳音。

宋佳音倒了两杯热茶，将其中一杯推到了对面。

"我知道你并不在意生死，你不想说是因为你对各个衙门心灰意冷。你报复裴域、荀安和卢京权，是取性命，是毁名声；你报复木家，是让他们得到又失去进而痛不欲生，毕竟禹王一旦知晓是你木清霜害了他的宝贝儿子，他是不会饶了木家的。你咬死不开口，大理寺难以结案，这也是你的一种报复吧！报复那些一直包庇权贵的律法行使者。"

见木清霜眼神清明，宋佳音的语气沉下去："可你有没有想过，如果今日主审的不是云大人，而是一个助纣为虐的人，就算你昨夜从桃邬跳下去摔死，他也可以抓着你的手按下手印；就算你现在不开口，他也可以重刑拷打逼你画押。只要卷宗上最终有你的手印，这案子一样会结。

"你昨夜想死，你今日不想说，归根结底，是你知道云大人不会这么做。"

木清霜轻轻笑开，嗓子嘶哑："是啊，我就是知道。他想结案，想让这案子有个结局，就要变得和其他助纣为虐的人一样才行，否则光禹王一人，便不会让他好过。"

这才是她给云琰的选择。

她没有云琰想的那么好。打从知道云琰和宋佳音牵涉进来的那一刻起，她便给云琰设了这个局。坚持公正，最后会因为案子没结果被控以罪名；选择结案，便会从阳光之下被拖入万丈深渊。

宋佳音目光如炬："你心里已经认定云大人最后会妥协。"

木清霜不置可否。她从没得到过公平正义，别人也得不到，这才是真的公平。她伸手端起那杯已经凉了的茶闻了闻，鼻腔里只有苦涩，不见茶香。

"你既然在长安城长大，便应该听过十年前的沈家案。西南大将军沈元通敌叛国在边境死后被挫骨扬灰，消息传回长安，沈家家主丞相沈岸被处死，其妻林氏带着小女儿沈明月自尽。之后沈家所有，全都付之一炬。"

木清霜与宋佳音相交时间虽不长，但也知道宋佳音不会平白无故提起一件已经过去十年的案子。她双眸微动，不由得靠过来了一些，仔仔细细看着宋佳音的脸，这个年纪……她隐隐有个猜想："你是……"

"我就是沈明月。"提起过去，宋佳音的声音出乎她自己意料地平静，"当年案子证据确凿，张榜天下。消息传来后，我父亲被带走调查，之后那一晚我娘的护卫打探到消息，说我父亲已被秘密处决，我娘便让护卫带我出城。"

之后，便是世人皆知的，沈相之妻林氏与女儿自尽，葬身火海。

"我娘给我留了一封信，她告诉我，要好好地活下去，要正直，善良，不要悲戚，不可怯懦。这么多年我救过很多涉案的好人，也抓过很多作奸犯科的坏人。我比任何人都要努力，我有好好地按照她希望的样子长大。"

挥刀下手不易，拨乱反正更难。

她和木清霜在相同的境况下，选择了不同的路。

木清霜看着她，好像在看着另一个自己。木清霜不由得问："你不怕吗？你这么努力往前走，可当有一天有人知道你罪臣之女的身份，你所有的努力就都会化成泡影,你活不了的。"

"可我不努力,只浑浑噩噩度日,就能确保一定不会被发现吗?虽然我改变不了过去,但我可以试着改变将来。就算有一天我的身份被揭穿,我活不了,但我做过的那些事是真实存在过的。会有人记得我,甚至可能因为我的存在,而对沈家的评价多几分仁慈。那你呢?"

她说着目光落在木清霜已然含泪的眼睛里,轻声地问:"你想日后别人再提起你,是受害者,是可怜人木清霜,还是和裴域那种畜生勾连在一起,与他有情的木家女?"

这最后一句振聋发聩,木清霜的心被狠狠地砸了一下,继而又高高悬起。她久久未能回神。

良久后,她颤着手指伸向枣花酥。

"我说。"

(四)

木清霜遇见裴域的那一天,长安城刚下完一场春雨。

她将做好的绣品在绸缎庄换了钱,快步走到南城的糕饼铺子里。刚出炉的枣花酥泛着淡淡的香,她买了一份揣入怀里,提着裙角小心翼翼地迈过一洼水坑,却还是踩到了积水。

水花溅开,落在她的绣鞋上,也飞到了刚好转过街角的那人的衣袍上。

后面的小厮顿时扯着嗓子喊:"你这小娘子长没长眼睛,怎么看路的!你可知我家公子是什么人!"

那双昨日刚做好的绣鞋被泥水弄脏,木清霜也无暇顾及,只觉如临大敌。她被吓得白了脸,往后退着,嘴上连连道歉。

"无妨,姑娘也是无心。"

那人温和的声音无端地安抚着木清霜烦躁的心绪。木清霜怔怔地抬头,撞进一双漂亮的笑眼中。

她惯与布料打交道,看对方身上的衣料,便知他非富即贵。

他生得俊美,却十分有礼温柔,吩咐小厮去抓一服驱寒的药。

"女子身体娇弱,姑娘小心受凉。"

木清霜紧紧地抓着药包,低着头不敢再与他对视,面颊泛起了红晕。

那之后，木清霜偶尔会与他碰见，有时是在绸缎庄，有时是在糕饼铺子，有时是在书斋。他是禹王世子裴域，论出身，即使是在贵人无数的长安城，也少有能比过他的。这样高高在上的贵公子却唯独待她体贴入微，经常送她驱寒的药——凉夜难挨，她做绣品常到后半夜，喝了几服药之后竟也不觉得冷了。

为感念他赠药，木清霜精心做了一个香囊，湖蓝色的绸缎，用苏绣绣了岁寒三友，赶在冬至日送给他。

他恰如梅兰竹一般，是她心中的端方君子。

那日，她提前到了书斋，躲在书架后面，想给他一个惊喜。可没想到，她却听到了那样的对话。

"这大冷的天还要出门，世子爷为了美人还真是不辞辛苦啊！"

听到这句话的时候，木清霜的脸不由得泛起热。

下一刻，裴域的话却似这寒冬腊月的冷水，将她从头到尾浇了个彻底。

"做戏嘛，就得做全套，对美人我向来是有耐心的。也快了，再有几日就可以下手了。"

"世子爷这容貌气度，弄一个美人还不是手到擒来？"

木清霜宛如坠入冰窖，咬着牙关，浑身发抖。她无意识地撞到了旁边的柜子，待到回神想跑时，却被一个肥硕的身影堵住。

那人一脸横肉，看到她的脸，惊艳得连嘴巴都合不上，反应过来之后才揪住她的头发，将她一把按在地上。

她的脸贴在冰凉的地面上，婆娑的泪眼里映入一张熟悉又陌生的脸。裴域伸手，状似亲昵地拍了拍她的脸颊："我可不喜欢对美人动粗，你最好乖乖的。"

那之后的日子，木清霜体会到了什么叫人间炼狱，什么叫披着人皮的恶鬼。

裴域彻底撕开伪装的假面，将她圈在一个密闭的牢笼中。她求生不得求死不能，眼中逐渐麻木呆滞，不辨日夜黑白。

裴域觉得她这样倒胃口，渐渐不再管她，也不怎么过来。木清霜抓住了守卫交班的空隙，逃了出去。

她将一直攥在手中的香囊绞碎，扔在了风里。

木清霜一身伤，痛得走路都艰难，可那时候想回家的念头压过了一切。

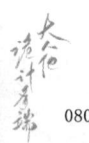

她咬着牙，一步一步地走了回去，每一步的脚印都是带着血迹的。

见到家门口的那棵大树时，木清霜的泪顿时涌了出来。

可面对回来的她，家里人在错愕之余，却是满目心虚。木清霜愣了一瞬，转身就往外跑，可她一丝力气也没有，只几步便重重地摔倒在地上。

家里放柴火的窝棚里，她被麻绳捆得严严实实，连嘴也被堵住。那一刻，她突然想起幼时家中曾养过的一只羊，在等待买主上门前，羊便是这样被捆住的。

她被爹娘卖了，卖给了裴域。

娘亲在旁边啜泣着："霜儿，你不要怪爹娘，爹娘也是没办法……"

门口的那棵大树，属于这一年的最后一片叶子也掉落在地，从此这一生她再也没有亲人。

有了逃跑的前例，这一次裴域将她锁进了地道中。

除了她，地道中还有其他女子。

书斋老板的小女儿、去年得病在家休养的杜青萍，城北卖炊饼家的于三娘，雀安巷的徐宜娘……她们都是身世清白的女子，若不是这场浩劫，她们会议亲嫁人，过一生顺遂和美的日子。

有一日，裴域过来时，掐着她的喉咙，差点儿将她掐死。

他嘴里极尽恶毒地辱骂她。过后，她才知道，木家人贪婪无度，裴域给的那些银子他们仍觉得不够，木父去衙门状告裴域逼良为娼，致其爱女木清霜投河自尽。

禹王为了儿子的名声，拿银子将事平息。大理寺那边很快出了结案案卷：死者木清霜与裴域有情，投河之事实属意外。最后死者家属与裴域和解，裴域无罪释放。

木清霜这个人，在这一刻彻底从世间消失。

裴域虽被判无罪，却因此事毁了之前一直装模作样得来的好名声，他怎能不恨？

裴域走之后，木清霜昏迷了三日，死里逃生，她的心境彻底改变。

该下地狱的不是她，是裴域。

她一定要活着离开。

可怕她再逃走，裴域一直很防备。而且，被关在地道中，想逃谈何容易？

木清霜知道，她需要帮手。

除了裴域，常来地道的还有荀老将军的二儿子荀安，以及一些她叫不出名字的世家公子。之前跟在裴域身边的那个走狗一样的卢京权，虽也过来，但每次都只是远远站着，并不敢真的做什么。

卢京权是个胆小怕事的酒囊饭袋，可她没忘记过他看自己时那贪婪的表情。卢京权是她下手的最好目标。

"趁着裴域陪禹王出长安城祭祖时，我勾引卢京权，在他意乱情迷时打晕了他，拿到了地道的钥匙，穿着之前我让卢京权准备的守卫的衣服，离开了那里。"

木清霜捧着一杯热茶，水汽氤氲了她的眉眼，让她沧桑得不像这个年纪的人。

"从地道走出来的那一刻起，我活着就是为了复仇。我把自己卖给一个山野道人，学了机关术，从他那儿得到了能更改人容貌的药和毒香。再回长安城时，我无意间见到了徐宜娘，才知我逃走之后裴域也并没有多在意，我们这些人在他眼中就是蝼蚁，他觉得我就算逃走也根本撼动不了他什么。后来他将地道中那些还活着的女子都卖到了舞坊。

"可我就是想让他知道，蝼蚁也可以撼大树。"

她和徐宜娘、杜青萍联手，以血肉，以白骨，炮制了这一场杀人局，将毁了她们一生的大树，拖死在这一场局中。

木清霜想离开长安城。

所以她收了宋佳音的路引。

可她知道，所谓离开长安城，去过新的生活，只是幻想而已。

就像她和宋佳音说起过的幼时大树下的清茶与枣花酥一样，只存在于她的幻想之中。

枣花酥从来都是只买给二郎的，木家门口的大树早就在翻新时被铲掉了。

这一场局里，她们手握刀剑，向死而生，从没想过活。

卷二 直上青云

第五章 长安月下

（一）

木清霜招供当夜，大理寺和京兆府的人齐齐出动，按照她指认的方位，挖到了昔年裹域几人作恶的地道。

此地道早被封锁，一行人将其挖开之后，发现里面事物尽数被焚毁，但还有未焚烧殆尽的人骨残骸。残骸被郑槐章连夜带回去，用"滴骨"之法，与之前曾报案家中走失妙龄女子的家属匹配。

而在此地道的不远处，恰好就是禹王在郊外设的地下赌庄中用以让客人往来的地道。

禹王替儿子掩埋恶事，抹去一切，后来又在这片恶土上卷土重来。

可能他自己都不记得，在这片土地之下，曾埋葬着许多鲜活的生命。

秋日最盛时，中秋的圆月高悬。

那月光温柔而平等地照亮长安城的每一个角落，连这片最肮脏的地方也不例外。

忙活了半宿，宋佳音有些疲倦，倚在树下拿出水囊喝了几口。

这时，云琰从地道走出来。宋佳音将水囊的木塞塞好，却没有如之前那样每次见到他就热情地迎上去。

云琰仔细地看她眉宇间的倦色。她对这个案子热情十足，豁出性命也在所不惜，像是不知什么叫累。可现下案子破了，她却突然没了精神。

云琰想了想，说："此案你出力很多，本官会如实上奏，让圣上嘉奖于你。"

宋佳音嘴角勾起一个浅淡的弧度，拱了拱手："多谢大人。"

这反应看着也并不像有多高兴。云琰并没有哄女人的经验，一时也就沉默着没有说话。

其实不光云琰不知道她怎么了，就连宋佳音自己也不知道。

案子破了，真凶拿了，这个案子里，她功劳极大，神探司再考试，云琰想必不会难为她。

一切都圆满，她是应该开心的。可在大牢里和木清霜的那一番对话后，她总觉得有一把无形的大刀突然悬起，正正地悬在她的头顶，等着哪天倏然挥下。

其实她自己远没有她和木清霜说的那么无畏，有时候她也会惊惧，但更多的时候她给自己设立一个又一个目标，她忙于向前，无暇回头看过去。

可并不是不回头，过去就不存在。

宋佳音不自觉地叹了一口气，听得身畔的云琰抿了抿嘴角。

他发现人一旦习惯了什么，若发生改变总会让人不安。他习惯了宋佳音的笑脸，再看眼下愁苦哀怨的宋佳音，总有些看不下去。

大理寺卿看不惯的东西，要么弃，要么改。

大好月光在上，只是眨眼间，云琰就选择了第二条路："你想去看灯吗？"

这话说得有些轻，宋佳音正想着心事，一时有些没反应过来："……大人说什么？"

她的眼在月光下显得水汪汪的，似永不会宁静的潺潺流水。

话已经说一次，再说一次就很自然了。

云琰看了她一眼，神情淡然："你并非大理寺人，却为这个案子出了这么多力，于情于理，本官都应该嘉奖你。今日是中秋，城内有灯会，本官带你去看看。"

宋佳音来长安城之后还没有去过灯会，心下倒是神往，面上还在犹豫："大理寺和京兆府的兄弟大部分还在这儿，我们就这么走了……不太好吧？"

云琰说："无碍。已经差不多了，再收个尾就可撤回了，我们走并不耽误什么。"

宋佳音这才放心:"那就听大人的。"

云琰抿了抿嘴角,招孟随过来交代了几句,随后便径自往前走。宋佳音立时跟了上去。

孟随挠了挠脑袋,嘀咕:"除了这里,还有什么要事要查啊?大人怎么走得这般急?"

路过的陆清然望着月下渐行渐远的一对璧人的身影,露出一个看穿一切的笑容。

大人哪里是要去查事?明明是和心上人月下相会去了。

知道这么大的秘密却不能和人分享,陆清然笑过之后,寂寞地叹了一口气。

因时辰太晚,长安城中此时已不复之前的繁华热闹。灯会只剩零星的几个摊子仍在支着,好在宋佳音倒不觉得有什么,认真地去逛每一个摊子,仔细去翻一盏盏灯上不同的花纹图样。

这夜两旁角楼屋檐上挂着的都是红色灯笼,融融的红光映得她脸色也多了些喜气,一扫之前的阴霾。

云琰在一旁不动声色地打量着,暗道,这样才是她。

在买东西上,宋佳音也和寻常的小姑娘无甚区别,最后在兔子灯和荷花灯中间纠结得愁眉不展,不知道买哪个好。

这时,云琰出了声:"都买了吧!"

云琰伸手付了钱,道:"当你办差辛苦的奖赏了。"

这两盏灯并不贵重,宋佳音也不扭捏,绽开笑颜:"那多谢大人了。"

之前那么愁眉不展,自己陪她走了这一路,又买了两盏灯送她,她便眉开眼笑、欢天喜地了,倒真是好哄得很。

她笑起来眼睛亮亮的,云琰喉头不自觉地滚了一滚,别开了脸,往前走:"去前面看看。"

石板路被月光照得泛着亮光,踏过拱桥,柳树下支着一个摊子,旁边摆着几张桌子,卖着热腾腾的桂花圆子。

云琰明显是这个摊子的常客,老板一见到他,立时露出笑脸:"云大人今日怎么这般时辰来,再晚个片刻我这就要收摊子了。"

"今日有公事。"云琰边指着旁边的座位让宋佳音坐,边和老板说,"两碗桂花圆子。"

老板的视线顺着落到宋佳音身上,笑呵呵地问:"这位大人和云大人要的一样吗?"

宋佳音道:"云大人不是说要两碗圆子嘛,自是一样的。"

老板摇了摇头:"云大人那碗素来要多加糖的,这位大人若不嗜甜那就正常糖便可。"

桂花圆子本就甜,还要多加糖,宋佳音听得一阵牙疼,摇了摇头:"那我要正常糖。"

老板应声:"好嘞,稍等片刻便好。"

宋佳音小心地将两盏灯放在地上,单手撑着下颚打量了一圈,随后看向云琰,问道:"大人常来?"

云琰点了点头,声音很柔和:"阿茵很喜欢吃这家的圆子,我就经常带她过来吃,一晃也有十几年了。"

顿了顿,他语速略有些快地又加了一句:"阿茵是我妹妹。"

说完,他抿了下唇,眉头微皱了一瞬。他这话说得好像生怕宋佳音误会一样。

好在宋佳音像是完全没听出来,无不羡慕地感叹道:"云大人的妹妹真是幸福,想吃什么都有阿兄带她出来吃。"

曾经,她也是有阿兄的。那个总和她吵吵闹闹的少年郎,永远地留在了那一年的边境战场。

说话间,热腾腾的两碗圆子被端了上来,软糯的白圆子颗颗只有拇指大小,上面浮了一层金黄色的桂花蜜,芳香四溢。

宋佳音舀了一颗圆子入口,又甜又香。

"老板,要一碗圆子。"旁边来了客人买圆子,这声音乍听起来有些诡异的尖细。

宋佳音本能地微扭过头,暗自打量着那边的动静。面前的云琰已经直接搁下汤匙站了起来,往新客人那儿走去。

宋佳音也立时起身跟了过去。

那客人扭头看着走过来的云琰。他面白无须,瞧着二十几岁的模样,生得很是清秀的脸上划过一丝意外，随即恭敬地领首唤了一声："云大人。"

此人是皇帝身边的内侍黄文存，云琰压低声音问："圣上在此？"

黄内侍应声："正是呢。圣上说见天色大好想出来走走，路过这儿想起云大人曾提起的桂花圆子，便差奴婢来买上一碗尝尝。"

云琰皱了皱眉。这时辰虽然人少，圣上也有天机司和禁卫军的人护着，但也不能说毫无危险，他就这么出来了。

既然碰到，云琰不可能就这么走了。他带着宋佳音一起名为拜见，实则要亲自护送皇帝回宫才能放心。

宋佳音没料到出来看个灯会还能碰到当今圣上，不由得有些紧张，垂首紧跟在云琰身后。

石板拱桥对面的胡同口，停着一辆外表看着很是普通的马车。

黄内侍小心地将那碗桂花圆子递过去，马车里，伸出一只修长白皙的手接过。黄内侍禀告说，云琰携手下在一旁候见，那只手顿了一顿，随即缩回去。

过了片刻，那只手又撩开帘子，随即从马车里钻出来一个极是年轻俊美的男子。

男子身姿挺拔，虽是笑着，但眉宇间隐隐有种不怒自威之态。宋佳音只略扫了一眼便低下头，跟着云琰一起见礼。

云琰的不认同写在脸上，话也说得直白："禹王一党难保没有鱼死网破之举，圣上这时候不该出来。"

相比云琰的沉重，裴玄的面色倒是很轻松："若是他们真敢有什么行动，倒也省了不少麻烦，不是吗？"

裴玄的目光越过云琰，投到他身后的那个人影上，笑意顿时深了些："你便是宋佳音？"

裴玄一靠近，身上那股很浓烈的龙涎香顿时蔓延过来，宋佳音将头垂得更低："微臣便是宋佳音。"

裴玄兴致勃勃想再问什么，云琰先一步开口："时候不早了，臣送圣上回宫。"

啧！裴玄暗自瞥了他一眼，转身上了马车。

云琰和宋佳音在马车后面跟着，一路送其至皇城，眼见着宫门打开，马车在视野里消失不见才离开。

马车一路沿着顺安门的宫道往皇帝所住的紫宸宫而去,车内裴玄手里还端着那碗凉了的桂花圆子,好笑地问:"不是要吃圆子?你捂着嘴还怎么吃?"

角落里缩着一个姑娘,左手压着右手捂在自己的脸上,生怕泄露出一丝一毫声音。

裴玄怕她把自己捂死,另一只手好心地将她的手扯下来:"已经入宫了,他看不见的。"

"吓死我了,吓死我了……"云茵大口大口地喘着气,仍是惊魂未定,"这要是让阿兄看见了……"

"看见便看见。他知道不是更好?免得你成日提心吊胆、小心翼翼的。"裴玄的手将她的手扯下来之后,并未松开,而是反复捏了捏,随即握在自己手里,"他迟早都要知道的,不是吗?"

云茵摇头,态度很坚决:"不行。"

裴玄的脸霎时阴了下来,那碗桂花圆子被重重地搁在桌案上,发出一声响。

云茵的心震了一下,一看他这脸色就知道不好,可花好月圆时她什么都能应他,唯独这件事,她没有办法。

她另一只手覆在他的手背上,声音柔软:"圣上也知道我阿兄与父亲的情况,我留在家里还能时不时地从中斡旋,让阿兄至少逢年过节回来吃一顿团圆饭。可我若是真的入了宫,就再难出来,他们两个势必真的决裂、再不往来,这不是我想看到的。"

裴玄的面色有所缓和,可内心的不甘却愈演愈烈,握着她的手骤然收紧,鹰眸紧紧地锁住她:"可若是他们永不和解,你也打算永远就这样下去?你舍不下他们,就能舍下朕?"

这话说得有些重,云茵本来就因为害怕被云琰发现而心惊胆战,现下再听他颇有些胡搅蛮缠,她疲累地蹙起眉,干脆扭过头不去看他,小脸俏生生地绷起来。

马车徐徐在紫宸宫门口停下,黄文存已经听出里面动静不对,和前来迎驾的人比了个手势,示意噤声。

黄文存和裴玄从小一起长大,算是陪在他身边最久、最了解他的人。裴玄素来待人温和,就算面对想算计他的人,他也是面上带笑、不疾不徐的,如果不了解他,会误以为他真的是良善之人,但当了皇帝的人,哪还有良善

089

之辈。只有面对这位云家大小姐时,他才会冒出几分孩子心性,常常一言不合气就不顺了,且越哄他,他越来劲儿。按照以往的经验,云大小姐被气到不搭理他,没一会儿圣上就会自己劝好自己,然后再去哄小姑娘了。

果然,不过半盏茶时间,寂静的马车内就传出一阵拖长的男声。

"阿茵……"

"阿茵?"

"阿茵,朕头痛犯了。"

"禹王一事折腾得朕这些日子耳根子就没清静过,夜里又跑出来陪你过节,朕已经这么累了,你就别和朕置气了。"

云茵紧绷着的脸松了松,回眸瞥了一眼,裴玄歪在窗边,手撑着额角揉着,看起来疲惫不堪、虚弱无比。明知他多半是装的,可他眼下服软,云茵也就顺着台阶往下走。

她挪了两下挪到他身边,软软的手指揉上他胀痛的额角。

裴玄眉宇舒展,头歪在她的锁骨前,胸口随着她的呼吸一起起伏。他是天下最尊最贵之人,可在心爱的人面前,也会心甘情愿地低下尊贵的头颅。

云茵的声音不由得放柔:"刚才阿兄身边还有旁人是吗?我听着声音好像是个女子。"

她刚才太紧张了,他们在马车外说什么她都没听进去,只囫囵听出来是个女子的声音。自己阿兄从来不近女儿身,现下身边突然出现了一个女子,她可太好奇了。

"嗯,是京兆府的捕快宋佳音。这次裴域、荀安的案子在长安城中闹得很大,由大理寺和京兆府衙门合作调查,办案人员里其中就有宋佳音……嘶……"按在额角的手猛然间使了力气,按得裴玄脑仁疼。

云茵忙停了手,有些不敢置信地瞪圆了眼睛:"你说谁?宋佳音?"

"是啊!"裴玄见她先是眼神飘忽、满脸茫然,再是眸中缓缓渗出一种他看不懂的激动的光彩,贝齿咬着下唇笑得格外甜。她唇色本就粉嫩,这般再一咬,水润润的,格外惑人。

裴玄眼神一暗,也不再问她为何听到宋佳音的名字有这么奇怪的反应,陡然扑了过去,顺势将那一点甜含住。

（二）

从地道中挖出的人骨残骸，经郑槐章辨认，有三具确认了身份。

其余更多的无人认领，在昔年的报案中也找不出与之吻合的。而那些已经被烧成灰烬的，则永远地化作泥土，再也找不回自己的家。

大理寺和京兆府夜以继日地对案件进行收尾工作的同时，天机司从与禹王勾连的朝臣那一方开始下手。

云琰一直怀疑裴域当年作案还有人相助。裴域贪色作恶，草菅人命，但他没那心性和手段能将事情做得这么隐秘，且据木清霜所言，地道里还多的是来来往往她看不清、认不出的世家公子。

天机司查证数日，云琰又找司中擅绘人像的属下将他有所怀疑的几家中的公子小像画出，让木清霜一一辨认。

当时地道漆黑，她又多被囚于一室，大部分的还是辨不出。只是有一位，她有印象。

"这个人的右边脸上有一颗痣，我那次出逃又被抓回来时，他就在地道中侧身对着我。"

右脸有痣的人，是之前在朝上一直中立的文官清流，翰林院的学士王文齐之子王徽。

天机司的人绘图时一开始并未画王徽之像，是云琰想起当时王文齐在朝上为案子发声，便着人画了一幅，却不想歪打正着，证实了云琰的猜想。

裴域之事，从一开始就是禹王在背后推波助澜的。

三皇子逼宫被诛之后，禹王元气大伤，却不甘心就此沉寂，他利用裴域，将世家子弟拖下水，之后以此为把柄要挟他们。禹王一党，因此而成。

之后事情隐隐压不住，禹王替儿子出手抹去一切，又以赌庄为据点，与党羽往来。如果不是木清霜、杜青萍还有徐宜娘，所有的真相，或许都会被永久地掩埋在元济三十二年。

"云大人。"木清霜的轻唤，将云琰的神思拉回。

云琰眉眼清淡，等着她说话。

"我死之后，云大人能否让人将我埋到济城去？"木清霜的手攥着一盏荷花灯，微微笑着，眼底隐约有一点泪光，只是刚溢出便被她强行忍回去，"宋捕快说，济城春日最好看，漫山遍野开着花，我不想留在长安城了。"

云琰的目光落在那盏荷花灯上，微微一顿。

木清霜察觉到他的目光陡然变得不善，当值的捕快与犯人私相授受不妥，她也怕自己连累宋佳音，解释说："这是我让宋捕快帮我带的。这是我最后的一个中秋了，云大人不要怪宋捕快。"

云琰移开视线，轻轻"嗯"了一声，并未多言。

他转身离去，踏出牢门时，身后又传来木清霜的声音："宋捕快是个很好很好的姑娘……"

木清霜迟疑片刻，还是开了口："我知道我没有立场说这些，可我还是想说……云大人，请好好待她。"

云琰顿了半步，随即离去。

木清霜抱着那盏花灯，露出一个笑，是释然，也是艳羡。

宋佳音像是这世上的另一个自己。

这条路这么难、这么险，幸哉，她不像自己那样，一路孑然独行。

禹王之案牵扯过多，但一切都在暗中查证，朝上仍是一片宁静。可这种宁静是诡异的钝刀，足以磨得心怀鬼胎的人冷静全无，自乱阵脚。

云琰要的，就是禹王自己跳出来。

五日之后，天泛着淡淡的蟹壳青色，郑槐章再一次敲开云府书房的暗门。

天机司查证的所有已记录在册，各府的暗桩听候指令，只要禹王有所行动，天机司便会先一步动手。

先帝遗诏在前，一般的错漏没办法撼动禹王，只有让他自己狗急跳墙出了错，才能顺势将禹王和其党羽一网打尽。

"禹王一党剪除之后，朝上会有多个职位空出来。圣上的意思，是以查案有功为由，让你我二人之中一人，升刑部尚书一职，你怎么想？"

郑槐章听云琰这么问，自然知道他已经有了打算，恭敬道："属下听从指挥使吩咐。"

"我想让你去。"云琰将郑槐章带来的天机司各处暗桩呈上来的字条展开，快速扫过之后放在烛火间焚烧掉，"大理寺和京兆府争斗许久，这是做给别人看的，眼下你我在外人看来已经和睦，也就无须继续做戏。之后查案相应事宜由大理寺承下来，京兆府只管京都治安稽查要事。你查案是好手，往刑部去是顺理成章。"

裴玄继位之前，与云琰商议过朝中诸部的改革，三法司管辖不明，各自扯皮，也是导致冤狱横生的原因之一。

郑槐章明白其中道理，只是还有所顾虑："属下出身不显，这个年纪就任六部中的一部之长，恐怕……"

"正是因为你出身不显，破格提拔你，才更能显示出圣上的改革决心，让天下有才学之人，都有出头之望。圣上如今真正信的只有天机司的人。"

而天机司之中如今能坐上这个位置的，只有他们二人。

郑槐章郑重地点头："属下明白了。"

郑槐章说着笑了起来："以后在外人眼里，我可比指挥使官位还高呢！"

自己的去处已定，郑槐章就惦记起自己京兆府中的其他人了。

这一点云琰也想过："你到时呈个名单上来，擅追捕搜查者留在京兆府，擅查案的就带到大理寺来。"

擅追捕搜查者留在京兆府？

郑槐章听出了点儿微妙的含义，瞥了一眼云琰的表情，试探着问："所以，指挥使不想让宋佳音进大理寺？"

云琰垂着眸，展开字条的手微微停滞，那些细密的字冲进眼里，往常扫一眼便能记得清楚的东西，这次看了足有一会儿才缓慢合上。

火苗舔着字条，瞬间便将其化为乌有。

云琰的眉骨映在火光间，有着经年不化的、不近人情的凛冽。

云琰轻描淡写的一句话给宋佳音的去处下了决断："她不适合。"

郑槐章对云琰的反应大感震惊。

郑槐章对宋佳音的能力很有信心，就等着她神探司考试通过后自己顺理成章把她推到云琰那儿。可不想半路出了木清霜的案子，导致考试搁置。郑槐章想着此案过后云琰看到了宋佳音的能力，到时候都不用他开口，云琰也会让她进神探司，或许连考试都省了。

可他没想到，别说神探司了，云琰连大理寺的门都不打算对宋佳音开。

郑槐章还想再劝，云琰却明显不想就这个话题多说，郑槐章只能将这个疑问压下来，等之后空闲找宋佳音去打听打听，看是不是发生了什么他不知道的事情。

朝上裴玄提起要去京郊围猎,五品以上官员皆去,郑槐章和云琰都在列,是以这一等就是数日。

等那惊天的大事从京郊传到长安城中时,宋佳音正在跟着归婉他们巡城。

一阵疾驰的马蹄声呼啸着冲过来。闹市严禁骑马,宋佳音握着腰间佩刀,展目望去。那骑马而来的将士手持明黄色令旗,是圣上手下来报信的信使。

信使嘶声喊着:"加急令旗,速速躲开!"

百姓们纷纷躲开,归婉探着脑袋看向信使:"这是出什么事了?圣上不是带人围猎去了吗?怎么会有信使过来?"

宋佳音按在刀把上的手松开:"是围猎出事了。"

很快,宋佳音的话被验证。京都巡防营包围禹王府,先请走先帝遗诏,后查抄王府。

而在京郊围猎发生的事,随着翌日圣驾回京也很快传扬开来。禹王在围猎时意图行刺,被暗中护卫圣上的天机司指挥使一箭射杀。

翌日朝上,天机司搜集的禹王一党罪证被呈上,圣上一改之前的宽仁,以雷霆手段下令处决相干人等,自此禹王一党不复存在,朝野内外既惊且惧。

之后空缺出来的职位,皆由圣上亲自任命。

京兆府特在长安城有名的酒楼绘香楼为郑槐章设酒宴,恭贺郑槐章高升。

郑槐章平日里没什么架子,除了抠门点儿,也算是个尽职尽责的好上司。他这么一走,诸人皆是不舍。酒酣尽兴之后,雅间内安静下来,颇有些离别的悲戚之感。

郑槐章放下酒杯,将雅间的窗开了一扇,回头拍着离得最近的袁威,力气大到袁威觉得半边肩膀都麻了。

"都别哭丧着脸啊,这可是好事,你们不是之前一直为我抱屈,说我凭什么被云琰那厮压一头,现在好了,我可是比他官还大一级呢!"郑槐章语气轻松,雅间内的气氛瞬间缓和下来。

三法司改革的消息已经传开,郑槐章知道大家除了伤感他离开,也有对前路的迷茫。他又笑眯眯地道:"放心吧,你们的去处我都有安排。适合查案的去大理寺,我现在和云琰关系还不错,他也会关照你们的。适合追人的还留在京兆府,继任的京兆尹谢观年谢大人那可是探花郎,人品才干都无可挑剔。"

郑槐章这一番话给众人吃了一颗定心丸，大家举杯又喝了一轮，雅间内推杯换盏，又热闹起来。

酒杯递到坐在窗边的宋佳音面前，宋佳音先喝了一杯，试探着问："那下官算是适合查案的，还是适合追人的？"

她没忽视刚才郑槐章这只老狐狸说到这句时，颇有深意地瞟了她一眼。

郑槐章坐在宋佳音旁边，瞧着四下没人往这边看，才压低声音问她："你与云大人，可是闹不愉快了？"

宋佳音愣了一瞬，随后摇头："并没有啊，大人这话是从何说起？"

郑槐章自然不能把和云琰说的话告诉宋佳音，只能含糊地编了瞎话："我将京兆府中要调到大理寺的人员名单给了云琰，他把你的名字划下去了……我去找他问了为何如此，他说你不适合。可你之前办案时，云琰明显是很欣赏你的，他一向爱挖掘办案人才，这次却不想要你，这很是奇怪，所以我才问你们是不是有什么不愉快的事。"

宋佳音心中惊愕万分，面色无比茫然："可是真的没发生什么啊……"

"你仔细回忆回忆，趁着名单还没呈圣上御览，一切还来得及。"

郑槐章说完拎着酒壶找袁威几个去了，留宋佳音一个人在窗边吹冷风。她反复回忆和云琰相处的点点滴滴，却怎么也想不出个所以然来，不知道是不是漏了什么细节。

宋佳音越想越脊背发凉、喉咙发干，拿起手边的杯盏，一杯一杯往嘴里灌酒，企图浇灭那从心底涌出来的担心和恐惧。

秋风吹着她发烫的脸颊，她脑子里一片混沌。

同一阵秋风，扫走云府门前的几枚残叶。

云茵再一次骗自家阿兄回府无果，带着气走出门："难为我这么想着你，怕你挨饿受冻，又做糕点又制糖水的，你就这么狠心想把我扫地出门！云琰，你没有良心！"

见云琰一言不发，像是完全没听到，云茵气得差点儿跳起来，飞快地钻进马车里。

马车往胡同口走，云茵掀开车帘回头想看看云琰那个没良心的还在不在，不料一股浓重的酒味蹿进来，云茵皱了皱眉，只见一个挺拔俏丽的身影越过马车往里走,看她衣衫、佩刀的式样,似是衙门中的捕快。

女捕快……

往云府方向走的女捕快……

云茵莫名想起之前裴玄说的跟云琰在一起的人,是宋佳音。

"停车!停车!"

车还未停稳,云茵便跳了下去,猫着腰往前走了几步,躲在一棵树后望着那边。眼见那女捕快虽醉醺醺,步履却还算是有章法,她笔直地走向云府大门,见没有人在,又绕到院墙边,一个飞身就蹿上了墙。

这动作姿势堪称娴熟,不像是第一次来了。

云茵微张着嘴,在秋风中独自凌乱。

"我胡编乱造写的拉郎配话本子……结果是写实的吗?"

院内,云琰早已听见异动,袖中匕首落入掌中。他眉眼冷厉,更胜于那日一箭射进禹王心口的凶狠,只等着那翻墙而来找死的人。

突然,在柔和的月光下,一张纯净如水的脸出现在他的视线中。

她跃上墙,动作有些缓慢,还有些平时没有的傻气,似在寻找在哪里落脚好。

像是有所察觉,她抬起眼,眼底蒙了一层水雾般的懵懂,四目相对时,原本牢牢握在云琰手中的匕首忽然滑落,发出"铮"的一声。

宋佳音又眨了两下眼,似是在确认眼前人是谁。随后,她咬了咬唇,字音含糊,声音委屈地控诉着:"大人,你这么讨厌我吗?"

云琰的心,被一只暗夜里无形的手,狠狠地攥紧。

他料到宋佳音会来寻他,早已做好打算应对。却没料到她来得这么快,还是以这样的方式。对上这样的宋佳音,他平时最擅长的冷言和讽语,都很难说得出口。

他便只那么面无表情地站着。

宋佳音等了一会儿没等来他的回答,不耐烦地从墙上往下跳。

绘香楼的招牌佳酿"芙蓉香"后劲儿很大,落地时她脚下发软,像是踩在了一团棉花里。眼看着她颤巍巍地要往一边倒,云琰的手像是自己生了知觉,伸出去一把将她扶住。

云琰鼻尖动了动,闻到一股浓重的酒气,脸不自觉地有些沉,问:"你

喝酒了?"

宋佳音轻轻地"唔"了一声,想推开云琰的手自己走,却左脚绊右脚差点儿又栽下去。

云琰额角跳了两下,听到自己喉咙里发出一声无奈的叹息。

他伸手捞住宋佳音的腰肢,一个使力扔上肩头。宋佳音醉醺醺的,连反抗都没有,软软地任他扛着。

云琰用脚尖勾着匕首挑到半空,伸手握住,重新将其收好。

小桥机灵,见自家世子又一次带了那位宋捕快回来,也没多问,铺好了床便下去煮醒酒汤了。

宋佳音被云琰放在床上,手却紧紧搂着他的脖颈不撒。云琰不想和醉鬼计较,就着她的力道坐在床边,问她:"郑槐章跟你说的?"

"才不是,是我自己猜的。"酒醉的宋佳音依旧很讲义气,没有把郑槐章供出来。

"大人不想让我留在你的身边,为什么呢?是我做得还不够好吗?还是你真的认为我要做郑大人的卧底……那是我为了查案胡说的……"说着说着,宋佳音眼底蕴了一层水色,松开他,将自己缩成一团,呜咽着骂了一句,"云琰你个浑蛋!"

娘亲告诉她,不要悲戚,不可怯懦,她就一步一步地走向光明之路。

这条路上她遇到过很多人,有萍水相逢此生不会再见的人,也有长久相处融入她生活的人。她以为,云琰会是后者。

这或许出于一种执念,是她认定只要努力就可以考进神探司,之后自然会与云琰长期相对。

又或许是因为《云中记》的存在,即使里面写的她与云琰有情是假的,可书上写的云琰的性格和喜好却都是真的。她一日日翻着书,越来越了解他,就好像她与云琰相识许久。

但云琰的那一句"她不适合"却像是一根针,刺入皮肤,让她骤然清醒了过来。

京兆府调入大理寺的人不止一个,而她被排除在名单之外。这就说明了,在如今的云琰眼里,对京兆府衙门并不再有厌恶和偏见。

他有厌恶和偏见的,只是她罢了。

或许在云琰看来,她做的那些努力,他们一起经历过的事都不值一提。案子总会有结束的一天,他没必要信任她,也没必要留下她。

这个事实让她异常难过,具体因为什么难过,她脑子浑浑噩噩的,也想不明白。她的眼泪来得汹涌,却又无声无息,看着格外可怜。

云琰垂下眼,手指僵硬地屈起。

那日在牢中,他见到木清霜手边的灯笼的一刹那,内心像是被扎了一根刺,不舒服至极。

他送给宋佳音的灯笼,她怎么能转手送给别人?

踏出牢门,他一度想冲去找宋佳音问。可当脚步真的迈向宋佳音所在的值房,他却陡然像被谁打了一耳光,骤然清醒过来。

他居然因为一盏不值钱的灯笼失态至此,甚至连他最引以为傲的冷静都丢得一干二净,没头没脑地就要去找宋佳音理论,七八岁孩童时他也不会如此。

那种被人左右情绪到如斯地步的恐慌笼罩在他的头顶,他不想信,但不得不信。

在不知不觉中,宋佳音成了那个会影响他判断的人。

因为什么呢?就因为他知道她对他钟情?

或许吧!他见惯了话里有话的朝臣,诡言巧辩的犯人,他还没见过一个像她这样的人,把"倾慕"两个字明明白白地写在脸上,每当她直白坦荡地对他说一些话的时候,他总是有一瞬的发怔。

他对她,比对旁人多了这一瞬的思考,自然也多了一瞬的注意,只是之前他自己都没有发现。

他是天机司里的执刀者,不应该有软肋,他应该永远冷静自持。宋佳音对他的心思过于明显,他不该,也不能再留宋佳音在身边。

他与那刚刚萌生出来的莫名情感挥手作别,再次将心底的围墙筑得高高的,无人再能攀爬上去,窥探到墙里面他内心深处的一角。

他永远是那个刀枪不入,遇神杀神、遇佛杀佛的天机司指挥使。

而在这一瞬间,云琰清晰地感知到,那围墙在她眼泪下倒塌得猝不及防,快到他连伸手去拦的时间都没有。

她如此倾心于自己,日夜盼望的便是留在他身边。即使是出于私心,可她也为此做了她身为捕快该做的所有事。

他既然想着要做回自己,就不应该也生出私心,抹杀她作为捕快的功绩。

除非是他对自己没信心,觉得宋佳音在身边,他迟早有一日也会喜欢她,甚至为了她变得面目全非,所以才这么强烈地排斥让她进大理寺。

那绝不可能。

这样想着,云琰叹了一口气:"我答应你,让你进大理寺。"

挫败之余,他只能劝自己,她擅查案,又立了功,应当有所嘉奖。更何况他之前还应允过她,让她进大理寺也是理所当然,君子不能失信于人。

宋佳音的眼泪止住,抬头呆呆地问他:"真的吗?"

云琰点了下头。

"云大人最好了!"宋佳音顿时眉开眼笑,本想拱手道谢,却再一次精准地歪在他怀里。

云琰这回连叹气也没有,望着窗外的树影想,就当……她是磨炼自己意志的磨刀石好了。

夜到深时,京郊寂静无垠。

古朴宁静的小村落临水,晚归的猎户从山林中走出来,将猎物和一捆干柴扔到一边,弯腰掬水缓解干渴。

水和平时的味道有些不同,猎户咂咂嘴,喝出一股难闻的腥臭味。

此处是河水的下游,月光下隐隐约约有什么东西顺着漂下来。

平日里也有些赶路的商客不小心将东西落入河中,顺着河道下来,有时运气好还能捡到些值钱的物件。猎户心喜万分,掏出平时打猎用的网子,兜着罩住那东西,用力地拽上岸。

网子解开,猎户对上一双凝住的、一动不动的眼。

"啊——"

(三)

在宋佳音看来,喝酒这件事既浪费时间,又耽误办差,是以这么多年不管是在地方衙门还是在京兆府,她一直扮演的都是其他同僚喝多了自己赶去结账的角色。即使是推不了的酒局,她也只是喝一点装装样子。

这是她第一次喝醉。

醉后浑身酸软、头痛欲裂，这些都不算什么，最让她感到惊悚的是，她居然是在云琰家里醒来的。

看到周围熟悉又陌生的一切，有那么一瞬间，宋佳音觉得自己在做梦。

云琰已经去上朝了，小桥依旧是那副笑脸，将她照顾得无微不至。

关于怎么来云琰家的，又做了什么，宋佳音脑子里只残存着零星碎片。但这些碎片，已足够她羞愤跳河。

比如，她栽进云琰怀里……

比如，她在云琰面前哭……

再比如，她骂了云琰一声浑蛋。

"世子说让宋捕快不必着急去上值，他会和郑大人打好招呼的。"

和郑大人打招呼……那岂不是整个京兆府的人都会知道她昨天喝大了来找云琰了？

宋佳音僵硬地提起嘴角，有气无力地说了一句："代我多谢云大人的好意。"

小桥笑盈盈道："宋捕快客气了。"

不过，下午宋佳音去衙门时，并没有谁来打听这件事，连一向对她和云琰格外上头的归婉也没有什么异样。想是郑大人没和谁提起过，宋佳音暗暗松了一口气。

郑大人不愧是京都各衙门的人都想要的好上司。

其实郑槐章也不是人好，他将云琰的决定告诉宋佳音，本意是不想好苗子埋没，却没料到宋佳音醉酒后直接找上门去了。

醉酒后的人哪有什么理智，她对云琰说过什么、做过什么，郑槐章光是想想就心惊肉跳，云琰没怪罪已是万幸，他哪还会主动和别人提起。

不过让郑槐章没想到的是，宋佳音的这一招却意外有奇效，京兆府最终呈上的调往大理寺的名单里，宋佳音赫然在列。

郑槐章摸着下巴，看着宋佳音的表情变得敬佩又好奇。所以昨晚上，宋佳音到底对指挥使做了什么？

和宋佳音一道调入大理寺的，还有袁威和归婉。

袁威经验老到，归婉办事细致，这二人是郑槐章举荐的。

对于和宋佳音一起调到大理寺，归婉的激动溢于言表，连走路都是一跳一跳的。

而宋佳音在正式入职大理寺之前，先被外派出京一趟。

木清霜早已无亲眷家人，她伏法后，云琰请示圣上，特许将木清霜的衣冠冢从禹王府陵寝中迁出，尸身火化，埋于济城。

宋佳音听说后自请去办这件事。不管当时是虚情还是假意，她答应过木清霜，她要带着木清霜回济城。

此次办的是大理寺的公事，宋佳音出京前，孟随特意将一匹黝黑的高头大马送到她手里。

"这马儿叫踏雪，足力、耐力都是京中少有，又温顺亲人，正适合办差用，宋捕快早去早回。"

宋佳音也不推辞，一拱手道："多谢孟大人。"

除了孟随，归婉也来了一趟，送了些好存放的吃食，给宋佳音做路上的干粮。

"本来以为我们能一起去大理寺报到呢……"归婉忧伤地叹了口气，语气颇为遗憾。

一般到新衙门报到，衙门的掌司大人都会与每位新来的下属说上几句劝勉之言，但因宋佳音被外派，归婉可能就会错过见证云琰和宋佳音说话的这一幕。

"大理寺和京兆府要改革，各项章程都很烦琐，交接不会那么快，也许我回来还能跟你一起入大理寺呢！"

宋佳音嘴上这么说着，心思很快飘去了别处。

云琰这人的心思太深，宋佳音实在是捉摸不透。直到现在她都不清楚为何她喝酒闹事，他反而把她留下。她入大理寺后怎么和云琰相处，这中间的分寸拿捏，她得趁这段外派时间好好想一想。

归婉倒是提醒了她，是时候把《云中记》拿出来，仔细研读分析一下了。

宋佳音在翌日天亮，城门大开时第一时间出城，骑着马直奔济城。自调入长安城之后，她只在书信里与养父母往来，还未曾回过家。此次大理寺给的时间是十日，她快马加鞭赶回去，办完事，还可以挤出时间在家中小住几日。

宋佳音前程走的是官道，等进入济城范围，她对路线熟悉，便挑了更近的小路一路疾驰。

三日后，她到了济城最南边的一座山的山脚下，将装骨灰的坛子埋在了一棵杏树下。

秋时雨下得细密，宋佳音的睫毛被打湿，她深深地吸了一口潮湿的空气，伸手将那盏荷花灯笼缠绑在了树枝上。

"睡吧，林姑娘。"

这里有山有水，能看见朗朗月，能看到春时花。

这里长眠着，一个不甘被命运之手搅弄一生的姑娘。

宋佳音迫不及待地想回家看看，没等雨停便出发。

天渐渐暗下去，宋佳音的身影很快没入山林。

这时，着玄色劲装的两人从不远处的树后探出头。

二人交换眼色，瘦高者道："等下我先轻功跟过去，你去牵马。"

略矮一头的人应了一声，往前张望了一眼："京中案子那么繁杂之时，指挥使居然派你我出来沿路跟着这捕快来埋人……"

"这捕快的底细我们天机司查过，一点儿问题都没有，但指挥使还是让我们跟过来，我估计是指挥使窥探到了什么细节……"瘦高者扯着面罩往上，遮住一张脸。

略矮一头者认同地叹了口气："指挥使的高度我这辈子也无法企及了。"

望乡镇在济城西南，是济城与东林城的接壤处，镇上百姓以种茶贩茶为生。宋佳音的养父母在镇上开了一间茶铺，宋夫平习惯起早，天刚蒙蒙亮便起床穿衣。

他到后院的井边汲水，刚压了几下，听见前面铺子传来一阵沉重的敲门声。

"谁啊，这个时辰就来？"宋夫平将手往布衣上擦了擦，快步往前走，门闩解开，见外面站了一位戴着斗笠的年轻人，手上牵着一匹皮毛油亮的宝马，似在雨中行了许久，素衣上还隐约带着潮湿的水汽。

"这位客官不好意思，小店还未开张，东西还没来得及摆出来，客官还是等日头上来了再来，这茶要趁着光挑，才能挑到好的。"

"不用挑，老板家的茶就没有不好的。"年轻人说着，伸出一根细白的食指往斗笠上一顶，露出一张白皙清秀的笑脸。

宋夫平登时惊喜万分："囡囡！你怎么回来了？"

"到济城办公事，顺路就回来了。"宋佳音摘下斗笠。

宋夫平顺手接过斗笠放到一旁，拉着她的手上下不错眼地看："瘦了这么多……你娘看到不知道要心疼成什么样子。你能在家待多久？"

宋佳音随口说："三五日吧！"

宋夫平面色沉重，暗暗地想着这三五日要变着花样做好吃的，争取把闺女喂胖个三五斤。

宋夫平生火，宋佳音在旁边帮着添柴，父女两个边干活边聊，等崔氏醒来见到宋佳音时，早饭已经做好了。

崔氏揉着眼睛，掐了宋夫平好几下，才反应过来宋佳音是真的回来了，饭也顾不上吃便拉着宋佳音回房，查看她有没有受伤。在外当差免不了磕磕碰碰，见宋佳音身上大大小小的伤痕，崔氏眼泪汪汪的，说什么也不让她再回京去了。

当年沈相夫人林青吟在外游历时，恰巧赶上望乡镇瘟疫肆虐，死伤无数。林青吟救过彼时因灾奄奄一息的宋夫平夫妻，给了他们一笔银子送他们出关。后来沈家破灭，林青吟将自己的女儿沈明月托付给自己的私人护卫齐韶，让其去关外找宋夫平夫妻。

这段恩情只三人知晓，没人会把破败的宋家与赫赫有名的沈相夫人联系起来。一对壮年夫妻在外躲灾、怀孕生女，也是寻常事，再加上望乡镇已经没有几户活着的人，镇上百姓大多数是后迁来的，也不了解宋家的具体情况。等从关外再回到望乡镇时，沈明月就顺利成了宋家的女儿宋佳音，齐韶则是他们在关外投奔的远亲。

宋夫平与崔氏没有子女，把宋佳音当成自己的孩子疼爱。小时候宋佳音每次跟着齐韶练武，弄一身伤，回来后崔氏也总是像现下这般边哭边替她上药。

宋佳音亲昵地抱着崔氏，安抚了好一会儿，才让她收了泪："我想一会儿去看看齐叔。"

为防万一，齐韶避开了人群，住在从前宋家收茶的茶庄上。崔氏道："你走之后，齐护卫就去关外了，我们留他也没能留住。"

齐韶对宋佳音而言，亦父亦师。齐韶走得无声无息，事先一丝风也没透露，也不让宋家人和她在信中提此事，宋佳音有些难过。不过在京中这一番日子之后，她已然能理解齐韶的决定。

就像是木清霜回京之后从不和木家人往来一样，多一个了解她的人存在，就多一份身份泄露的可能，齐韶远离是为了保护她，还有宋家。

"你们娘俩还没说完吗？"门外宋夫平似忍了又忍，实在没忍住，便拍门叫人，"再不吃，饭都要凉了！"

崔氏抹了抹脸，握着宋佳音的手："光顾着说话，都忘了，这么急着赶路，饿坏了吧！走，出去吃饭。"

宋佳音笑眯眯地挽住崔氏的胳膊："好。"

宋佳音在家里待了三日，白日里有时陪着崔氏说话，有时跟着宋夫平照看铺子，中间趁着天晴的一日，还去了一次乡下的茶庄。

最后这一夜，宋佳音躺在熟悉的床铺上，却久久没有睡着。

这短暂在家的日子弥足珍贵，等回到长安城，怕是再也不会有这样的时光了。

宋佳音翻了个身还是没有睡意，从包裹里取出那本《云中记》细细读着。

他立志整顿黑暗官场，查清历年积弊案件。

在他的世界里，情爱这种东西只会牵绊住他的手脚。所以他下定决心刻意不见宋佳音。宋佳音没有明问，却也感知到他对自己的冷淡，她只托人，给云琰带了一个自己绣的荷包。

荷包上绣的是一丛蒲草。

"蒲草韧如丝，磐石无转移。"

云琰明白宋佳音心中所想，拿着荷包静坐一夜，待到翌日天明，他起身出府。

《云中记》的第一卷结局就到这里，"云琰"对"宋佳音"情动，却不知感情归处。

宋佳音越和云琰走得近，越觉得书上所写真的很贴合现实里的云琰，看得她有些恍惚。

就连前几日云琰不让她入大理寺的冷漠变脸，她看完书都觉得是云琰怕她在身边会让他分心，耽误查案。

这个念头一闪,宋佳音望了一眼床边月光,摇摇头喃喃道:"我还真敢想……云琰能喜欢我,陆清然都能上树。"

　　房顶上,悄无声息地藏着天机司二人组。

　　宋佳音说话声很模糊,二人再耳尖也只听清了一句"云琰……喜欢我",不由得眼睛"噌"地亮了,互相交换了一个眼神,随后恍然大悟地点了点头。

　　原来指挥使是派他们来保护心上人的……那这就说得通了。

第六章 各怀心思

（一）

"天干物燥，小心火烛——"

宵禁时分，长安城北，打更人胡伯打着梆子，走过大街小巷。

长安城中富贵人大多住在城东和城南，城北住的是外来人和生意人。前些日子新住进来一户来做买卖的胡商，带来的货物堆得满院子都是，就连门都快堵住了。

胡伯经过时摇了摇头，嘟囔了一句"蛮夷人就是乱糟"，转身走出胡同，继续敲着梆子。

梆子声音未完消散，他忽然听到"哗啦"一声，是什么东西砸在地上的沉闷声，正是从刚才驻足的院中传来的。

胡伯心下一惊，折身回去，到院子门口敲了几下，却没有人应声。

正巧，前面胡同口一队夜间巡视的甲士经过。胡伯快走几步过去拦："大爷，里面那家好像出了什么事儿了，小老儿敲门也没人应……最近这长安城有些不太平，小老儿想劳烦大爷去瞧瞧。"

"一组的继续巡逻，二组的跟我过去看看。"领头的甲士在胡伯的引领下走到院子门前，敲了几下门，声音大得连隔壁院落的灯都亮起，这院子里还是没有人应。

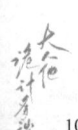

甲士往后站了站，猛地抬脚踹在门上，破门入院。

院子里，正屋的房门像是被什么东西别住，根本就推不开。

领头甲士去撬窗户，几下撬开，顺着窗户跳进去。

瞧见眼前一幕，领头甲士不由得惊骇出声，只见正屋内堆满了金银货物，像是山一般，"山"中央压着一个人，四肢都被压住，整个身体只露了脑袋出来。

领头甲士快步过去，手一探，那人已经没了气息。

"快来人，速速到大理寺报案！"

翌日一早，宋佳音驾马赶回长安城。

她这一趟往济城去是公事，任务完成后需要回衙复命。她在家里沐浴换了衣衫之后，就带着自己的印鉴等物品，牵着马去大理寺。

大理寺的人都知道宋佳音已经调了过来，以后就是自己人了，守卫面带善意地打招呼，宋佳音笑着一一应下，问了马厩位置，将踏雪安置好便直奔云琰办公的独间。

许是时辰太早，云琰并不在，宋佳音便站在门边等着。

陆清然打着哈欠，捧着一沓卷宗过来，推门走了进去，刚走了三步，脚步猛地退回来，揉了揉困倦的眼睛看着宋佳音，发现并不是在做梦，这一下惊得他睡意全无。

"宋捕快？你何时回来的？"

宋佳音道："一个时辰前进长安城的。许久不见陆大人了，陆大人别来无恙？"

宋佳音换了干净衣衫，发梢还未干透，明显是专门梳洗过的，可掩不住眼下的疲倦神色。这么风尘仆仆赶过来，连个觉都没歇就来找云大人了……陆清然暗道，别太爱了，宋捕快。

陆清然将手上的卷宗放在云琰的案头，转身又出来时，宋佳音才问："陆大人可知，云大人什么时辰下朝上衙？"

但凡上朝的官员，来衙门的时辰总是不定，之前在京兆府的时候她就总摸不到郑槐章人影，若是云琰晌午才来，她这一上午就白等了。

"今日云大人告假没去上朝。"陆清然解释，"昨夜城中发生了命案，云大人亲自带人去现场了,怕是得很晚才能回来……宋捕快要是实在等不及想见云大人,要不直接去现场?"

一下解了两个人的相思之苦,陆清然觉得自己实在善良。

宋佳音也没听出陆清然的弦外之音,只觉得这小陆大人是不想她白等着,遂点了点头,打听了一下案发现场的地址,道了声谢就转头走了。

城北鱼鳞巷的巷口被官府派人守住,外面围了一圈的人好奇地张望着里面的动静,小声讨论着这起堪称离奇的命案。宋佳音站着听了几耳朵,什么鬼神作祟的说法都传出来了。

她从人群中挤过去,守着巷口的是个熟人,见到她颇为惊讶:"宋捕快?你怎么来了?"

正是孟随。

宋佳音抱拳一礼:"我回大理寺找云大人复命,刚巧听陆清然说这儿有案子。我刚调进大理寺也不想白吃饭,赶过来看看能不能帮什么忙。"

孟随听宋佳音这话,面色有些古怪:"宋捕快可能不知道……"

宋佳音问:"知道什么?"

孟随刚要开口,只见前方院门里绕出一个人。此刻天光大亮,晨光在院门前半笼下去,云琰踏出脚,便似从光中走出来。许是忙了一夜,那身惯常穿的鸦青色衣衫上有些发皱。

似有所感,他抬眼望过来,一下瞧见了宋佳音,略带倦色的眼霎时亮了几分。

宋佳音被那骤然变化的眼神一盯,心不自觉猛地一跳。

不知道是不是最近《云中记》看多了太过上头,她不自觉地就会带一些感情去解读云琰。云琰很普通的一举一动落在她眼里,都会让她看出别样的意思。这样不好,不好。

宋佳音默念了几遍"把书中内容和现实分开一些",前方云琰已经在冲她招手。

孟随先反应过来,低声和宋佳音道:"宋捕快过去吧!"

宋佳音道了声谢,提步走了过去,在云琰面前停下,恭敬地见礼。

在宋佳音到长安城之前,天机司的下属已先去云琰那儿复命了。眼下云

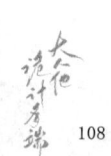

琰的视线自她脸上一转,见她并未消瘦,反而滋润了几分,他就知道她在家中待得舒心。他语气不自觉地温和下来:"事儿都办好了?"

"是,下官已按照云大人吩咐安葬好了木清霜。"宋佳音说着,看了一眼杂乱的院子,"这是……"

云琰本来已经要回去,见她眼巴巴的样子,心思一转,自然地道:"本官正想让孟随回去叫人,你既来了,就过来帮忙。"

宋佳音点头称是,恭敬地落在云琰后面两步的位置,不远不近地跟着他,听云琰说这个院子里发生的案子。

云琰偏头看不到身边有她,心头涌上一股说不清的不喜,面色倒是看不出异样,只是和宋佳音说话的声音越来越小。

宋佳音听不清,又实在好奇,只好往前,直到两人近乎并肩而行。

云琰嘴角的弧度几不可见地轻轻上扬,三言两语便将目前情况说明。

昨夜打更人胡伯发现这处院子不对劲儿,叫巡防营的甲士过来踹门,发现租赁这屋居住的胡商栾耳达被压在金银货物之下死去多时。大理寺接到报案赶过来验尸,发现死者下肢被压得血肉模糊,除此之外并没有其他的致命伤口,所以他确实是被压死的。

屋内房门被金银货物堵住没法打开,窗户在甲士破窗前也是锁着的,大理寺查过,屋内没有其他出口。左邻右舍的口供中透露,栾耳达有一个习惯,每夜他都会叫手下奴仆将今日的货物搬到屋中,自己和货物一道睡,生怕东西被偷。

栾耳达做的是倒卖货物的生意,用西域的新奇东西换一些长安城的金银珠宝,昨日因收了不少好东西,栾耳达晚上跟人喝了不少酒才回来。人醉后手脚很容易不听使唤,这案子怎么看都像是栾耳达自己一人在屋中时,不小心碰倒堆得很高的金银货物,将他给埋在下面的意外事件。

宋佳音左右打量着屋内陈设,鼻翼微动,嗅着屋内的气味。即使房门打开任大理寺的人查过这半天,屋内那股血腥气和酒气还是未散,闻得宋佳音有些头晕。

她甩了甩头保持清醒,问道:"那他手下的奴仆完全没听到声音吗?"

"栾耳达连自己的奴仆都信不过,等奴仆搬完东西便将他们赶出去,把门窗和大门都锁好,独自睡觉。"

宋佳音在屋内转了一圈,边边角角都走过,除了那股不散的酒气,倒并未闻到什么特别的气味。

"所以案发时屋内屋外只有他一个人……倒还真像是个意外。"

宋佳音踏出房门,深吸了几口气,又掐了几下人中让自己清醒一些:"他喝的什么酒,劲儿这么大?"

云琰跟着踏出房门,说道:"胡人在长安城有喜欢去的酒肆,做的是胡酒,比长安城的酒烈许多。"

院中种着一棵梨树,这时节已经枯得只剩几片叶子,孤零零地挂在枝头。

云琰抬手摘下一片,碾碎在手心:"连你也没闻到什么奇怪的,那就还真是意外了。只不过,最近的意外也实在是有些多了。"

宋佳音仰着头看他,问:"最近还有其他意外的案子吗?"

"你刚走的那日,下面报上来一件案子。猎户程大晚上打猎归来,在村边的河里用网子网到一具尸体。死者叫罗小郎,是贩香的铺子里雇的小厮,每日驾车往返铺子和京郊的天元寺送香。那日,他照常出门,却赶上一场雹子急雨,山路路滑,马车翻落,他掉进穿行山谷的河中,溺水身亡。案发现场和落水处我都派人查过,没查到什么异常。"

宋佳音点了点头:"那种天气路滑,发生意外也正常……"

"那案子发生的三天后,枢密院整修过程中,房顶突然塌了,一位在工部现场督办的侍郎被当场压死……"

宋佳音心头一惊:"可是李云封李大人?"

云琰挑眉:"你也认识李云封?"

李云封说起来也算是和沈家有些关系,当年他科考只在二甲五十二位,朝上官位又素来紧俏,李云封就一直在家中候补官位。是沈岸看出他虽在文章上并不擅长,却是个干实事的人,举荐一番之后,李云封才得以顺利入仕,做了个外县的县丞。

那之后,李云封与沈家再没有什么往来,是以当年沈家出事时,李云封并没有受到牵连。

可宋佳音知道,李云封从没有忘记过沈家之恩。当年沈家一门没有后来人,

李云封不顾被牵连的风险，出面收殓了她父亲的尸身，让她父亲得以安葬。

他虽没有被治罪，可明显因当年事而被连累，在工部一直在侍郎的位置上待着，衙门内什么脏活累活都塞给他。

宋佳音没有见过李云封，可现下听到李云封如此意外而亡，内心酸楚不已。在这世上和沈家有关的、为数不多的人，又少了一个。

见云琰还在等着自己的回答，她强作镇定，道："下官……下官听郑大人在京兆府时提起过，说这位李大人事事亲力亲为，但凡他督办整修的事项必定会亲自前往。所以……李大人之死也是意外？"

"枢密院整修之事本不是李云封督办的，而是他手下的一个长史。但长史办事敷衍，工人偷奸耍滑，枢密院整修迟迟不完，李云封才亲自过去。那屋顶缺砖少瓦，撑不住担上去的土，才让房顶塌了，事发时李云封正在下面。"

这几个案子没有相通处，似只能当意外结案。

可在刑狱多年，云琰的直觉告诉他事情并没有这么简单。他想着宋佳音在前面的案子里发挥了巨大作用，才招她过来，可仍是没发现什么异常。

每年因意外而死的人多不胜数，可能，就真的只是意外。

既已解了疑惑，这地方也没有再待的必要，云琰瞥了一眼沉思不语的宋佳音："本官要回大理寺了。"

宋佳音回过神："下官跟大人一起回去。"

云琰颔首，提步踏出去，宋佳音急忙跟在后面。

一路无话行至大理寺门口，云琰才像是突然间想到什么一般，淡淡道："忘了和你说，三法司衙门内职能还在做调整，京兆府的人还没正式进大理寺。"

宋佳音一怔，怪不得她在大理寺和案发现场都没看到归婉和袁威。

宋佳音瞥了一眼京兆府的方向，心突突跳了两下。

所以按道理来说，她今日还是要回京兆府？怪不得孟随见她要去给大理寺做事时面色那么奇怪。怎么努力这么久，还是在原地踏步？

虽然宋佳音知道这结果并不是出于云琰的主观意见，而是因为客观原因，但她还是觉得有些挫败。宋佳音的脸色不自觉地发苦，小心翼翼地抬眼，悄声问云琰："云大人……下官能直接跟大人回大理寺衙门吗？"

111

云琰负手而立，表情淡漠，并不言语。

宋佳音知道云琰一向按规矩办事，眼下衙门门口人来人往的，还有守卫，她也没法做《云中记》里"宋佳音"那一套，只能拿出恳求姿态以理说服他："下官本来就是要入大理寺的，现下去和之后去也没什么区别，况且……"

"可以。"云琰淡声打断她，丢下这两个字，迈步踏进大理寺的门。

她刚起了个头，云琰居然就这么轻易地答应了。

可能是云琰看她态度端正，被打动了吧？

宋佳音想着，深吸一口气，立直身体，颇为郑重地抬起一只脚，迈进大理寺的门槛。

（二）

宋佳音第一日到大理寺，并未领什么差事，陆清然奉命带她四处转转，了解一下大理寺。

云琰任大理寺卿后，将大理寺内分了四处，卷宗处、缉查处、复核处、审讯处。

卷宗处负责誊写卷宗等文书一类，由大理寺丞陆清然负责。

缉查处负责追捕缉拿犯人，由孟随统管。

审讯处专门负责审讯犯人，由云琰直接管，孟随也擅审讯，有时也会帮忙。

云琰调袁威过来，是打算由袁威掌缉查处，之后孟随只负责审讯。

复核处是今年刚刚成立的一处，专门复查历年的案件，若有冤假错案，会重查、重审、重判，这一处也是云琰直接管。之后三法司内部改革，由刑部负责复审，复核处到时候会直接取消。

陆清然带宋佳音走到一处空落房间，上面牌匾上书三个字"神探司"。随着上一次神探司考试取消，这地方至今还空着。

"前朝的神探司不属于大理寺的任何一处，可以随意行事，只要能查清案子就行，而且俸禄比大理寺的人高出一倍不止，也不知道云大人到底什么时候会组神探司。"陆清然眷恋地多看了两眼神探司办事处，带着宋佳音去下一个地方。

在大理寺里转了一天，到了下衙的时辰。宋佳音刚出大门，就见归婉满

面雀跃地在等着她，怀里还抱着一本册子。

听闻宋佳音回了长安城，还先来了大理寺，归婉一整日都心痒痒的，以前所未有的热情高效率地完成今日事后，赶在衙门下衙的第一时间就冲了出来。

见宋佳音的视线往自己怀里瞄，归婉红着脸小声说："这是《云中记》第二卷，新鲜出来的，我连夜誊写了一本，这本送给你。"

已有的《云中记》第一卷快被宋佳音翻烂了，学到的那几招已经不够她发挥的，归婉的这东西可谓正送到了宋佳音的心坎里。

宋佳音卷着书册，在掌心敲了敲，笑眯眯道："走，晚饭我请你。"

三法司衙门不远处有一家小馆，叫四方馆，每日营业到寅时。之前在衙门熬通宵的时候，宋佳音就会带手下人过来吃个夜宵。

这个时辰馆里空位不多，二人拣着临窗的位置坐下，轻车熟路地点了几道素日爱吃的小菜。

等着上菜的间隙，归婉忙不迭向宋佳音打听她和云琰的近况。

听到宋佳音说自己只是在大理寺衙门内游走了一日，没怎么见到云琰，归婉咬着筷子，面上闪过一丝失望，不过很快就重整旗鼓："没关系的，离得这么近，迟早会接触的，到时候……"归婉脑补了两个人偷偷牵手的画面，甜滋滋地笑了两下。

宋佳音木着脸敲了一下她的脑袋："我怎么之前没发现你想象力这么好呢！"

归婉揉了揉脑袋，正要说什么，无意间瞥见门口走进来的一道身影，脸上略有丝放肆的笑顿时收起来，白皙的皮肤上飞上两团绯红。

宋佳音好奇地循着归婉的目光看过去，只见进来的是个年轻人，穿着一身素色衣袍，身姿文雅，气质端方，像是哪家书斋的书生。

"书生"开口，点了两样素菜，并一壶清茶，然后走向宋佳音这一桌对面的位置。

他刚要落座，斜后方蹿出来一个人影猛地上前，一屁股坐在了木条板凳上，大大咧咧地扬手说："老板，点菜！"

到了饭点，店里只剩下这一桌空着，这被占了，"书生"就没有位置坐了。

113

来人是附近有名难缠的地痞龙三，颇有些背景，店老板也不太敢得罪，面露难色地看着"书生"道："这位客官真不好意思，要不，您等一等，等空出来位置我第一个安排您去坐，今日的饭就当我请客了。"

"书生"看着店老板，他的眼型细长，看人时目光却很温和："敢问老板，可是被他要挟过？"

店老板一愣，龙三眼睛一瞪，将桌子拍得震颤："你小子怎么说话的？"

"三法司在这一带，按理来说不会有谁敢在这一片犯事。""书生"说着看向龙三，缓缓地说，"你的妻姐是巡防营一个副统领的小妾，是你这位名义上的姐夫，给你这么大的胆子的吗？"

龙三面色大变，伸手一把揪起"书生"的衣领，额角青筋毕现："你再胡说，信不信老子揍你！"

宋佳音的手摸到自己的佩刀，刚要出声，身边的归婉已经先一步冲了出去。

归婉快步跑过去，拔出佩刀横在龙三的脖颈上，面色通红："你、你快放开我们大人！"

她声音颤颤巍巍的，话也说得磕磕巴巴，并没太多威慑力。不过那一身捕快的官服和那一把横在脖子上的刀，还是逼得龙三松了手。

归婉性子有些内向，不管是好事还是坏事，从来不会第一个站出来，这还是宋佳音第一次见到她这么不管不顾地出头。

宋佳音不由得看向那个"书生"，他垂眸笑对着归婉，眉目柔和，在夸赞她替自己解困。

"做得好，归婉。"

归婉这下连耳尖都跟着红了起来。

宋佳音已然明白此人的身份，是新任京兆尹，谢观年。

"本官是新任京兆尹，谢观年。"谢观年顺手卸下归婉手中的刀，插回到她的刀鞘里。刀入鞘，发出的声音清脆而凌厉，他的声音依旧不重，"日后京兆府会主管京都治安稽查要事，和巡防营通力合作，若有人胆敢在天子脚下作奸犯科，诸位可以到京兆府衙门报案。不管大小，事无巨细，京兆府衙门俱会受理。"

他说着，看向面色已经惨白的龙三："如果是过去的案子，若是有证据，

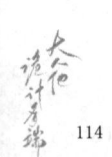

亦可在衙门办公时辰来报。"

四方馆里的人面面相觑,一时间没什么人说话。龙三额上汗如雨下,连站都站不稳,忙不迭地就跑了。

谢观年笑着指了指面前空下来的桌子:"这下我可以坐了吧?"

店老板慌忙点头,亲自接过小二手里的抹布卖力地又擦了一遍桌椅,嘴上道:"大人请,大人请。"

谢观年坐下,问归婉:"既遇到了,一起坐下吃吧!"

归婉喏喏着:"下官、下官已经点好了。"

谢观年倒也不强求:"那你去吧!"

归婉的手指抠着刀柄上的花纹,小声说:"是,大人。"

她抱拳一礼之后慢吞吞地转身,谢观年又出言叫住她:"归婉——"

归婉立刻转回身,紧张得连话音都不稳:"怎么了大人?"

"你不必这么紧张,尤其是下衙之后,你便不是我的下属。"谢观年轻言安抚着,随后又说,"你今天做得确实很好,日后也要如此。你是有能力的,不要妄自菲薄,也不必害怕。"

在归婉的记忆里,不管是从前学武还是后来进衙门,她都是丢在人群里就会看不到的存在,没有一样是拔尖的。从来没有人这么夸过她,还是一连夸奖了两次。归婉只觉得脚下飘飘然,回到座位时人还怔怔愣愣的。

宋佳音将刚才发生的一切看在眼里,不由得感慨京兆府的人好运气。

郑槐章除了抠门,几乎没有缺点,赏罚分明、爱护下属,而这位新任京兆尹看起来更是青出于蓝。能在这个年纪坐到这个位置的,他的能力自不用说,且他思维敏捷、情绪稳定,出了衙门就脱官服,不仗着自己的官位强占特权,遇到事也不躲避,还毫不吝惜对属下的夸奖。

甚至他连长相都极其清隽,宋佳音没忍住多看了几眼。谢观年似察觉到她的视线,转头看了过来。

见是宋佳音,他亦是和善一笑,捏着手中的茶杯对着她遥遥一举。宋佳音没料到谢观年会有此举动,不过怔忪片刻,便忙举起自己的茶杯敬了回去。

从四方馆出来,天已然黑了个彻底。

两三颗星子挂在天边，宋佳音先送归婉回住处，一路上归婉都在叽叽喳喳地说着那位谢大人。

　　说京兆府上上下下本来还很忧虑郑槐章走了之后来个难相处、古板严肃的上峰，但谢大人待人很好，没什么架子，像是邻家的大哥哥一样。

　　"不过谢大人虽和善，却很厉害。之前郑大人那儿还积压了几个案子，谢大人几日便处理完了，又一连罚贬了几个衙门内贪酒生事的。谢大人还规定，日后到时辰便下衙，若无要事，谁也不得在下衙之后留人在衙门。"

　　"谢大人貌似很喜欢吃，我在几家饭馆酒楼门口都遇到过他。"

　　"谢大人……"

　　宋佳音听着归婉说谢观年的种种，越听越羡慕。

　　上下衙界限分得格外清楚，在衙门时勤勉做事不积压，下衙之后四处吃喝，不处理任何衙门事……谢观年的自律与洒脱，放在人人时刻都绷紧一根弦的三法司衙门里显得格外与众不同。

　　再看看自己，没有通宵都算是恩赐了。不过京兆府到底与谢观年之前所在的崇文馆完全不同，可能不能事事如他意……不是可能，是一定！

　　这么想着，宋佳音才能让自己的心态勉强平衡些。

　　归婉现下住在洛守坊的舅舅家中，宋佳音将她送回去之后再回自己住处，走路要用小半个时辰。她挑了僻静的小路走，仗着今夜月光大好，边走边翻开新鲜出炉的《云中记》第二卷。

　　第一卷的结局留了那么一个悬念，她实在是好奇第二卷会怎么接上。

　　云琰明白宋佳音心中所想，拿着荷包静坐一夜，待到翌日天明，他起身出府。

　　他在宋佳音的住处门口静静立着，身上的冷霜化成水也不自知，直等到宋佳音出了门。

　　许是哭了一夜，她的眼睛红肿，面色苍白又憔悴，她的手上拿着一封信，信封上面赫然写着"辞呈"二字。

　　见到云琰，她目露诧异，随后颇为自欺欺人地将辞呈信封藏在身后，哑声唤了一句："大人……"

云琰沉着步子,一步一步地走到她面前。

他沉沉地看着她,眼睛里的情绪太杂太重,她分辨不清他的来意。只是下意识地,她躲避着他,往后退了半步。

随即,云琰上前,结实的手臂出其不意地揽住她的肩,轻而易举地将她困在自己怀中,从今以后,他不许她再退。

"宋佳音,是你先招惹我的,你休想,休想就这么一走了之。"

一开头就这么刺激,而且写的还是自己和云琰的名字,宋佳音心底觉得尴尬,看一会儿就得停一会儿,过了一条街又忍不住再翻出来看。

待她拐脚进了北市时,月亮被一片乌云遮蔽。没有了光,她只能将书收起来。

又走了几步,宋佳音的脚步放缓。

自家小院门口,立着一道黑影,因没有光,实在分辨不出来者是谁。

宋佳音自搬来长安城,便不常与人往来,从没有人夜里来寻过她。她将手放在腰后摸到红缨鞭,脚下步伐放得更轻,近乎无声地逼近那道黑影。

她不知对方是敌是友,但先下手总不会有错。

红缨鞭出手只是一瞬,便来到对方的身侧,只要顺势一勾,就能将对方捆住。可对面人的反应却异于常人地快,近乎是在鞭子腾空而起的刹那便转了身。

她这一下陡然劈了个空,方向来不及转,她只能顺手一挑,将鞭子收回。

只这一鞭便能探出对方虚实,宋佳音没把握能赢,也不恋战,往后退着就要跑。

此时,对方陡然出了声:"宋佳音。"

宋佳音一时间以为自己出了幻觉,这声音很明显是云琰,可他不是不会武功?

那是有人特意练了嗓音冒充?

宋佳音不敢近身,也不能大意,声音紧绷着试探:"你哪位?"

对面一阵沉默。

随后,暗夜里一簇艳红的光亮起,对方举着火折子晃到自己面前,将一张冷峻的脸照得似鬼魅:"你猜。"

宋佳音提着的心陡然落地,长松一口气,道:"原来是大人啊,我还以为是哪个高手来找我麻烦。"

宋佳音说着一顿,略带疑惑地问:"大人……会武吗?"

微风吹过那朵云,月亮露出一角,这一片被光照亮了几分。

他分明不该承认,但莫名地不想瞒她,便含糊应了一声:"会一点。"

世家子弟学武防身也正常,宋佳音没有多想,便说:"那什么时候有空,云大人和下官比画比画吧!"

云琰没说什么,宋佳音看了看天色,问:"大人这么晚过来可是衙门有什么事?"

月光轻柔,云琰的眼底也有淡淡的光,他说:"衙门没事,我就不能来找你?"

宋佳音的指尖微微泛着麻,像是被小飞虫咬了一小口。

她搓了搓指尖,摇摇头:"自然能,大人什么时候找下官都可以。"

云琰朝她伸出手。

他的手是她见过的最好看的一双,嶙峋的骨节,晶莹剔透的指尖,执笔时尤其好看。

小飞虫仿佛是带了毒,咬完一口之后的伤处会发烫发热,之后那热和烫连成一片,迅速以燎原之态蔓延到全身。

这一刻,眼前人和刚才书里看到的"云琰",莫名融合在了一起。

好像他对她,真的有那么一段情,不然他为什么对她伸出手?

宋佳音红着脸也伸出了手,搭在他的手背上。

云琰眉间却不见什么情浓的激动,反而蹙了起来,一脸的莫名其妙。他另一只手伸出来,拽着宋佳音的手往下挪:"这是阿茵做好送过来的。她说听你办案有功,又知你在京都无亲无故,怕也很难吃好。阿茵常做这些往大理寺送,陆清然他们几个都收过。你拿着。"

宋佳音这才发觉云琰的手里提着一个食盒,刚才她只顾着看云琰的手,并没有看见那个食盒。

她还以为云琰伸手……是想牵她的手,原来只是递给她食盒。

云琰松开手，宋佳音握紧食盒，垂着一张脸，咬紧唇一言不发地装死。

云琰多看了她一眼。婆娑树影正落在她的身上，他独自在这儿等了一个时辰的焦躁，仿佛都跟着烟消云散。

临走时，他淡声叮嘱一句："在衙门时要公私分明，不能再这么肆无忌惮地行事。"

宋佳音这下将眼睛也闭紧。

（三）

云琰回府时，意外发现云茵居然折了回来。

她在他的书房里，单手撑着下巴，困得脑袋一点一点的。

在云茵的胳膊终于脱力，脑袋往下磕时，云琰一个箭步过去，伸手托住她的脸。

云茵迷迷糊糊地睁开眼，声音也很含糊："阿兄，你回来了。"

云琰"嗯"了一声，问："你怎么还在这儿？"

"我怕街上有狼，不敢自己回去，所以等着阿兄回来送我回府呢！"云茵揉着困倦的一双眼，又打了个哈欠，起身挽着云琰的胳膊，拖着他往外走。

马车上，云琰知道云茵有话要说，一路上也不开口问，就挑着帘子往外张望，一副气定神闲的模样。

若比定力，谁也比不过云琰，云茵憋不住开了口："再有十日，是我的生辰，阿兄，你能回府吗？"

云琰头也没回，淡淡地道："不能。"

这回答不出所料，这么多年云茵也已经习惯，心里也只是有淡淡的难过，片刻便消化掉。

马车转了个弯儿，从大理寺衙门那儿经过。云茵想起一个人，提议道："那阿兄提前给我摆个宴，这总可以吧？不过我那些朋友素来畏惧阿兄，只我们两个人吃也太无趣了，不如把宋捕快叫来吧？"

云琰撩着帘子的手放下，他终于转头看向她，目光幽幽，隐藏探究："你今夜特意让我给宋佳音送吃的，如今又要找宋佳音过来陪你过生辰，你何时和宋佳音这么熟了？"

119

"不是我和宋捕快熟，是阿兄你和宋捕快熟啊！"云茵笑着，眸子狡黠地弯着，"我是给阿兄一个借口，让你能去见宋捕快。"

云琰眉头蹙起："胡说些什么？"

"那天宋捕快不是晚上翻墙去找阿兄了？貌似天亮之后才走，我刚好看见了。"云茵拍了拍自己的裙子，声音也轻快起来，"大理寺的人为阿兄办事尽心尽力，我也常做些糕点送过去，可每次送到阿兄这儿，阿兄都是翌日上衙才带过去的，从没有过漏夜出门送糕点的时候。阿兄是想见宋捕快的吧？"

刹那之间，好似有一道白光闪过，仿佛有什么东西在这个暗夜里即将破土而出，云琰的面色有一瞬间僵硬。

云琰少有情绪变化这么明显的时刻，在云茵的记忆里，自从那年家中出事之后，阿兄就变成了一个将喜怒哀乐都封存住的假人。云茵只能拿起笔，将那个记忆中鲜活的阿兄，一字一句地写进《云中记》。

她期望有一天，阿兄不要再封闭自己。所以《云中记》的故事里，有着一个一往无前喜欢他的"宋佳音"。

云茵越发觉得自己眼光极佳，且很有前瞻性，在什么都还不知道的情况下，精准地将两个人写到了一起。

云茵握住云琰的手，声音低下去："我虽不甚了解宋捕快，可也听说过她帮着阿兄查裴域案时九死一生也没有后退过。这样的人，一旦喜欢上谁也一定是全心全意，毫无保留的。"

云琰的眼前不自觉闪过无数次宋佳音的大胆靠近，倏然间，心头好似被什么烫了一下，方才被宋佳音触碰的手背的那一块，也跟着变得炽热。

他好笑地揉揉云茵的脑袋："你才多大，说得好像你很懂情爱一样。不用你操心这些，你就无忧无虑地做你的小姑娘。"

话虽如此说，但云琰也知道，自己的这个妹妹聪颖早慧。她游走在自己和父亲之间，没有抱怨，也没有诉苦，总是两边安抚，又两边照顾。

他都明白，只是他既迈步离开，就不会再回头。

宋佳音进大理寺三日之后，云琰找上她。

"大理寺衙门如今有四处，卷宗处、缉查处、复核处、审讯处，陆清然

已经带你都去过,你可自行选择一处。"

宋佳音没有犹豫,选择卷宗处。

云琰略感意外:"我以为你会选缉查处。"

宋佳音对此已经想好说辞:"缉查处的孟随孟统领武艺超群,京都内少有人能及,更何况日后还有袁威会调过来,缉查处并不缺人手。大人立志要厘清大理寺历年积累的旧案,下官想,此时正是需要人整理卷宗的时候。下官会竭力为大人分忧。"

云琰看着她,目光平和。宋佳音也记不清从什么时候开始,云琰看她的眼神再没了一开始若有似无,却又无时无刻不存在的探究。

她神思微跳了两步,就见云琰点了点头,允了她所求。他又说道:"不过你在卷宗处的时候不会太多,若有案子去查,你要跟着去查。你'京都獒犬'的能力可不能白白浪费。"

宋佳音应声道:"是。"

"还有,卷宗处除了你,还会进一个新人。"提到这个,云琰有些头疼,语调重了一些,"你记着,在大理寺是办公事,莫要闲谈误事。"

宋佳音脊背挺直,又郑重地应下。

等去了卷宗处,宋佳音见到了那个令云琰头疼的"新人"。

是一个俏生生的小姑娘,肤白唇红,手腕指尖都如滑腻美玉般精致。明明是玲珑娇俏的长相,偏长了一双略有些冷淡的眼,看着无比眼熟。

"宋捕快!"见到宋佳音,小姑娘的眼霎时一弯,那股冷立刻被冲得一干二净,让人无端地便开心起来。

她身上有清幽的墨香,还有一股淡淡的、似有若无的香味,气味有些特别,好似在哪里闻到过……宋佳音一时没想起来。

云茵亲热地凑到宋佳音面前,扬着一张灿烂的笑脸问:"昨日的糕点宋捕快吃了吗,可喜欢?若是不喜欢,我下次再做别的。"

宋佳音已经知道面前人的身份,拱拱手行礼:"多谢云小姐……"

云茵摆摆手:"日后叫我'阿茵'就好,阿兄就是这么叫的。"

她怎么能跟着云大人一起叫,宋佳音笑了笑,没应声。

自从云琰有心清查历年案子之后,卷宗处便忙了起来,衙门内调了不少人过来帮忙。

陆清然将卷宗处的人划分为两人一组，一人负责将卷宗分类，一人负责誊写录册，之后呈给云琰。

宋佳音的字写不好，好在有云茵，她主动揽下抄写的活。

云茵是个嘴闲不住的人，又有心在宋佳音面前说云琰的事，没一会儿宋佳音就知道云茵为何会出现在这儿了。

一是昔年卷宗过多，云茵知云琰困扰，便前来帮忙；二是云琰与云国公不睦已久，云茵一直有心转圜，但云琰太忙她总抓不到人影，她便想来大理寺待一阵子。

云琰素来公私分明，肯定不会同意，觉得她胡来。

"所以我上次进宫陪太后说话的时候，顺路去见了圣上求了恩旨。"云茵停笔，将纸上的墨吹干，得意地摇晃着脑袋，"阿兄就算不乐意，也不能违抗圣旨，只能将我留在这儿。"

云茵话里的某个字眼儿让宋佳音眼皮一跳，她抿了抿嘴角，状似随口地问："你是何时求的恩旨？"

"有一阵子了吧！"云茵说着，悬腕提笔，继续写。

宋佳音瞪大了眼，欲言又止地看着云茵。

她总算想起来她在哪儿闻到过这股特别的香味了……之前她与云琰在中秋夜半吃圆子时碰到了圣上出宫，她闻到过这股气味，是普天之下只有帝王能用的龙涎香。

时隔这么久，连衣衫都不知道换了多少套，她如今还能若有似无地从云茵身上闻到这股气味，说明当时云茵和圣上定是长久地、距离极近地待在同一处……

云琰曾说过，他妹妹喜欢吃那家的圆子。

而那么巧，那夜圣上也派人买了圆子，送到马车上。那么马车上还有谁，便不言自明了。

宋佳音依稀记得圣上下马车时，特意将车帘拉得极严实，那说明他们是瞒着云大人的。

无意间发现这么大的秘密，宋佳音的后脖颈都有些发凉，再看云茵的眼神，

不由得带着钦佩。

云茵可以在云琰眼皮子底下瞒这么久、瞒这么好，必定是有过人之处，她也该多向云茵学一学应付云琰之道，好在大理寺、在云琰身边长久地待下去。

二人各怀心思，都有意和对方靠近，这么一来二去地，关系迅速地亲密起来。

云茵说自己要过生辰，请宋佳音一起去时，宋佳音没有犹豫就答应了。

可送云茵什么生辰礼，宋佳音有些犯难。

云茵出身高贵，什么也不缺，她又没什么钱送贵重东西，看云茵爱写字，宋佳音便决定送一支笔。

她看书写字俱是困难无比，对笔也无甚研究，下衙之后便去了距离不远的一家书坊。

一进书坊，她便看见了一个眼熟的人。

谢观年照旧是那副儒雅打扮，今日头顶束了幞头，更像是个书生。他正闭着眼，手指顺着悬挂的笔游走，最终定在一支上，他微微笑起来，睁开眼，将那支笔摘了下来。

笔在指尖一转，随即握到掌中。

宋佳音看到这一幕莫名有些熟悉，好像记忆里有过类似的场景。她皱眉去想，却没想起什么切实的。

谢观年转回头，宋佳音忙收起四散的思绪，正了神色，对他抱拳行礼："下官大理寺捕快宋佳音，见过谢大人。"

"已经是下衙时辰，不必多礼。"谢观年执着笔，问她，"宋捕快也喜欢习字？"

宋佳音惭愧道："下官对文墨一窍不通，是想买来送人的。"

"这样啊……"谢观年缓慢地眨了一下眼，好心地说，"宋捕快要是没什么想法，那我帮你挑一支吧？"

宋佳音道："谢大人若是方便，下官感激不尽。"

谢观年伸手探向悬笔的笔架，与宋佳音分享选笔的心得，哪处的竹适合做笔杆、哪种兽毛做笔尖写字会格外平顺，他都如数家珍。

挑来挑去，哪支都不及谢观年之前选中的那支，谢观年遂将它递给宋佳音，宋佳音有些不好意思夺人所爱。

谢观年温和地夸奖道:"宋捕快机智神勇,破案有功,我一直心生敬佩,让一支笔而已,宋捕快不必推辞。"

宋佳音这才道谢收下,付了钱将笔收好,与谢观年一同出了书坊的门。

天边晚霞红得绚烂,谢观年在下衙时辰要回京兆府衙门,宋佳音颇感意外。

"许是我在四方馆里说相关案子可以报到京兆府衙门来,这些日子衙门接到了无数的案子。"谢观年叹了一口气,"若不是宋捕快先一步进了大理寺,你我如今也该在京兆府衙门共事。若是有宋捕快这样能干的下属在,我眼下也不用愁了。"

提到案子,宋佳音瞬间像是嗅到了老鼠的猫儿:"是有什么特别的案子吗?"

"佳音。"沉金冷玉般的嗓音自后面传来,打断了两个人的交谈。

宋佳音循声转过头。

半明半昧的天光下,云琰正站在不远处的一棵树下,视线遥遥地落在她的身上。

他扬起嘴角笑起来,那双总是冷厉的眼弯起时,带着和云茵如出一辙的暖意。

宋佳音没见过这样的云琰。山巅雪化为满堂春,世上再没什么可以比拟。

他朝她走来时,她只觉得上次咬了她手指一口的虫子这次咬在了心口,她一颗心怦然无措,兵荒马乱。

他走近,语气轻软:"给妹妹的生辰礼挑好了?我在衙门多忙了一会儿,你怎么自己过来了?"

宋佳音一时没反应过来云琰的态度突然变得这么亲昵是什么意思,而且言语中好像是他们说好一起来的一样。

她愣了一下,颇有些傻气地举着手里的锦盒:"是谢大人帮我挑的。"

云琰这才像是看到旁边的谢观年,笑意敛了敛,淡声说:"那要多谢大人帮忙了。眼下我和佳音还要再选一样礼物,改日有时间再和谢大人一叙。"

谢观年的视线在云琰和宋佳音身上游移了两下,笑意更深了些:"云大人且忙着,改日定有事情要云大人帮忙。"

云琰拉着宋佳音的手腕便走。谢观年看着两个人的背影，摇了摇头，念了一句："眼光倒是不错。"

直到走到这条街的尽头，云琰才松开手，顺手将装着笔的锦盒拿走："这东西不好，阿茵不会喜欢，我们再选别的送她。"

宋佳音张了张嘴："可我已经花了钱……"

云琰接口："花了多少，我给你。"

宋佳音终于后知后觉到什么："大人，是讨厌谢大人？"

云琰似被这一句掐住了咽喉，一时说不出话来。

宋佳音见他的反应，默认了这个猜想，随后又觉不解："我听归婉说谢大人人很好，是不是有什么误会？日后大理寺和京兆府衙门会经常往来，大人还是消除了误会才好，大人日后对谢大人也该客气些，毕竟是同朝为官……"

宋佳音的声音素来轻悦，云琰第一次发觉她的话听起来那么刺耳。

他讨厌谢观年吗？

他和谢观年没什么往来，自然谈不上厌恶与否。那他为何见不得他们俩站在一起有说有笑？听不得宋佳音说一句谢观年的好？

他为何要漏夜去见她？

为何要叫人在她去济城时保护她？

为何他会一而再，再而三地对她破例？

为何，他要急不可待地留下她？

…………

锦盒的尖角硌在手心，肉体酸痛到了极点时，反而让他的头脑变得比任何时候都要清醒。

云琰蓦然想起宋佳音第一次抓住他袖子的那个月光柔和的夜晚。

她的手很小巧，柔软却有力量。他自以为自己的脚步永不停歇，可她只那么轻轻一拉，不费吹灰之力，便让他驻足在她面前。

云琰神色有些愣。宋佳音没想到自己这么苦口婆心的，云琰还能走神，她伸手在云琰面前晃了晃，唤道："大人，大人！"

云琰被她的声音叫回了神，对上她因隐忍的怒意而越发生动的眉眼，突然笑了一下。

宋佳音自然不知道云琰在笑些什么，窝着火，气冲冲地说："我这也是为了大人好……"

云琰从善如流地点头："嗯，我知道了，我日后会改正态度。"

赌咒发誓说他绝不会喜欢宋佳音的话语还犹在耳边，可这一刻，再不想承认，他也不得不承认，他并不厌恶谢观年。

他只是不想她像看他一样看别人。

他只是……喜欢她。

（四）

夜半一道闪电劈下来，随之而来的雷声将寒夜撕裂。

大雨倾盆而下，林间小路泥泞不堪。

一队人深一脚浅一脚地踩在泥里，艰难地往前走。

龙三一手抱着手里的包袱，一手扶着树干，不住地喘着粗气。

"三哥，前面有个破庙，进里面躲躲雨吧！"旁边的小弟抹了一把脸上的雨水，蹲到了龙三面前，"三哥，我背你过去。"

龙三体格硕大，颇有重量，小弟往手上吐了口唾沫，搓搓手，咬牙将他背起，一口气往前跑去。

破庙废弃已久，屋顶漏雨，四处破烂不堪，好在还有些干草、干树枝四散着，刚好可以生火。

几人架起火，扶着龙三坐在火堆旁。

刚才背他来的小弟李长小心地从龙三抱着的包袱里拿出一个黑玉瓶子，拧开木塞子，里面涌出一股浓重的臭味。李长憋着气忍着不适，擦干龙三的伤口，小心地将发臭的黑色药膏涂上去。

之后，李长将瓶子塞好木塞，放回包袱里。

龙三将包袱紧紧环住，浑身哆哆嗦嗦地打着寒战，眼皮有气无力地耷拉着，不一会儿便睡了过去。

另几人围坐在火堆旁，边往里扔着干树枝，边小声说着话。

"这次被衙门盯上，陈双喜那小子的尸体肯定很快就会被找到……这次的事儿闹大了，官府的人不会放弃追查的，三哥伤成这样也走不远，之后咱们该怎么办？"

多年前，龙三手下有近百个弟兄，在京都干些敲诈勒索的勾当，因龙三上头有做巡防营副统领的姐夫宋泽北罩着，再加上拿钱打点，就算谁告上去，也没人管。先帝快驾崩时，宋泽北说朝中局势不明，不知道哪个皇子继位，让他们赶紧收手，离开京都回临江老家，免得出事。龙三已经赚够了身家，就拿银子打发了底下兄弟，身边只留了十来个心腹。

这么一去三四年，见根本没人管他们，龙三也不想窝在临江县那个穷地方，就又回了长安城这个富贵窝，整日带着兄弟吃喝玩乐，纸醉金迷。

谁承想，那日龙三在四方馆一头撞在了新任京兆尹手里。那京兆尹新官上任三把火，拿城里的地痞流氓开刀，杀鸡儆猴。要是以往，那些掌柜老板被吓怕了，肯定畏缩不敢去报官。可这次许是见龙三几年没动静，那些人也忘了曾经的惧怕，还真的有两三个掌柜去报案了。

见有人出头，之后接二连三地，十几个掌柜上京兆府报案，状告龙三及手下一干人等威逼敲诈，无恶不作。

一开始，龙三没当回事。事情过去那么久了，他之前的兄弟大多数四散离开，遍布大霖各地，很难这么快找回来，现如今还跟着他的都是知根知底的心腹，谁也不敢出卖他。没凭没据，又有姐夫在，谁能拿他？料想就是雷声大雨点小，吓唬吓唬人就过去了。

可龙三没想到，他的心腹里有人反水了。

宋泽北得到消息，赶紧通知龙三，说他身边有人把消息递到了衙门。衙门有人证，三天后就要收网来逮他了。

龙三开始盯着自己身边的这些人，很快就揪出了叛徒——陈双喜。

陈双喜跟着龙三有七八年了，平时老实巴交，也极听话，龙三让他做什么就做什么，龙三待他亦是不薄，这些年给他在家里置了房子置了地，还给他银子娶妻生子。

龙三万万没想到会是陈双喜出卖他，怒不可遏地抽打着陈双喜："你个吃里爬外的狗东西，老子待你不薄！为什么要出卖老子！"

陈双喜鼻青脸肿，嘴里吐出一口血水，声音含糊："我……我不想再过这种日子了……"

"你就是娶了婆娘才这么贪生怕死,是你那婆娘怂恿你的吧!"龙三气急败坏,让手下去抓陈双喜的老婆孩子。

陈双喜一听这个,突然发了疯一样挣脱开左右押着他的人,冲向龙三。

混乱中,龙三被一刀扎进左下腹,他一拳打碎陈双喜的面骨,咬着牙拔了刀,之后发泄一般往陈双喜身上捅。

怕官府的人等不到陈双喜报信而觉得异常,进而提前行动,他们匆匆埋了陈双喜,急忙出了城。

龙三受了伤,幸亏之前宋泽北给了他们一种治伤良药,说对愈合刀伤有奇效。可惜现在雨太大,伤口沾水溃烂,皮肉翻卷着难以愈合,烧得他浑身滚烫。

现在即使再用药,药起效也需要时间。大家带着这么个伤员逃跑,迟早要被追上。

…………

火堆前,龙三身上的衣衫已经被烤干大半,他嘴唇不住地发抖,似是在说胡话。

他似是冷,又像是热,迷迷糊糊不自觉地往火前凑。因体力不支,身体歪歪斜斜地打着晃儿,不知过了多久,他浑身脱力,一头栽进火里。

而在他身后,火不知何时早已蔓延,顺着地上四散的干草、干树枝一下蹿成一个火圈,将他围在其中。

火苗灼烧着皮肤的疼痛,终于让他清醒,他在火圈中打着滚,却发觉连翻身都做不到。

他喉咙里发出痛苦的呻吟声,手伸向自己剩下的那几个兄弟:"救我……"

有人迈步要救,被李长一下拉住。

李长吞咽了一口口水,不住地喘着粗气:"我们、我们昨日听三哥的吩咐各自拿钱回乡,之后就离开了长安城,再也没见过三哥……"

另外一个人机灵,反应过来李长的话,连忙道:"对,我们没帮着三哥抓陈双喜,也没看到杀人,我们什么都不知道。"

"不是我们干的,是他自己不小心栽进火里的……"

众人沉默着见龙三在火圈里尖叫着、嘶吼着、咒骂着。刚才迈步出去的人突然朝龙三跑过去,龙三自以为事情有转机,那人却一把抢走他抱在怀里的包袱，里面装着龙三的傍身钱。

那人上下牙齿打战："我、我们走吧，找、找个地方把这些分了……之后、之后先到附近山里躲一阵子，谁、谁也别露面，也、也别和家里联系。"

火将龙三的身体吞没，火苗顺着干草和树枝一路燃烧，火连成了一片，渐渐地只能听到火烧东西时发出的"噼啪"声。

一行人逃也似的跑出破庙。

雷声轰鸣，骤雨不停。

同一片雨下，有人执笔，蘸着血红朱砂在雪白宣纸上勾勒着，寥寥几笔，绘出一幅图。

足以吞噬掉一切的熊熊燃烧着的火，烧掉来路，烧断去路。

第七章 四方五行

（一）

宋佳音在卷宗处和云茵连着忙了三日。

宋佳音想过，如今她人已经在大理寺，就不必再担心云琰会因为她出身京兆府而对她心存偏见，不让她进神探司。

眼下，她可以把精力都放在准备"律法笔考"和"实案勘察"这两项考核中，其中"律法笔考"多练多背即可，而"实案勘察"则是会模拟一个真实案子，来让考试者推断查出真相，用时越少得分越高。

宋佳音在之前的查案中多是用自己的嗅觉追踪，但实案勘察里出现的案子却不一定会有特殊的气味残留。最快提升自己的办法，就是多看历年的案例，推测断案过程以作积累。

是以，她看卷宗格外认真，眼睛又酸又疼，脑袋也"嗡嗡"作响。

她一闭上眼，好似就有无数不同笔迹的墨点在自己眼前飞。

两个人一个想帮阿兄的忙，一个想尽量多地看卷宗，每日下衙之后还双双留在衙门内。每每到深夜，云琰实在看不过去了，把两人一个一个地送回家。

宋佳音从小就更喜欢武，读书一多就头疼，如此夜以继日地看书，不过三日就有些熬不住了。这日午后，屋内的炭盆烧得很旺，宋佳音被热得有些犯困，掐了自己一把强撑着精神拿过新的一本。

书册扉页写的是元济二十六年，上面记载的案子都是发生在这一年。

宋佳音心头一跳，猛地清醒过来。

元济二十六年……所以沈家案，也会记在这里。

"宋捕快，你怎么啦？"旁边的云茵见她发愣，半晌一动不动，手在她面前挥了挥。

宋佳音回过神，强稳住心神道："没什么，刚一时有些犯困。"

"炭盆烧得太热了，人很难不犯困。"云茵说着倒了杯浓茶给她，让她清醒清醒。宋佳音勉强喝了两口，深吸了几口气，开始一页一页地翻起册子。

她的心越跳越快，几欲要从喉咙跳出来一般。可直到这一年的案子都一一记完，她都没有看到有关沈家案的只字片语。

就连三皇子谋逆逼宫案都列在其上，但当年"证据确凿，张榜天下"的沈家案，为什么连一页纸都没有留下？

就好像这世上根本没有发生过这一档子事一样。

为什么？为什么？

宋佳音抖着手将册子从头到尾仔细再翻一遍，仍旧是这个结果。

在地方衙门待了那么多年，宋佳音见识过许多见不得光的手段。有嫌犯父亲给县太爷塞银子，让其抹掉自家儿子的罪行，最简单的办法是找个替死鬼屈打成招，若是没有合适的替死鬼，就解决受害人，之后再销毁掉所有的案卷，打点所有知道内情的人，当作一切没发生过。

就好像……如今一片空白的沈家案一般。

所以沈家案……或许有问题？

这个认知让宋佳音感觉仿佛有什么重物陡然从天而降，砸在她脑袋上。周遭万物在她的眼前打着转儿，一切都好似变得模糊不清。她的呼吸逐渐急促，脸色越来越白。突然，她的肩膀猛地被人拍了一下，她下意识转身去掐对方的手臂，一转身才看到来人是孟随。

宋佳音连忙收回手。

孟随道："大人有事叫你过去一下。"

宋佳音捏着册子的手发僵，也知道此刻不是计较这件事的时机，只好整理好思绪，先随着孟随去见云琰。一出门，她就被迎面的冷风吹得打了个寒战。

一晃，冬日已悄然而至。

孟随直接将宋佳音带出门，马车已经停在门口。

之前云琰说过，若有要案，会调她去查。这么急着找她，还安排了车，而且让孟随亲自驾车，一看就是出了大事。宋佳音一句话没问，跨步迈上马车钻进去，就这么跟里面的云琰四目相对。

宋佳音愣了一下才道："大人怎么也在？"

云琰的表情很理所应当："这是我的马车，我为何不能在？"

"话是这么说……"她以为云琰直接去现场了，没想到会和她坐一辆马车。这么突然，她一时都不知道坐哪儿，就还保持着半蹲的姿势。

"事出紧急，只有这一辆马车。"云琰指了指对面，说，"坐那儿吧！"

"谢大人。"宋佳音说完坐在云琰指的位置上，腰背挺直，双膝并拢，手搭在膝头，是个一丝不苟的姿势。

宋佳音对他的大胆总是来得很突如其来，每每打他个措手不及，心慌意乱。但云琰发现，在平时她总是恭敬有礼，半分错都挑不出来。譬如现下……

云琰倚靠在车壁上，上下打量着宋佳音的坐姿。这么坐，不会累吗？

这样想着，马车穿进有些逼仄的小巷，许是道路不平，车开始颠簸。孟随为赶时间，一刻速度未放缓，将马车驾出了在大草原狂奔的架势。车轮碾过一块石头，车厢顿时剧烈摇晃了一下。

正襟危坐的宋佳音手没有和车的任何一个部分相接，一下就被甩离坐的地方。

之后再一颠，她整个人被颠到车厢后面的部分，她下意识地伸手，就近搂住什么让自己稳住。

瞬间，一股清淡的沉水香将她包裹。宋佳音心跳骤停，艰难地仰头，第一眼看到的是云琰线条锋利的下颌。

她此刻正双臂抱着云琰的脖子，下半身还跪着，整个人近乎吊在云琰身上。

云琰的身体被她的重量拽得一点一点靠拢她，再拽下去就要跟着她一起摔到地上了。宋佳音没胆子拉云琰一起丢人，那还是她自己丢人好了。

宋佳音心如死灰地闭着眼，深吸一口气，松开云琰。

而几乎是同一时间，云琰的手臂往下探，进而一捞，托着宋佳音的膝盖窝往上一推，宋佳音顺势侧坐在他的大腿上，整个人被他护在怀里。

她松开的手也被他重新搭回去，示意她再环住。

这个姿势格外亲昵，云大人却仍是一本正经："别乱动。你要是滚出去，丢的是大理寺的人。"

宋佳音只好乖乖听话照做。

这不是两个人第一次以这种姿势坐在一起，之前在桃邬的时候，为了演戏蒙骗木清霜，他们也这样过。可那时是为了完成卧底任务的伪装，而现下……他们就只是云琰和宋佳音。

当宋佳音对云琰别无所求的时候，她是用不上《云中记》里的"知识"的。

此刻，她脑子里只有一个朴素的念头：希望这辆马车永远不要停。

这样她就不用在车停下后去面对云琰。

可太阳总会落山，车也总会停下来。

"大人，到了。"孟随的声音似化成一支箭，"咻"的一声从外面射进来，直接将宋佳音扎了个对穿。她浑身僵硬，手脚像刚长出来的一般，都不知道该怎么动。

云琰的手在她的背上拍了拍，声音带了丝调侃的笑意："你还要这么抱着本官多久？"

车帘外的孟随眨了眨眼，又摸了摸鼻子，往前走了几步，离马车远一点儿。

天机司里，听到些不该听的秘密，可是要被割耳朵的。他刚站定，宋佳音就从马车上跳了下来，低着头匆匆往前走。孟随只瞥见她耳朵上的一点红，多的也没敢再看。

紧跟着，云琰也走了下来，眼中还带着丝丝残存的笑意，目光一直追着宋佳音的倩影，连半个眼神都没分给孟随。

指挥使动了凡心的样子，还真是……黏黏糊糊的。孟随跟他那么久了，还是头一遭见。

孟随摇头叹息，指挥使变了。

这是一个地处偏僻的小院，里面有两间房和一个下屋，院子里杂七杂八地堆着杂物，屋子里的东西也摆得无甚章法，桌椅和床铺倒是干净的，能看出来这几日还有人住过。

宋佳音一进院子,就闻到一股血腥味,却并没见到尸体。云琰很快给了她答案。

"两日前,这里死了一个人。死者叫陈双喜,盖州临江县人士,原来是跟着龙三在长安城混日子的,之后返乡娶亲,去年又跟着龙三回了长安城。陈双喜死于刀伤,身上被人捅了十七刀,致命伤在心口,是很明显的发泄式杀人。"

云琰说着往后院走,宋佳音提步跟上。

"这个小院是龙三秘密买下的。这里紧靠城门,出城快速,位置又隐秘,成了龙三的藏身点。巡防营副统领宋泽北的小妾是龙三的姐姐,宋泽北会传消息给龙三。一旦情况有变,龙三会赶在城门关闭前逃出长安城。"

宋佳音四下打量着,若有所思地说:"龙三近日麻烦事不少,所以他一直躲在这儿。陈双喜作为他的小弟,出现在这里也正常。至于泄愤杀人……"

云琰适时道:"陈双喜做了京兆府的内线。他死亡当天本该和京兆府的人接头,结果到了时辰迟迟未至。京兆府的人又等了一阵子,发觉不对劲才上门来。那时这院子里已经没人了,而陈双喜,则被人草草埋葬在此。"

之前下了一场暴雨,土还很湿润。

在那场雨来临之前,陈双喜还活在这世上。

"龙三有宋泽北的内部消息,应该是发现了陈双喜出卖自己,才动了手,之后便逃离了长安城。"宋佳音深吸了一口气,看向云琰,"所以现在,找不到人了是吗?"

云琰点头:"案发之后,大理寺和京兆府擅长追捕的人都派出去了,没什么收获。临江县那边也派人过去了,说也没有龙三帮派的人回去过。而且因为那场暴雨,出城的车马痕迹和人的脚印都被冲得干净。"

不光这两个衙门,天机司的人也在暗中调查,另有人暗中盯着宋泽北的一举一动,却始终没有线索。

雁过也要留痕,但以龙三为首的那十一个人,却像是人间蒸发了一样,消失得无影无踪。

宋佳音已然明白云琰叫自己来的意思,这里是那十一个人消失前的最后地点。

如果她能靠鼻子查到蛛丝马迹,一旦找到十一人中的一个,就能让案子有个突破口。

云琰静默片刻,看向宋佳音,恰逢宋佳音也抬眼看向他。

一道走过生死边缘,两个人在办案上有了些心灵相通的默契。宋佳音坚定地开口:"大人放心,下官定会尽力而为。"

云琰负手而立,"嗯"了一声。

宋佳音想到什么,又问:"下官有一事不明。大人为何一开始不带下官过来,而是要等到过了两日才让下官来?"

云琰眸光微动,有些蛊惑意味地低声说:"案发时人多眼杂,又有京兆府的人在,有宝贝当然要藏起来,免得被人抢走。"

明知道他所说的"宝贝"没有其他的旖旎意味,但宋佳音听着这两个字,便莫名有些耳热。

见她不自在似的眼神游移,云琰大发善心,没再继续逗她,语调转而正经:"再有,宋泽北的消息来得那么快,我怀疑京兆府也被巡防营渗透了。三法司素来一体,京兆府如此,大理寺也不安全,我只会相信我完全能信的人。"

所以,他此行只带了她和孟随来。

孟随是天机司的下属,忠贞不贰。

而宋佳音……他相信她对自己的一片赤诚。

"我……"宋佳音启唇,却不知该说些什么。她未料到云琰居然把她当成完全可信的人,可她呢……对云琰,她一直有在按着《云中记》演戏。一开始她是想消除他对自己的偏见,可后来他都已经允许她进大理寺了,她为什么还是一直在演戏呢?

这一刻,宋佳音突然看不明白自己了。

太多的东西充斥在脑子里,可当下不是计较这些的时候。半晌,她抿了抿下唇,只说了一句:"我会努力找到案犯的踪迹,以报答云大人的信任。"

事情已过两日,中间又下了那么大的一场雨,大雨可以冲刷掉痕迹,也能将气味清除大半。

宋佳音与龙三在四方馆有过一次接触,可他身上并没有什么特殊的、可以与他人区别开的气味,想要找到他,无异于大海捞针。

宋佳音并没有把握,但她对云琰心怀愧疚,不管为公为私,她都想要尽力一试。

之前大理寺和京兆府行动时,云琰特意吩咐不要乱动院子里的东西,只先抬陈双喜的尸体回衙门,传唤他的妻儿辨认。

案发现场得以尽数保留,也是给宋佳音提供便利。

天色渐暗,孟随提灯,沉默地跟着宋佳音一起查找。

院中寂静,云琰立在窗前等着消息。

他既是在等宋佳音的消息,也是在等别的。

忽而,一声细微的鸟鸣响起,一道身影轻得几乎没有半分声音,落到云琰的身侧。来人一身黑衣,单膝跪地行礼,之后起身递上一张字条。

"宋泽北已有所行动,请指挥使示下。"

云琰凝目一扫,之后将字条凑到烛火间燃尽,沉声道:"抓人吧!"

黑衣人道了声"是",迅速跃起,眨眼间已没了踪迹。

宋泽北此人滑不留手,次次都能全身而退,天机司盯了他许久,才发现了一些平时根本窥不到的异常。

云琰此前只当宋泽北是贪,即使背后牵扯到朝臣也不过是上下孝敬打点关系,这在朝堂之上也几乎是被默认的,民不举官不究,却不想细查下去另有惊喜。

思绪回转,有脚步声在不远处响起。

宋佳音跑得很快,近乎一阵风一样跑到他的跟前,风吹起她的发,她似一团散落人间的星子,将他满眼满心都照得亮堂堂的。

因兴奋,她那双眼亮得灼人,她强压着雀跃的声音说:"大人,找到了!"

(二)

出了长安城,往临江县方向行过百里,有一座山,叫覃山。

覃山地势险峻,且山林中常有虎狼出没,只有胆大的猎户偶尔敢上来。

晨起山中雾气浓重,待到天光大亮时,半山腰猎户筑的小屋的木门"嘎吱"一声被推开,露出一张面色青白的脸。

李长一路逃亡至此,已经在屋内躲了三日。这三日来,他只喝了些水,头都不敢冒,直到如今藏不住了才准备出去,找一个附近僻静的村落暂时安顿下来。

李长怀里抱着一个赭色织锦的包裹,小心翼翼地钻出了屋。

这个时节,山林中有些栗子落在地上,还有些已经开始腐烂的果子,李长实在饿得要命,也顾不了那么多,抓起就往嘴里塞,塞得喉咙都被划破。肚子里勉强填满,他寻了截粗树枝,拄着往山下去。

来时,他看见山下有条穿谷而过的小河,灌满水囊之后,应该能撑到附近的村子。

日近正午,水面波光粼粼,李长跪坐在水边。

忽而一阵风吹来,他后脖颈一阵发凉,惊惧上涌。他回头四下张望,却是什么也没有。

李长长舒一口气,弯下腰痛快地喝水。

忽而,一阵大力按住他的后脑,将他整个人往水里一按,冰凉的河水瞬间从鼻腔和嘴里灌进去,李长呛得几欲窒息时,被人抓起来脱离水面。

李长剧烈咳嗽着,模糊的眼前映入一张秀致俏丽的脸。

她动作迅速,红缨鞭几下将他双手捆住,李长想要挣扎,她的膝盖猛地用力顶住他的腰腹,他顿时疼得卸了力。

宋佳音拿过包裹几下拆开,里面除了银票,还有一个黑玉瓶子。

那股特殊的臭味就是从这个瓶子里散出来的。

同样的气味,也沾在了龙三院子里一块沾了血的破布上。

光被山遮住一半,照得她脸上半明半昧。她双眸扬着,面无表情地道:"大理寺捕快宋佳音,奉云大人之令抓捕陈双喜被杀一案相关疑犯。"

宋佳音轻功超群跑得快,等了快半个时辰,孟随才带着人马赶了上来,将李长押回。

"神了,真是神了!"孟随不住口地夸赞,英武的脸上满是敬佩。

"黑玉瓶子里的药是治伤的,他身上并没有伤。"宋佳音突然说了这么一句。

孟随一怔,宋佳音将红缨鞭收回,继续说:"龙三怕是已经死了,孟统领若是信我,便就近尽快审一审。尸体越早发现,事情越好查。"

虽说指挥使没有说什么,但天机司的人素来以指挥使马首是瞻,指挥使放在心上的人,孟随也不敢怠慢。

再看宋佳音语气笃定,颇有些指挥使的风范,孟随了解她的能力,只是片刻工夫,他便拱手应下,唤手下暂时停下,寻了个僻静的树下就地审问。

宋佳音听说孟随擅审问,但亲眼见还是头一遭。

宋佳音只见孟随甚是客气地蹲在疑犯面前,对着他惊惧的表情,友好地拍了拍他的肩膀。

宋佳音猜想,云琰不喜大理寺用刑,那看情况,孟随的审问方式应该是很温和克制,走攻心那一套的。

看不出来,孟随这般英武,心思还很细腻。

宋佳音这样想着,下一刻便见孟随一把钳制住对方的下巴,猛地用力一掰,随即有手下拿着个水囊往疑犯嘴里灌着什么,咳出来的黑水喷了满地。

"这是迷人心智的药,一炷香之后你心智全失,我问什么你会答什么。但那时说的证词不算你招供立功,判刑的时候也不会酌情减刑。不过这个药会有点儿损伤身体,你到时候应该也没心思琢磨什么立功减刑了。你若是现下招了,我就给你喂解药,你有十个数的时间考虑。"

"十!"孟随没给李长思考时间,紧跟着就大喝一声,将李长吓得一个激灵。

"九、八……"

孟随边大声地数着,边目光狠狠地盯着李长。数到三时,李长实在扛不住,吐出实话。

事情果然如宋佳音想的那样,龙三已经死了。孟随将手下人分作两队,一队押李长回去,一队去李长口中所说的破庙保护现场,自己则跟着宋佳音先一步快马回城,禀告云琰。

"这位官爷!"见孟随上马就要走,李长急急地喊。

孟随拽着马缰绳回头看他,李长说:"解药……"

孟随道:"那是泥水,不是什么毒药,我们大人不让用药。"

李长张大了嘴,宋佳音无言地看了看天。

因着龙三案涉及大理寺与京兆府两个衙门,是以待李长押回来之后,翌日,云琰便请谢观年来大理寺,当着谢观年的面让李长将所知道的事情又说了一遍。

龙三已死,陈双喜的案子也了了。云琰和谢观年商议共同写折子,奏请各地兵马司配合,张贴告示,搜查携带龙三赃款潜逃之人。待抓到人之后,将银钱归还给被勒索的百姓们。

谢观年亲自提笔,在名单上加上了陈双喜的遗孀和孩子:"陈双喜那日找到衙门,也是为了和妻儿过安稳生活。龙三一案,他也算是有功。"

此事已大致处理完毕,云琰和谢观年一并走出天牢,云琰提起京兆府里或许有宋泽北的探子。

谢观年微微颔首:"多谢云大人提醒,我回去自会留意。宋泽北那边,自龙三出事他便告病在家躲着。"

穿过月门,云琰的声音低了两分,说:"三法司改革之后,京兆府的重心转向领京畿治安护卫之事,算是分割走了之前巡防营的差事。宋泽北是巡防营的副统领,在没有确凿证据之前,不好动他。"

谢观年自是也明白这个道理,没再多说。

两人步行穿过一条小路,谢观年瞥见一道挺拔俏丽的身影,手里抱着几摞卷宗,脚下匆匆而过。

他眼睛一亮,道:"谢某有个不情之请……"

"谢大人既知道是不情之请,那就不要请了。"云琰的视线慢慢悠悠从宋佳音的背影上收回,语调凉下去。

谢观年闻言摇了摇头:"罢了罢了,本来还想请个熟悉京兆府的外援好好查查探子,看来只能我自己再想办法了。"

说着,他仰头,半眯着眼看着天际黄昏日落,不无忧愁地叹了一口气:"最近下衙时辰一天比一天晚,什么时候是个头?"

云琰说:"快了。"

与此同时,告病在家的宋泽北却并不在家中。

自龙三事发，他便称病谁也不见，将自己锁在院中，甚至连妻儿姬妾也不让靠近，每日只让仆役将饭菜放在门口。

一时之间，府内上下人心惶惶，背地里都在传宋泽北是不是染了什么瘟疫恶疾。

而宋泽北这两日却并未闲着。他住的主院后面有个与花园相连的角门，每日黉夜时他出门，天亮前回来。府中风言风语不断，人人在意性命，没人敢接近他，让他得以将府中财物和重要书信尽数转移。

前夜，最后几封书信封存在密盒里收好，宋泽北按下暗道门的机关，石屋缓缓下沉，最后消失在地面上。宋泽北走出漆黑的洞口，外面月亮已坠至天际，马上就要天亮了。

此处正是宋府花园里的假山。

不远处的小花园池塘里，漂着一具女尸，是在昨夜出来赏月时"不小心"摔进池塘里的姬妾龙氏。

之前宋泽北和龙三往来，俱是龙氏从中传话。如今龙三姐弟都已不在，又无凭无据，就算有风言风语，也没人会轻易动他。宋泽北冷笑一声，再装两日他便可以出府了。

宋泽北折身回去，角门推开的瞬间，身后一只手猛地探出，速度快得出奇，他只闻到一股类似茉莉的气味，转眼间便没了知觉。

他再睁开眼，便是眼下这处窥不见一丝天光的囚室。

入目是琳琅满目的刑具，周遭倒是干净，可那股浓重的血腥味却是怎么也化不开。

能这么无声无息地抓走他，几乎是下意识地，宋泽北就猜到了这是哪里——天机司的刑房。

天机司行事隐秘，很少露迹，也没有在明面上设衙门，总是在之后案结时，由三法司在卷宗上添一笔：经天机司某年某月某日查明并处置。

无人知道他们是什么时候盯的人，又是什么时候抓的人，只知道最后，没有一个活人从天机司走出来过。

霎时，无数可怖的画面在脑海浮现，宋泽北汗毛直竖，短短一会儿头上便热汗淋漓。

孟随推门进来的时候，先闻到的是一股腥臊味。

他的视线在地上斑斑的水迹上一扫，嫌弃地皱了皱眉。

"天机司与三法司衙门不同，进来这儿都是要先在刑具里滚一圈的。"

听闻这话，宋泽北对上孟随的眼，一时间诧异填满眼眶，巡防营自是和大理寺打过交道，他自然认得眼前人："孟、孟随，你怎么、怎么是……"

孟随黑沉着一张脸，言简意赅："天机司已经盯你很久了，你自己干了什么，你比谁都清楚，你肯定是活不了。但好死和痛苦而死，你倒是还可以选一选。指挥使的意思是，你若是配合，刑具就免了，可以给你留个全尸。"

宋泽北咬紧牙关，鼻子里呼呼地出气，半晌没说话。

孟随往旁边一坐，宋泽北才开口："我有一个儿子，他年纪还小……"

孟随打断他："你该知道，和敌国暗探往来可是诛九族的罪过。"

宋泽北本还抱着一丝侥幸心理，却没想到天机司连这个都查到了，瞬间哑了。

孟随又说："不过，你若是将功折罪，指挥使会想办法在圣上面前求情，替你儿子谋一条生路。"

宋泽北贪财又圆滑，姬妾无数，却只得一个子嗣，爱之如命。他自知一切败露便活不了，只希望这唯一的儿子能延续血脉。抓住这一点，很容易让宋泽北松口。

一切如指挥使所料，进展顺利。

处理完这边事宜回城，马上要到下衙时分。

孟随表面上是去查龙三帮派人的下落，急着回来复命，马蹄高扬着一路疾驰。

路过京兆府衙门的时候，冷不防里面跑出来一个人。

"吁！"孟随狠拉缰绳，硬是将马蹄方向掉转，才避免一场祸事。

归婉惊魂未定，吓得脸都白了。

孟随翻身下马，不住地赔不是，一见对方是归婉，愧疚之余又添了几分不自在，一张英武的脸都涨得通红。他将声音压得很低："那个，我没看见你，你没事吧，是不是吓到了？"

见归婉一直没说话，孟随伸手去抓她，归婉惊得眼睛都睁大了，他又慌忙松开,都不知道手该放到哪儿。

"对不住啊,归婉姑娘……我、我带你去医馆看看?你上马,不,别上马了,你在这儿等一下,我去找辆车……"

"不用了孟统领,我没事。"归婉缩回手,红着脸小声说。

孟随那么高大一个大汉立时僵在那儿,半晌才道:"那我送你回家吧……"

归婉仍说:"不用,我自己回去就好。"

"你让我做些什么吧,不然我难受。"孟随没了办法,手垂在一旁,面色有些挫败。

归婉见不得人露出这种神情,小心翼翼地说:"那就,送我回家?"

孟随立时精神起来,像学过变脸一样,口中嚷着"等我一下",随后牵着马飞快地跑到大理寺衙门。不一会儿,他从后门驾着一辆马车出来,身上似乎还换了件衣服。

马车停下,孟随跳下来,伸出小臂递到归婉面前。归婉咬了咬唇,手搭上去借力上了马车。

孟随一路心情大好,车驶得又稳又快。等到停到归婉所说的地址,他才将脸上浮出来的笑意强掩下去,轻咳一声说:"归婉姑娘,到了。"

归婉下了车,双手交叠着,对孟随道了谢,样子有些拘束,瞧着倒没有之前那么害怕了。

孟随挠了挠头,忙说"不碍的"。他又想送归婉直接到门口,被归婉摇头拒绝。孟随只能立在车边,眼看着归婉的身影慢慢走到一处院落前,推门走进去,才收回视线。

里面传来几声犬吠,孟随只觉一颗心七上八下地摇晃着,出任务时都没有这么激动。

一想到任务,孟随一拍脑门,道:"坏了!"

他把回去复命的事情扔到脚后跟去了。孟随立时跳上马车,掉转马头往大理寺而去。

天将将擦黑,归婉在院里打水洗了手之后,走进厨房,锅台里只剩下几个白馒头和一碗凉了的白菜汤。

东屋里隐有一点烛光,归婉轻手轻脚地洗刷了一副碗筷,将菜汤又热了热,端到西屋。走动开门时不免发出一些声响,东屋里立时传来一道尖刺的女声:"都一把年纪了,给她说亲也不去相看,就赖在家里,这一天天银子没赚几个,饭倒是不少吃。克父母的晦气扫把星,哪天再把咱们连累了……"

归婉秀气的眼垂下,加快脚步将门掩住。

只是这门坏了许久,压根儿关不严,舅母的声音还含含糊糊地传进来,敲打得归婉耳垂生疼。

归婉将饭菜放到炕上的小桌上,埋头一口一口吃着。

泪水和着菜汤咽下去,味道苦涩无比。

归婉出生在一个偏远的镇子上,父亲是个教人拳脚的武师,归婉从小耳濡目染也跟着学了一些。归婉父亲平日什么都好,就是一喝酒就神志全无,连人都不大认识。温婉的母亲和瘦弱的自己,就成了父亲发泄拳脚的沙袋。

十岁那年的生辰日,母亲再受不了这样的日子,趁着夜色逃离了家。

从此只剩下归婉和父亲相对。妻子的叛逃让归父狂躁,整个人变得更凶残。一次酒后,归婉差点儿被打死,还是靠着学的那一手功夫,才堪堪逃出去。躲到天亮,她才回家,结果发现昨夜父亲醉酒之后许是口渴,一头栽进了酒缸,之后再也没有睁开眼。

父亲死后不久,母亲也有了消息,她逃出之后不久就染了病,是一个打渔的村民在河边发现了她的尸体,报了案。

十二岁的归婉父母双亡,用家中仅有的一些积蓄安葬了父母之后,为了有口饭吃,也开始以武为生,后来阴错阳差抓到了个贼人,去官府领赏银时被资深的老捕头任捕头看中,招她进衙门做了个临时的捕快。

归婉性格内向不爱出头,倒是细心又勤快,从不叫苦叫累,任捕头认她做徒弟,悉心带着。几年之后,衙门分到了一个去长安城京兆府衙门的名额,任捕头荐了归婉过去。

一开始归婉还不想走,任捕头骂了她一顿,又语重心长地道:"这是多少人求着的好差事,也就你这傻丫头会往外推。你师父我一辈子都在洛川县衙门了,你啊,替师父多去看看吧!"

归婉抹着泪郑重地磕了个头,收拾好包袱上了京。

母亲的亲弟弟恰在京城,听说归婉上了京,殷勤地招呼她住在家里。京中物价贵,归婉又没多少积蓄,自然是感恩戴德。只是舅舅虽想救济,舅母却是凶悍,一心想把归婉嫁个有钱人。归婉不想再像母亲那样死得凄惨,不愿轻易嫁人,舅母就想方设法苛待她,舅舅惧内懦弱,不敢为归婉说话。

京中日子虽难过,可归婉并不后悔来这儿。

归婉擦干眼泪,将被褥铺好,从柜子深处拿出那本翻了无数次的册子,小心地翻开一页。

《云中记》这一页里的"宋佳音",正挥着红缨鞭救下一位要被舅舅卖进青楼的女孩。

她从马上伸出手,递到女孩的面前:"姑娘别怕,有我在,你会没事的。"

归婉刚进京兆府衙门时生怕行差踏错,处处拘谨,回家之后又要面对舅母的冷嘲热讽、百般刁难,那段日子对她而言晦暗得看不到一丝光。

如同书里的"宋佳音"救人那般,现实里的宋佳音也朝她伸出了手,带着她面向队里其余人:"以后呢,归婉就归我罩了,你们谁要敢欺负她,小心我的鞭子抽你们的狗头。"

那之后,归婉慢慢地变得开朗起来,适应了这里的一切。她知道自己比不过队里的其他人,更加默默地努力,争取不拖累别人。可后来,舅母变本加厉,几次将她骗去见城里的鳏夫富商,有一次甚至对她下了药,企图生米煮成熟饭。

那几天,宋佳音恰好离开长安城去济城办公事,她没法去找宋佳音,也不能回舅舅家里,就只能跌跌撞撞地跑回衙门。

刚踏进门,她便因强力的药效腿软往前栽,只是没有预料到的疼。

归婉战栗着睁开眼,入目是一双修长有力的手,托着她的手肘撑起她的身子。

他关切地问:"归婉,你怎么样?"

归婉强忍着的眼泪流了下来。

谢观年将她送到医馆,又为着她的名声与大夫商量瞒下此事。她不知道谢观年去舅舅家说了什么,但是打那以后,舅母只敢嘴上过过干瘾,再也不敢骗她去见什么人。

长安城里,对她伸出过手的只有两个人,一个是宋佳音,还有一个,就

是谢观年。

从那天起,她下衙时总会等到谢观年先出门再走,她只远远地跟着他,同行一小段路,就会让她开心许久。

有一次,谢观年边走边拿着一本书在看,他似看得很入迷,前面有墙都没发觉,眼见着他要撞上去,归婉立刻跑过去叫住他。

"谢大人,小心!"

谢观年有些迷茫的眼映入她一张红透了的脸,又看了一眼墙,才似反应过来发生了什么。

"多谢你了,归婉。"

归婉忍不住叮咛:"大人以后不要总是走路看书了,很危险的。"

"总是?"谢观年眼尾挑着,人笑得还很温和,"你怎么知道我总是在路上看书?"

归婉的脸红得更甚,谢观年的嗓音里溢出几声笑,伸手将那本《诗经》递给她。

"送给你,算作,你救我的回礼了。"

…………

归婉又翻过一页书,《云中记》第二卷的最后,"宋佳音"和"云琰"总算得以牵手。她心满意足地将书收好,躺在炕上。

女子不能轻易去选择另一半,否则便是毁了一生。她想宋老大那么好,也只有云大人这样的人可以配得上。

所以当时看到《云中记》的第一眼,她便迷上了。

她一直祈祷现实里的宋佳音,也能和书中一样,有云琰爱她、呵护她。

可能是心诚则灵,她的祈祷貌似真的生效了。

至于自己……归婉眼前闪过那张永远温和的面孔。

她不会奢求什么,只要……

只要能一直走在他的身后,只要能看着他就好了。

(三)

大霖长平二年十月三十,长安城下了这一年的第一场雪。

雪不大,薄薄的一层白铺在地面上,日头一打便尽数化了。

下朝后,云琰被圣上留下叫到了御书房,云琰说起了宋泽北一事。

裴玄立时变了脸色:"南巫国的暗探已被尽数剿灭,名单朕亲自核对过,不可能还有漏网之鱼。"

南巫国与大霖的争斗由来已久,不仅常年在边境骚扰,连京都长安城也被南巫国派了无数暗探潜入,与朝臣勾结,上下挑拨。

南巫国在元济二十六年那场仗大败后,退回天星山以北,之后两年内乱不断,国力日微,无力再与大霖抗衡。尚是皇子的裴玄亲自将长安城的南巫国暗探网挖了出来,填了暗探来往的密道。

南巫国暗探署在京中的头领名叫完颜越,在京中以商贾身份活动,后来身份暴露逃跑时,被当时的大将军、如今的丞相景奂一箭射杀。

"宋泽北与南巫国并没有直接联系,也没有提供过什么情报,只是他身在巡防营,在巡查的时候放放水还是很容易做到的。所以明面上宋泽北和完颜越没有直接往来,当初查的时候也并没有人去查他。这次是因为龙三之事,臣才盯上了他。"

只可惜宋泽北知道的事情有限,没有问出更多有价值的东西。不过倒是有一件事,值得警惕。

"完颜越死后,宋泽北曾跟着一起去查抄完颜越的家,私下拿了不少东西。宋泽北给龙三的一瓶伤药,便是其中之一。郑槐章细细查过这药,其中有一味荣苏花,只有南巫国才有。荣苏花十分稀有,功效神奇,可使皮肉生长,是不可多得的神草。且在十几年前,荣苏花就已绝种。在之前木清霜的案子里,她们用来易容的药,主要成分就是荣苏花。"

"暗探署没留一个活口,这药从何而来?"云琰面色沉重,"此事定有蹊跷。"

从御书房离开,云琰前脚回了衙门,后脚宋佳音就来寻他。

宋佳音不想再待在卷宗处,坦承自己能力有限,帮不上多少忙,反而还拖累云茵的进度,实在罪大恶极。宋佳音的"罪己诏"刚起了个头就被云琰挥手打断。

云琰昨夜去了天机司见宋泽北，一夜未睡，掐了掐有些酸胀的额角，说："那你先跟着孟随吧！"

"下官不想跟着孟统领。"宋佳音摇了摇头，话说得很直接，"下官想直接跟着云大人。"

云琰的头昏脑涨顿时奇迹般地消散大半，他"嗯"了一声，声调上扬，是在问她原因。

宋佳音昨夜通读了《云中记》第二卷，自是有备而来。

她抬眼，神色很是崇敬，直直地看着云琰，说："下官有几斤几两自己心里清楚，虽鼻子好用，但不是每个案子都能发挥所长，下官想学学查案的真本事。在整个大理寺，乃至三法司衙门中，云大人是最厉害的。所以下官想和云大人学，学好了，也更能为云大人分忧。"

沈家案之事或许有内情，这个认知让宋佳音彻夜难眠。

她一往无前，从来不回头看，是因为她知道即使回头看，也没有什么用处。

可现在事情突然有了一线转机，她停下自己不停歇的脚步，回首望去。来时荆棘坎坷都笼罩在阴云之下，她发现她迫不及待地，想要等到一丝阳光来。

若是能查到当年的真相，那沈家已死的人就可以得一个清白的身后名。沈家还在这世上的人，可以不用小心翼翼地活着，可以堂堂正正走在这世道里。

可她也知道这件事有多难，能抹去沈家案所有痕迹的人，必定身处高位。且案子已年头久远，以她如今的身份很难有所作为，只有进了神探司，借助神探司赋予的可便宜行事的权利，才可能查到些蛛丝马迹。

眼下神探司的考核她必须一次就中，云琰是出题人，若是跟在他身边或许能提前获取些考核的细节，押中题目。

且他不仅是大理寺卿还背靠国公府，跟在他身边也有可能接触到与沈家案相关的人。

宋佳音知道这样做是投机取巧，可她如今也别无办法。

宋佳音情真意切地说完，小心翼翼地看向窗外，见并没有人过来，才弯着眼走到云琰面前，将一直背在身后的东西拿出来，放到云琰的案头。

是用油纸包的糖炒栗子，栗子皮已经被剥干净，颗颗果肉金黄，散发着甜糯的香气。

云琰最喜欢的食物排名第一的是桂花糕，第二就是糖炒栗子。他见状挑了挑眉，食指屈起敲了两下桌案，凉声道："想贿赂本官？"

宋佳音蹲下来，一双柔白的手扒着案子的边缘，下巴搭上去，可怜巴巴地看着云琰："不是贿赂，是慰问。云大人为公事操劳得这么疲乏，下官心生敬佩而已，怎么就到贿赂这么严重？"

她语调有些委屈，可眼睛仍亮亮地盯着他。这让云琰想起小时候阿茵养的那只猫儿，平日里总不近人，但偶尔也会来撒娇蹭一蹭，它好似很笃定主人肯定会伸出手替它梳毛。

阿茵被那只猫拿捏得死死的，总是它"喵喵"叫了两声就忘记自己之前抱怨它性子冷。云琰当时对此嗤之以鼻，万没想到自己也有被"猫"拿捏的一日。

她想离自己近一点儿，更近一点儿，他对此心知肚明。

云琰失笑一声，也不再挣扎，点头应允："之后我让陆清然搬张案子到隔间去，你先在那儿吧！"

还能多看看她，倒也不错。

宋佳音为演这一场戏昨夜都没怎么睡好，眼见心愿达成，立时喜上眉梢，连连道谢之后，就要出去收拾自己为数不多的东西。出门时，她想到什么，又立马折了回来。

云琰面上笑意尚在，问她："还有事？"

宋佳音抿抿唇，面上有些难色，一副不知道该不该讲的模样。

云琰倒是有耐心，也没催促，等着她开口。

半晌，宋佳音才说："我总觉得有些不对……但、但案子已经了了，大人也没有再继续查的意思，我……可能是我想多了……"

云琰深深地望着她，语气很淡："案子虽已了，但你有什么想问的，但问无妨。你都说了，要来跟着本官学习，既收了你的拜师礼，先生自是会教你。"

这一包糖炒栗子就可以拜师了，这师父拜得还真容易。

宋佳音腹诽着，口中却借机改了称呼："学生管先生借支笔。"

说着，她从案头的白玉笔架上随意取了一支笔，云琰铺了张纸在桌案上，站起来让开位置给她。

宋佳音不好坐在云琰的位置上，弯腰，以笔蘸墨在纸上勾画着什么，口中念念有词："龙三先是逃到这个院子，之后宋泽北传消息给他说有叛徒，他查到了是陈双喜，把陈双喜杀了，自己也中了一刀，上了那种很臭的药之后就带着包袱逃到了这个破庙……"

宋佳音又将腰更弯一些，继续画了一些雨丝。

"那日天降大雨，将痕迹都清除掉，也让龙三本可以好的伤口溃烂，导致其奄奄一息。李长等人看龙三手上沾了人命，不想被连累，又见财起意，遂分了龙三带着的钱财，眼睁睁看着龙三自己倒在火里没救，然后跑了。"

笔又转了个弯儿，到了覃山的山谷，画了一个包袱。

"龙三的手下们按约定钻进少有人能发现的荒地，李长拿了龙三的包袱钻进了覃山。因为我的鼻子格外灵敏，龙三的药又气味特殊，是以一路追到覃山，大理寺只花了两日时间就将事情全查明结了案。"

云琰的声音从后面传来："有什么问题？"

宋佳音习惯性地咬了咬笔杆，眉头皱着："是没什么问题，只是……"

云琰接住她停顿的话头，淡声说："太巧了是吗？"

宋佳音点了点头，笔尖顺着她画的图线游走，最后从覃山连了一条线回到了长安城："那么巧，龙三赶在京兆府衙门行动之前发现了陈双喜是叛徒，那么巧他受了伤之后赶上一场大雨，那么巧他们藏身的破庙里干草和树枝点燃烧了龙三，又那么巧查案的我闻出了龙三的药的气味……一切那么顺利，证据什么的都齐全，好像神佛全站在了正义的一端，一步一步都精妙无比，将犯人赶到穷巷，无处能躲藏。"

"神佛度人倒是可能，可度得这么细致、这么周全，就真是做梦了。"云琰意味深长地笑了笑，宋佳音听出了弦外之音，猛地转头看他。

云琰的下巴点了点，道："你再把之前罗小郎、李云封以及栾耳达那几个案子，也各自画这样一个图出来看看。"

云琰单手拎着自己的椅子放到她身后，手压上她的肩膀向下，道："坐着画。"

"多谢大人。"宋佳音依言坐好，略想了想，按照之前云琰告知她的案情一个一个地将路线简略图画出来。

四条路线图，落在一张纸上。

"四个案子，皆是意外，证据确凿，即使是龙三的案子多了些人，但他们也都只是旁观，并没有插手，查来查去也不会有另外的结果。如果案子并没有其他的隐情，只能说，真的是老天爷出手，清除掉这世上的一些人。而除了手上沾人命罪有应得的龙三，其余人都只是过于倒霉，被老天爷选中而已。"

云琰轻笑一声："那选中他们的如果不是老天爷，还会是谁？"

宋佳音双眸沉下去："大人是说……"

云琰弯腰，手握住了她执笔的那只手，腕部使力，带着她在纸上笔走游龙。

他的气息陡然靠近，宋佳音的心突然一缩。

愣怔间，他停了笔，微微侧过头，对着她的耳朵说话，气音惹得那一片白嫩的耳后细密地起了一层鸡皮疙瘩："如果设定有一个凶手，他熟知受害者的行为习惯，要让受害者看似'意外死亡'，那他首先要做什么？"

他倒还真像是一个认真教习的先生，宋佳音读书不好，面对先生时总是郑重且紧张，她努力忽略掉脸红心跳，脊背挺直，认真地思索："首先要确定在案发当日受害者会照常做他会做的事，没有因为生病或是其他的原因耽误。"

云琰垂眸看着她的发顶，目光无端地柔和下来："继续。"

"罗小郎是每日驾车往返铺子和京郊的天元寺送香，因遇冰雹，马车在山路上一个弯道翻车，导致他掉入河中溺死。习惯行为是送香，时辰和地点都很固定，意外事件是天降冰雹。"

"李云封……"宋佳音念着这个名字，心猛地一悸，是云琰唤了她两声才让她强压下那股涩意，继续道，"工部的李大人凡事亲力亲为，亲自督监枢密院整修之事。屋顶缺砖少瓦房顶坍塌，李大人被埋身亡。李大人监修是习惯事件，意外是房顶上的土过多将房梁压断。"

李云封身为工部侍郎，原本没有去现场督办的职责。可因为沈家之事，李云封在官场衙门举步维艰，手下人俱是敷衍做事，他又一贯认真，才会遇到这场横祸。

宋佳音说到这儿，再次沉默。

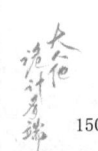

而这次云琰并未出声催促,他只是蓦然想起第一次在宋佳音面前提起李云封时,宋佳音的表现也有些怪异。

具体是怎么怪异,他一时也说不上来。

宋佳音察觉到云琰握着自己手的力道加重,攥得她骤然回神。云琰带着她,笔尖继续在纸上游走,落到栾耳达事件上,宋佳音忙将注意力集中起来。

"栾耳达每日都将金银货物搬到屋子独自睡,那日喝多了酒去翻货物被压而亡。将货物搬进屋子是每日会做之事,意外……应该是喝完酒手脚发软不听使唤。

"龙三杀人之后带着所有资产逃回临江县,因伤被雨水浸泡溃烂导致不能愈合,高烧不退,李长几人起了贪念遂放任龙三倒进火里烧死。龙三回临江县势必会经过那座破庙,意外事件是龙三挨了陈双喜的一刀,且因下雨导致本能愈合的伤口没有愈合,再有,就是庙里起火。"

云琰带着她的手,将几个案子里的意外都圈了起来。

"你若是凶手,会想怎么做?"

宋佳音不解:"什么?"

云琰松开她,站直身体,挺拔的身姿落在透窗而来的光影里。他说:"查案如解谜,你看着谜面,总会不明所以、云里雾里。但当你用已知的谜底,反过来去创造谜面,便会容易很多。"

这个思路让宋佳音不由得豁然开朗,她极缓慢地眨了一下眼,语速飞快:"天气骤变可以预先知晓,枢密院房屋有问题,栾耳达去胡人开的酒肆喝酒,这些只要有心留意,都不难知晓。

"若我是凶手,我知晓罗小郎每日行走蜿蜒的山路,下了冰雹路滑难行,视野也会变得狭窄,在最险峻的几个弯道落几块不起眼的石头,驾车人很难发现,躲掉一块躲不掉第二块。

"至于枢密院,李大人去监修是长史惫懒以至于手下工人也懈怠,导致工期一直拖延。若我是凶手,若是不想留下痕迹都不必买通谁,只需在工人常吃喝聚集的地方找人散播一下工部之事,他们是按天结钱,能拖则拖,最后工部自然会把烂摊子塞给李大人。

"栾耳达行的是倒卖的生意,用西域外邦货与大霖物品交易。我要是凶手,放出风将栾耳达手里的西域货热度炒高,自然有人乐意去照顾栾耳达的生意。栾耳达乐得开心,与买家每日纵酒至深夜,且家中无数金银货物堆积,很容易出事。

"至于龙三……知道他杀人之后必定会如旧地往老家临江县跑,天降暴雨时他身上有伤肯定要休息,那破庙是必经之处。我只需将干草和干树枝放在庙里,放得密一些,上面再淋上一些火油。龙三有伤又湿透,肯定会坐下烤火,火油烧起来很快将干草和树枝燃成一片,龙三的手下觊觎他的银钱,也不想被他拖累,势必不会管他,任他自生自灭。"

纸上他的字刚正,笔锋凌厉,字如其人。而她的字圆小歪斜,对比之下简直不堪入目。

宋佳音赶走心底的那点儿丢人心绪,指尖点啊点,最终落到"陈双喜"身上。

"别的都可以由凶手一人去做,但是陈双喜不行。"她说着皱了皱眉,叹口气,"凶手心思果然缜密,他清楚地知道事情是可控的,但人是不可控的。如果陈双喜活着,不管是怎么信任凶手,都有可能吐口。所以他料准龙三会下手,陈双喜刺了龙三一刀之后就被龙三杀了。只有死人的嘴,才是永远不会泄露秘密的。"

宋佳音站了起来,仰头看着云琰,语气谦逊有礼:"先生可还有别的要教导学生?"

她似被抽走水的干涸池塘,云琰没有直接予她水,而是引一条河过来。宋佳音很是珍惜这次的"受教"机会。

云琰也不吝啬,他将案头压在最下面的卷宗抽出来,里面夹了一张宣纸,上面的纸和案头这张一般无二,是云琰之前写的。

宣纸上记的是几个受害者的生平。

"他们四人并不认识,也没有任何交集。唯一的共通之处,就是他们都有一段清苦的过去。罗小郎自小被父母遗弃,被开香铺的掌柜捡来,平日跑腿做活;栾耳达是家族弃子,当年边境战乱,他是冒着生死来往两国之间做买卖发了家;龙三的姐姐龙氏被其舅舅卖进教坊司,龙三找舅舅撕扯未果反被扣上一个偷盗的罪名,只能离开家讨生活;至于李云封……"

云琰说着不经意地看了一眼宋佳音,见她睫毛微垂,在眼下投下淡淡清影,一副有心事的模样。

"李云封曾与沈家有旧,虽入朝为官却处处被排挤,连带着家里也不顺遂,李家后辈也有要走科举之人,自那之后李家就与李云封断了联系。

"这四人或多或少,都曾被家里抛弃,他们在长安城如一粒尘埃,几乎无人挂怀。

"凶手每一步,都有着他自己的逻辑和仪式感。他选人是如此,他杀人,亦是如此。"

宋佳音抬起眼,视线在桌案上铺着的图上睃着。

罗小郎死在水中,李云封被土掩埋,栾耳达压于金下,龙三焚在火中。

水、土、金、火……

宋佳音愕然出声:"是五行,凶手是按五行杀的人!"

金曰从革,木曰曲直,水曰润下,火曰炎上,土载四行。

日出东方,日落于西。

中原肥沃,南方炎热,北方寒冷。

五行相生互克,世间万物无不是因此而生,因此而亡。

"如今,五行中只剩下'木'了。"宋佳音的心跳得剧烈,喉咙发干,"所以,凶手又要开始动手了。"

第八章 另种人生

（一）

仲冬时节，长安城一场大雪过后，天气越发寒冷，风寒也随之流行。

一连死了七八人，眼见事态严重，圣上立即下旨，一命巡防营将染病之人圈到临时搭建的庄子里；二命太医署加紧研制出了有效药方，发往京中各大医馆药铺；三命京兆府负责监察，以防京中哪家铺子黑了心，临时涨相关药材的价格。

接到圣旨之后，谢观年只留了几人在京兆府值守，其余人皆出衙去各大药铺医馆巡视。一连数日顶风冒雪，只能睡上几个时辰，熬了七八日之后，总算将这场风寒风波压了下去，没有扩大成疫病。

这般殚精竭力，日夜不休之后，京兆府的人也陆续倒下了。

京中百盛医馆的神医白琪亲自诊过脉，其余人只是因劳累过度需要休息，并无大碍，但京兆尹谢观年却实实在在地感染了风寒。

按圣旨，感染者都要被单独隔离至郊外，家中只能有一人跟随照顾，谢观年亦是不能例外。

谢观年在长安城的宅子里只有一个从小看着他长大的老管家和两个负责洒扫做饭的老媪。老管家年事已高，若是染病怕是会危及性命，便由张媪跟着他一起去了郊外庄子。

此次风寒会令人浑身发热无力，严重者会呕吐晕厥。太医署研制的药方有二，一是治病，二是预防。京兆府的人都喝过预防的药，再加上谢观年本身年轻，症状不重，感染之后也只是比平日里更嗜睡。

一场浑浑噩噩的梦里，谢观年又一次梦到了漫天的黄沙，遍地的残尸，红得刺目的鲜血。

锐利的冰寒贴近他的脖颈，皮肤上的疼痛不及心上万分之一。

他好似出了幻觉，居然在这浓重的血腥气息里，闻到了一股花香。

仿佛是百花盛开的长安，而他再也回不去了。

…………

窗外飘着雪花，房间里的地龙烧得很旺，谢观年从梦中睁开眼，视线里仍是模糊一片。

他眯了眯眼，撑着手臂坐起来，动静惊动了倚在床边小几上的人。

她伸手扶住他摇晃的肩膀，将软枕垫在他的身后，轻轻地将他放倒，再将被子拉高。

谢观年的目光落在她的脸上，她用细白的麻布遮住下半张脸，饶是他现在恍惚着，也能从她露出来的眼部看出来这人皮肤光滑如凝脂，绝不是张媪。

谢观年见她折身去拧了干净的帕子，片刻后又回来，弯腰替他小心地擦着额上的热汗。

全程她的眼都没有看他，像是有意躲开，只安安静静地做着自己的事，照顾着他。

他开了口，嗓音因为之前两日发烧而有些喑哑："归婉？"

归婉的动作一顿，白嫩的耳朵飞速烧起一片红。她站到床边，声音很挫败："大人是怎么认出我的？"

谢观年轻轻笑了一下："整个长安城中，我也就只认识你一个这个年纪的姑娘。"

归婉的胸腔里像是有一只小蝴蝶，破茧而出。她将睫毛垂下去，手绞着帕子："我见张媪年纪大了，一个人照顾大人恐怕吃力，便想着……便想着来帮个忙。大人是京兆府的一片天，下官、下官是想为衙门尽力，我……"

谢观年斜倚在枕上，慢悠悠地说："可严格来说，你不日就要到大理寺去，京兆府跟你其实没多大关系了。"

"我、我只是……我……"归婉觉得自己的耳朵热得都要烧起来。她的私心不配拿到谢大人面前,她连对视都怕被他看出端倪,可她又素来不擅遮掩,急得不知怎么办才好。

谢观年看着她焦急的样子,眼中已经水光潋滟。他眼神幽暗片刻,话锋一转,声音压下去:"我没什么事,再住几日便可回去了,有张媪照顾我就足够了。这不是你该来的地方,待会儿我让张媪带你出去。"

归婉倏地抬头,一双荔枝眼微微睁大,声音有些抖:"大人……"

谢观年合眼,已经是一副疲累至极的模样:"出去吧,我累了。"

归婉咬了咬唇,也没再说什么。她慢腾腾地走到水盆边,将帕子洗净,晾在一旁。她又出门从张媪那儿将熬好的药倒了一碗,端进屋中,放在床边的小几上。

"那大人,我先回去了……大人多多保重。"归婉的声音里不难听出小心翼翼和一丝隐隐期待,好似在等他开口留她。可谢观年却没有动静,他只闭着眼,像是已经睡了。

归婉心头难过,但也知没理由再留下来。站了片刻,她转身走出房门。

"嘎吱"一声,木门掩上,顺着混进来的几片雪花落在地上,转眼间就化成了一摊水。

谢观年睁开眼,只见小几上放着一个白瓷碗,里面是浅褐色的药汁。

手指触碰着碗的边缘,已经不烫,温度适宜。

药的旁边摆着一个花朵形状的小碟,里面装着几颗酸甜的蜜饯。

谢观年的手指停留在上面,犹豫片刻,最终捻着一颗蜜饯放到嘴里。

京中这场风寒没有波及大理寺,等到大致平息时,云茵帮着卷宗处将她负责的那部分库内积存卷宗整理归档完毕,要离开衙门。

走之前,云茵专门拉着宋佳音聊了很久,都是有关云琰的。从云琰的喜好和厌恶,到他的生活习惯,她几乎事无巨细和宋佳音说了一遍,其中有一些事她之前已经说过几次了。

一口气说了两个时辰,云茵灌了两大碗茶,咽下去之后呼出一口气,看

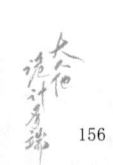

向云琰办公的独间。

"我希望不论到何时,你都不要放弃阿兄。"

宋佳音指着自己:"……我吗?"

云茵转头,对着她笑眯眯地说:"当然是你。而且我知道,阿兄也不会放弃你的。这段时间在大理寺,我可是都看得一清二楚。"

宋佳音皱了皱眉,更是不解:"……你看出什么了?"

云茵摆摆手,一副高深莫测不肯多说一个字的模样,回身抱了一下宋佳音,大步流星地离开。

宋佳音也倒了一杯茶喝了,但冰凉的茶水并没有压平心内的烦躁。

自她暂时搬到云琰办公处之后,她连着几晚都梦到了云琰,每一个梦里云琰都是一副凶神恶煞的阎罗王模样,他将偷翻他东西的她按住,用有力的手扼住她的咽喉,厉声质问她为何背叛他利用他。

每个从梦中惊醒的早晨,宋佳音都浑身是汗,心跳紊乱到好半晌才能平复下来。

这几日,宋佳音看到云琰时,总会不自觉地心慌意乱。尤其是同在一屋檐下,云琰对她的态度较一开始的冷若冰霜来说好了太多,还时不时关切地问她几句。可他越这样,宋佳音的心慌感就越强烈。她想了很久,把这个反应归结于心虚。

但凡不想让自己多想时,宋佳音就会努力让自己忙起来。她竭力让自己全身心投入龙三那几个案件中,主动请缨带一小队人外出排查,让自己无暇分神。云琰对她这种上进态度自是欣赏,倒也没发现她有什么不对。

可没有云琰,还有云琰的妹妹。

云茵几番话下来,宋佳音只觉自己那份心慌感越发强烈,几乎难以克制。她喝完了茶,又在衙门院子里转了几个来回,吹了许久的冷风,才去到云琰那儿复命。

"因为范围太大,这次下官只能是初步排查,可能有疏漏的地方。这是下官此次重点查的几个地方……"

现在只知道凶手下次作案,要与"木"相关,这个范围过于庞大。树木、房屋,甚至一纸一笔,都可以说是与"木"相关。这般没什么线索的排查无异于大海捞针，但查案便是这样，在没有新线索出来前，需要下的就是苦功夫。

而这次的凶手又那般狡猾，如果不是云琰的推断，谁都不会想到这几个案子中还会有这么一个人存在。

一个连行迹都没有的人，谈线索更是奢望。

坐以待毙的结果，就是凶手会再次犯案，所以哪怕只有万分之一的可能，宋佳音也想为此案做点儿什么。

云琰看着她因这些时日的风雪而吹得泛红的脸，突然问道："你有没有想过，万一是我判断失误，根本没有这个人的存在，你岂不是在做无用功？"

宋佳音不是娇气的女子，反而因着在风雪中奔波而变得更加坚毅，让云琰想到了顶风而开的红梅。

心动难以抑制，此刻云琰只庆幸自己有着一张轻易不会泄露情绪的脸。

她摇了摇头，说："我只是为了查明真相而在做该做的事，即使最终查明，真的没有凶手，我也不觉得是在做无用功。而且，我相信大人。只是现在毫无线索，下官有些担心，怕我们来不及阻止下一场凶案的发生。"

自宋佳音搬过来之后，云琰就莫名觉得她离自己越来越远。

之前她时常恭敬偶尔大胆，最近已经久未"大胆"，就只剩下疏离态度的恭敬了。

她是不是不喜欢他了？

云琰一度怀疑宋佳音是在刻意躲着自己才带人出去排查，现在听到宋佳音不加掩饰的这句"我相信大人"，云琰冷凝的脸色终于缓和下来，也将那个荒谬的猜测抛诸脑后。

云琰长指叩了叩桌案，宋佳音见状走上前来。

云琰递给她一本册子，她翻开来看，上面记着数人的生平信息。

"这案子没有方向，便处处都是方向。你率队搜寻的这些日子，本官让郑槐章重新验尸，也让孟随再审理和死者有过接触的所有人。不过这两轮排查并没查出多少有用的信息，本官带人查了目前长安城中曾有过被家人抛弃，或被族人遗弃经历的人。

"龙三、栾耳达几人的身世并未多加遮掩，才被凶手得知。所以隐瞒身世的那些人，凶手也很难全数得知，我们就也没有进一步细查的必要。"

这项排查烦琐复杂,自然是要由天机司的关系网去查。近日管京都百姓户籍的官员被蒙面的天机司司吏一眼不错地盯着去查,每日战战兢兢,生怕一个不小心就被清算,几晚都没敢睡才交上这份名单。

云琰道:"所有人的名单都在那上面了。"

宋佳音打眼往下快速扫着,很快,一个熟悉的名字映入眼帘。

归婉,荆北河塘乡人士。十岁时,母亲赵氏因惧其夫拳脚逃出家门,后死于荒野;十二岁时,父亲醉后溺毙。父母俱亡后拜师衙门捕头任川,后入京兆府为捕快,居于其母舅家中。舅母李氏几次欲将归婉卖于富商,后作罢。于长平二年十月由时任京兆尹郑槐章举荐入大理寺衙门,待调入。

(二)

年关将至,弯月西沉。

风寒风波刚过,城中逐渐热闹起来。郊外庄子里只剩下最后染病挪过来的谢观年,守卫已尽数撤走,只留了两人轮流看管。待剩下的病人痊愈之后,衙门便会派人将庄子封住,再一把火烧尽,以防病人沾染过的器具家具外流。

在张媪的悉心照顾下,谢观年的身体一天天好起来,饭食也用得多了。

张媪在谢观年身边多年,见他终于好起来,不免高兴。关上屋门,张媪将碗筷收拾好,去偏屋寻人。

"公子已经大好了,白大夫说,再有个两三日便能回去了。这些日子多亏了姑娘帮衬,不然我这把老骨头可不知怎么好了。"

归婉仍旧遮着面,只在眼角泄露腼腆的笑,说:"张媪过奖了,我也没有做什么。"

前些日子谢观年让归婉回去,归婉从庄子离开,走到山脚。

她回首望去,庄子建在半山腰,孤寂而沉默地矗立着,一如谢观年这个人。

她见惯了他的温和从容、幽默风趣,见惯了他立在人群里、站在繁华闹市中。可她不知,当他病中,身边只有老仆相伴。他没有亲人,也没有爱人。

对此他并不觉得孤独,甚至连难受的表情都没有一个。

可他在梦中睡得并不安稳,他紧皱着眉,仿佛痛苦至极,像是被全世界抛弃。

归婉莫名地想到了过去的自己。

她与谢观年，云泥之别。她从没想过，谢观年这样的人，会和自己有什么共通之处。

下山的路坎坷难行，上山的脚步却异常快。

归婉找到张媪，请其帮忙瞒着谢观年，她甘愿留下帮忙洒扫做饭。

张媪一开始还犹豫，后见归婉坚持，才最终答应她。

谢观年病愈即将离开，归婉打算在他之前一天，也就是明日太阳落山后再走，免得被他发现。

庄子里只剩下谢观年一个病人之后，就再未有柴火送来。天气寒冷，归婉只能趁天光还未暗之前，上山砍柴。

遍地积雪，她拿着砍刀去砍树权，装入背篓。

背篓装了大半，越发沉地压着肩膀，归婉将背篓往上颠了一颠，弯着腰往上走。

一棵树的枝丫发出"咔嚓"一声，归婉手中握着的砍刀方向一转，身形跟着转了个方向，瞬间摆出防御姿态朝向发声的方向。

宋佳音从树上跃下来，停到她面前："反应快了很多，看来这些时日在京兆府也没有荒废功夫。"

归婉愣了一下，有些惊诧："老大？你怎么在这儿？"

宋佳音摸了摸后腰的红缨鞭，呼出一口白气，说："云大人推断案子另有真凶，目前查到凶手有几个可能会下手的对象，所以我奉云大人之令，前来将其带走保护。"

未知的危险是谁也不能提前预料的，且可能会被下手的对象人数不少，就算再有把握，也没办法做到万无一失。

人命为重，云琰放弃以目标引诱凶手犯罪的想法，让大理寺人将所有可能被凶手当成目标的人尽数带回去。

宋佳音自请来找归婉，临走时云琰再三强调，不能轻举妄动。

"如果发现哪里不对，要第一时间回来找我，若再敢像上回那般……"云大人久不出现的迫人威压迎面而来。

宋佳音立时保证:"下官一定遵从云大人的话。"

归婉反应过来:"……我也是凶手可能会下手的对象?"

宋佳音点了点头。

归婉不知自己为何会被盯上,也并没有问。她只转头看了一眼庄子的方向,随后小声恳求:"老大,再让我待一晚吧,我本来也是打算明日太阳落山前就回的……我已经在这儿待了很久,就再多这一晚,不会有什么事的。"

宋佳音双臂环胸,歪着头看她:"我还想问你,为何谢大人染病,是你在这儿照顾?"

"谢大人家中……家中只有几个老仆……我……我怕照顾得不妥帖……"归婉霎时红了脸,话都说不利索,"我现在毕竟还在京兆府衙门里,为、为谢大人……也想为谢大人尽尽心……谢大人不知道我还在这里,是我偷偷说服照顾他的张媪留下来的……"

从前衙门里抓女犯时,都是宋佳音去,她见过许多女子提起心上人时的娇羞样子,再联想之前归婉在她面前不住口地赞赏谢观年,不难看出归婉对谢观年的心思。

知道心上人染病,可能还会传染,也要来照顾他,这份痴心倒是难得。

归婉垂着头,默默地摩挲着刀把上的靛蓝色绑带。

宋佳音的视线掠过归婉手上的刀,突然想起她刚才转刀的动作,猛地一个零碎的画面从记忆中跳出来。

那画面并不特别,那时她就觉得莫名地有些眼熟,但到最后也没想出个所以然。

如果那支笔换成刀……

宋佳音接过归婉的刀,照着那人转笔的姿态,将刀在手中转了一下,刀柄落在掌心里。

一幅画面猛地从记忆深处被勾出来——

木槿花树下,小小的姑娘鼓着脸,手腕一翻,刀直接掉到地上。

花瓣纷纷扬扬地落下,砸了小姑娘一头,一个少年从树上一跃而下。

"红豆,你怎么这么笨,教你几次都做不好。"刀在少年的腕骨上转一圈又落回手,"我再教你最后一次,看好了。"

刀柄上的花纹硌得宋佳音掌心泛红。

这怎么可能……怎么可能……

她的双眸凝结，许久一言未发。

归婉有些忐忑地抬头，见宋佳音面色不好，以为她是看出自己说谎。归婉伸出手拉着宋佳音的胳膊晃了晃，说："老大，是我说谎了，其实我……"

宋佳音蓦地反手抓住她的手，声音透着几分冷意："你每日都来山上砍柴吗？"

"是啊……"归婉少见宋佳音这样，下意识地紧张起来，嘴唇发抖，"这几日院中没有柴火，我就日日过来。每天日落之前出来，赶在天黑前回去，之后便该做饭了……"

——"假设有一个凶手，他熟知受害者的行为习惯，要让受害者看上去是'意外死亡'，那他首先要做什么？"

——"首先要确定在案发当日受害者照常做他会做的事，没有因为生病或是其他的原因耽误。"

昔日就这个案子和云琰讨教的对话重新在宋佳音的耳边响起。

归婉近日会在一个特定的时间，来往于荒山树林与庄子之间。

四周枯树林立，山间鸟雀无声。

茫茫一片白里，只会有一个归婉。

树，木。

宋佳音的呼吸骤然停了一瞬。

太阳的余烬给不了她一丝的温暖，从脚底蹿上来的一阵寒意将她彻底冰冻，宋佳音狠狠地打了个寒战。

她知道云琰一定会有万全之策，既然答应了云琰，就该听他的话，将归婉带回去。

可有些事，她做不到。

脑袋里的思绪拉扯，只不过是瞬间便有了结论，宋佳音松开了归婉的手腕，说："你和我换一下衣服，然后立刻回城，先到家中，等到午夜时分再去大理寺。等云大人问起，你如实说就是。"

现在距离午夜还有几个时辰，够了。

宋佳音在夜色降临时回到了庄子。

她将柴火卸在院中，一位老媪端着空碗进来，想来就是归婉说的张媪。

归婉成日蒙着面，再加上光线很暗，张媪没发觉眼前人有什么不对，和平常一样道了一句："姑娘回了。"

宋佳音点点头，抱了一些柴火跟在张媪后面进了厨房，帮着张媪一起做饭。期间，张媪拉着她一道说话，好在归婉平时话便不多，宋佳音又刻意仿着她的声音说话，倒也没露出破绽。

明日归婉就要回去，张媪很是不舍，拉着她的手说："我们公子自小命苦，早些年家里来了个算卦的道士，说公子五行命格过硬，怕会克得谢家破人亡。老爷信了那道士的话将公子送到观里，一扔就是十几年。可谁看不出来，什么命格硬，都是家里那续弦的新夫人作的怪，怕公子挡了她儿子的路。幸得我们公子争气，即使没有名师，也能靠自己考得功名，做了官。一朝扬眉吐气，让谢家上下谁都不敢小瞧他。日后谢家的门楣荣耀，就都要靠我们公子了……"

张媪说到这儿又叹了口气："我唯一担忧的就是我们公子久不成婚，不论谁家的姑娘，他看都不看一眼，这些年也就是姑娘你……"

张媪见"归婉"低垂着脸，一副娇羞模样，又笑了笑，劝道："公子赶你走，别人不晓得，我自是晓得的，他是怕你留在这儿染上病，姑娘可千万莫生他的气。姑娘也别怕谢家门第高，我们公子素来不看这个的。"

宋佳音点点头，小声谢过张媪的好意。

张媪见她心里没对谢观年留着隔阂，遂放下心来，待饭食做好，自己端过去给谢观年。

宋佳音回了归婉之前住的偏房，和谢观年住的主卧房呈斜对角，只要谢观年那边有动静，她这里就能看见。

之前张媪说的话在宋佳音脑子里不断地转着，谢家这等豪门望族，即使内里脏污事一堆，外表也要修饰出一番光风霁月的模样。谢观年从小在道观长大，这等隐秘事，怕是长安城上下也没几个人知晓。

窗外北风呼啸，宋佳音裹紧被子，看着夜色，想来归婉应该已经回到城里。

最晚天亮之前，云琰得到消息，一定会派人过来。

163

有了危险迫近，人会本能地先下手为强。

宋佳音闭上眼，从窗外凛冽的寒风中听见一阵急促的脚步声，随即是开门声。不多时，有人跑到了偏房的门口，声音急切地敲着门："归婉姑娘，归婉姑娘不好了，公子、公子吐血了！"

宋佳音连忙穿鞋下榻，将脸遮好去开门。

北风卷着几片雪花进来，张媪眼眶通红，已经不知如何是好。宋佳音说："我去瞧瞧。"

主卧内，谢观年倚在床边，面色苍白如纸，唇边溢着鲜血，这一红一白间，衬得他脆弱而不堪。张媪见状一下哭出来，拿帕子去擦，却像是怎么擦也擦不尽。

"这可如何是好……"

谢观年摇摇头，宽慰张媪道："我没事……"

"看大人这般症状，再耽搁下去怕是不好。"宋佳音上前去，将一块腰牌递给张媪，"还要劳烦张媪出去，将腰牌给门口的守卫，让他去城里速速找白大夫过来。此刻城门宵禁不会轻易开，光是守卫一个人去，若是看管城门的大人不肯开，守卫怕也不会尽心……"

张媪反手抹着泪，颤颤巍巍地说："我跟着一起去。我就算是磕头求，也会求得大人放行的。"

宋佳音承诺道："张媪放心，我会照顾好谢大人，等张媪带着白大夫回来。"

时间紧迫，张媪忙揣着腰牌出了门。宋佳音拿起染了血的帕子，在清水中洗净，又折身回到刚才张媪的位置，拿着湿帕子擦着谢观年唇边的一丝血迹。

窗边下立着一个香炉，一股清浅的檀香味幽幽溢出来，将屋中的药味驱散几分。

窗外马蹄声一过，这偌大的庄子里，除了他们两个，再无第三人。

变故就发生在这几息之间。

宋佳音擦他唇边血迹的手指突然挪到他的太阳穴，可谢观年明显更快一步，他出手如鬼魅，只瞬间便扼住她的脖颈，手指微收着，一个翻身将她压在身下。

谢观年的眼幽黑，不似寻常总透着若有似无的柔情。原来，一旦那份刻

意溢出来的温柔褪去,他即使唇边带笑,亦是透着阴森。

"许久不见了,宋捕快。"

他没用多大的力气,却恰好能让宋佳音无法脱身。

宋佳音直视着他,喉咙里缓慢地吐出几个字:"果、然、是、你……"

谢观年伸手,挑掉她面上的布,露出一张俏丽的脸庞。他拿着那块布反手擦掉唇边又溢出来的血:"若不是我,宋捕快对一个无辜人下药这种事传出去,怕是会闹得满城风雨。"

宋佳音咳了两声,说:"你既发现了……又、又为何吃下去……"

谢观年的手摩挲着她的下巴,声音阴柔:"宋捕快一心为公,我身为京兆尹,自是应该成全。"

他说着偏了偏头,瞳仁浓黑得似地狱深渊:"也该来了。"

这一句似有若无的呢喃似一柄重锤砸到宋佳音心上。习武之人耳力好,她听见了外面迟缓的脚步声。

不是守卫,也不是张媪。

谢观年幽幽地开口,声音透着诡异的沙哑:"今日宋捕快抓住连环杀人案的凶手归婉,乃本官亲眼所见。归婉自小被父母抛弃,又被舅母苛责,便心生扭曲,先后设计杀死罗小郎、李云封、栾耳达与龙三。真相揭露时她自觉死路一条,留下一份承认罪行的信后,纵火身亡。"

门口,有人轻轻地叩了两下门。

这脚步声……是归婉。

龙三是死于火里,也是死在莫名堆积在破庙的草木之间。

谢观年玩了一个文字游戏,引导所有人去想"木",实际最后的仍是一把"火"。

一把朝廷要处理这处庄子时必须要放的火。

谢观年不会再动手,凶手"归婉"已认罪而死。

火烧之后,什么也不会留下。

没有痕迹,没有证据。

宋佳音浑身战栗着,牙齿也不自觉上下轻磕着。

她落入了谢观年的圈套里。

(三)

归婉习惯性听宋佳音的话,她快步下了山,却在山脚下再一次踟蹰不前。

宋佳音话里话外,以及最后和她互换衣衫留在庄子里的行为,代表着宋佳音又一次挡在她的前面,把危险留给了自己。

张媪口中说的谢大人,亦是如此。

——"你是有能力的,不要妄自菲薄,也不必害怕。"

谢观年昔日的话化作一把刀,斩断从地底下生长出来的、无形的、缠住她的荆棘。归婉再一次逆着风上行,她不想永远地缩在别人身后。

刚至半路,她看见唯一剩下的守庄子的护卫驾着马车疾驰于暗夜中。她躲在旁边树后,风将车帘吹起,她看见张媪那张焦急的脸。

能让张媪急成这样……谢大人一定出事了。

归婉一路飞奔回庄子,院中安静祥和,却透着一股摸不透的诡异。偏房无人,她放轻脚步走到主卧的门口,迟疑着,敲了两下门。

再要敲第三下时,一股力道封住她的口鼻。

归婉这才发觉,不知道什么时候自己身后站着一个人,她来不及挣扎,便被那人拦腰扛起,连声音都泄露不出一点儿。

直至外头山林间,她才被人放下。

这人体格高大,动作却莫名轻柔。归婉站定,月光下,只见他面上戴着玄色的面罩,露着一双眼,身上并无什么特别之处,可归婉却瞬间明白此人身份,登时白了一张脸。

孟随见她惊惧,实在是心疼,可又无法暴露身份去安慰她,手攥成拳又松开,几个来回,被他家指挥使冷冷扫了一眼才忍下去。

孟随刻意粗着嗓音说:"指挥使有话要问,你要据实回答。"

归婉掉转视线,见一旁另站着几人,装束俱和扛她来的人一样。只是领头人的面罩是银色的,她只看一眼便脚底生寒,明白这位便是传说中那位手段狠辣、杀人如麻的现任天机司指挥使了。

被天机司找上门,与被修罗恶鬼纠缠无甚差别。

归婉胆战心惊地等着,那位指挥使开了口:"你人在这儿,那宋佳音在

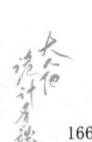

里面了?"

"是,宋捕快正……正在里面。"

指挥使冷眼扫着她身上的装束,语调莫名冷了三分:"她是主动与你换装进去的,还是你要求的?"

归婉将头垂得更低,不敢说谎:"是宋捕快主动换装要进去的,让下官先回城里,但不要直接去大理寺,要等到午夜时分再去。"

如此,云琰还有何不明白的?

宋佳音再一次没有听他的话,擅自行动了。

云琰自从发觉谢观年有异,便让天机司的许盎跟着他,为了不打草惊蛇,只远远监视。宋佳音想去找归婉之时,云琰有意拦下,又怕阻拦太过让宋佳音有所怀疑。

她一旦发觉哪儿不对,也一定不会顾着她自己。

他只让她将归婉带回来保护,想来不会出什么问题。

可事实证明,云琰还是低估了宋佳音的心思,她比他想的还要机警许多。

许盎曾被他派去济城跟着宋佳音,认识宋佳音的脸。是以,当归婉穿着宋佳音的衣服离开时,他瞬间便发觉出了不对,立刻回城去见了云琰。若非如此,云琰就要真的如宋佳音所想的那样,等到午夜才等到带消息回去的归婉,等再来这儿,已是几个时辰之后的事情了。

恼怒瞬间充盈着胸腔,但也只是春时的一场雨,片刻后就停,转而就被担忧所替代。

宋佳音进去之后便无动静,此刻局势不明,若是逼得谢观年狗急跳墙,宋佳音恐怕会有危险。

云琰又让归婉将发生的事,事无巨细地与他再说一遍。他听得目光微沉,月影下移,给他的身姿在白雪上落了一层乌色的暗影。

片刻后,他扔下一句话:"留在这儿,号令未响不得轻举妄动。"

孟随听出了他的意思,吃了一惊。云琰自任天机司指挥使以来,就没有独自行动过。

孟随想代替他过去:"指挥使……"

"我意已决,别废话了。"云琰摆摆手,踏着雪地枯枝,身形如电,几下蹿入前方夜色里。

此刻,庄子的主卧里,宋佳音手脚被谢观年缚住,扔在床头,那结打得特别,怎么挣也散不开分毫。谢观年坐在旁边欣赏着她的挣扎,越看笑意越深,像是猫儿逗弄着老鼠。

宋佳音不再动,垂着眼看着自己屈起的双腿。

她在饭食中下的药是孟随之前给她的,孟随见她对审问李长时说的灌药颇感兴趣,后来就真的给了她几丸——还是背着人悄悄给的,给时还小声提醒:"千万别让云大人知道。"

那几丸药功效各不相同,有吃了像过敏的迷药,也有孟随说的审问时用的药,发作起来的症状像是毒药,但实则根本不伤人。

宋佳音想过,似谢观年这等警觉的人,一旦察觉到危险逼近自然会先出手,她等的就是谢观年的出手。

然而她没想到,谢观年会不顾自己的性命吃了药,将计就计,引她入局。

宋佳音想到这儿,看向门的方向。归婉一旦入门,以她的良善心性,和对谢观年的爱意,一定会被谢观年牵着鼻子走。

谢观年心窍玲珑,拿捏人心,他无声无息地进入归婉的生活,赠她以善意,予她以温暖,一步一步地,让归婉走入这个既定的圈套里。

药是宋佳音下的,人是谢观年杀的。

归婉会顶替杀人和下药的罪名,留下罪己书,最后死在这个注定会被火烧尽的庄子。

门口没了声响,许是归婉在犹豫着。她素来胆小,凡事并不出头,屋内也没什么动静,她也没勇气闯进来。

宋佳音的视线又落在谢观年身上,他唇边不再溢血,倚在一旁,手里正抛着一把木头做的匕首。

匕首打磨得光滑,不见一星半点的刻痕。

"云大人曾教过我一句话——'但凡是人,皆有过去,没有过去,何谈现在。'"宋佳音开口,语调很平,"你决定要杀的所有人,都曾被骨血至亲所抛弃。张媪曾和我说过,谢观年曾被继母所害,说他命格克人,谢老爷也信了这话，让他从小住到道观里，绝了前程……这样的经历，也和被挑选的那四个人，不，是五个，归婉也是其中之一，和那五个人一样。"

匕首落在谢观年的掌心，停留了一瞬，又被他抛起。

宋佳音鼻尖嗅着一股药香，和着一股浅到几乎闻不到的墨香。除此，还有一种有些呛鼻的气味，是什么她一时还分辨不出。她双眸错开，视线停在他的手上。

"云大人说凶手作案，有着自己的逻辑和仪式感。谢观年自小在道观长大，以五行之道杀人，确实是符合。可是逻辑呢？

"和谢观年有过一样过往的人，他们都是被至亲抛弃过的人。这些人就是这世上另外一个谢观年，可谢观年还活着，他们为何会死？这个最简单的逻辑好似根本就说不通。"

匕首再一次落下，谢观年的手指微颤，屈起攥住了匕首，终于肯正眼看这个看起来并没有多强大的女子。

"在'谢观年'回归谢家那一年之前，真的谢观年应该就已经死了。你顶着谢观年的身份一路官至京兆尹，政绩颇佳，官声蒸蒸日上，你彻底成了另一个人，可你始终无法从过去的阴影中走出来。"

密密匝匝的痛楚突然泛上来，"谢观年"的眼仿若被血染红："你闭嘴！"

"你无时无刻不在想过去被人抛弃的那一幕，你无时无刻不想着和这世道同归于尽，但你答应过谢观年，你要代替他活下去，所以你不能死，所以你就杀掉那些个'自己'……"

"你闭嘴！""谢观年"厉喝着，匕首在手腕一转，用力抵到她的咽喉处，若这是锋刃，这个力道足以割断她的喉管。

熟悉的动作终于落在眼底，宋佳音的眼泪一下就涌了出来。从小到大，这么多年，她只见过一个人用刀时会这么转。

那是一个，早就应该死去的人。宋佳音被齐韶带离长安城前的那一晚最后听到的消息是，有人和娘亲说，沈惊羽死在了边境。

大颗大颗的泪珠顺着眼眶砸下去，砸到了"谢观年"的指尖。

眼泪很快铺满了宋佳音的脸，她肩膀颤抖着，哭得不能自已。

"谢观年"拿匕首的手僵硬着，在她的哭音间，听到了模糊的三个字："沈惊羽……"

他的手像是连那木头刀的重量都承受不住，骤然一松，匕首掉落下去。有那么一瞬间，他的神情全然茫然，还反应不过来究竟发生了什么。

宋佳音抽噎着，扬着脸看他的眉眼："那年，我出了痘，怕传染给府里其他人，只能挪到府外的小园子里养着。你日日爬墙来看我，笑话我说'红豆以后要变麻子脸'了。我哭了一场，生气不理你。你就想尽办法哄我，买街边的小吃，买秀香姐扎的纸鸢。我说我想看木槿花，那时还不是长安城木槿花开的时节，你就骑马跑了很远，在别的城摘了一枝，又快马加鞭跑回来。可那花已经枯萎了，你哭丧着脸，我却笑得很开心……"

"谢观年"的眼眶被泪水充盈着，他颤着手，一寸一寸地靠近宋佳音的脸。

"红豆……"他的声音轻而颤，带着全然的不敢置信。

她重重地点着头，他又唤了一声："红豆……"

"沈惊羽，是我。"

宋佳音总觉得自己爹爹是沈家大哥，自己也不应该管爹爹的弟弟的儿子叫"大哥"，从小到大，她都是"沈惊羽""沈惊羽"这么叫着，从没唤过他一声"阿兄"。

"红豆……红豆……红豆……"他仿佛不知疲倦，一遍一遍地喊着这两个字，咬字一遍比一遍清晰。

仿佛在一次又一次地确认着眼前人，不是一场美梦中的幻影。

她是本应该也死在那一年长安木槿花盛开季节的沈红豆。

她一声一声地应着他。

他的手终于触碰到了她，指下的肌肤温热，颈边的经脉里有热血奔流。

这是活生生，活在这世上的人。

宋佳音闭上眼，惊喜被酸涩浸泡，沉重得快要压垮她。

她没想过除了她和齐韶，这世上还有沈家人存在。

更没想到和沈家人的相遇是在此种境地。

那个意气风发、赤诚明亮的银枪小将军，成了如今双手沾满鲜血，只在暗夜里游走的恶鬼。

（四）

那一场让沈家覆灭的仗，始于元济二十六年。

南巫国袭扰边境，致生灵涂炭。时任西南大将军的沈元领兵出征，照例带了儿子沈惊羽一同去。

沈惊羽十三岁随父出征时，曾带一支小队孤军入敌营，取敌军首级，自此沙场扬名。

沈元在军中威望甚巨，几场亲自带兵打的仗俱是气势如虹，很快，南巫军被打得节节败退。只是因地势独特，南巫人又极擅挖密道，之后南巫军以密道战与大霖周旋，使得战局陷入胶着状态。

越拖局势对大霖越不利，沈元带着沈惊羽，还有虎贲前锋营的人马，另辟蹊径袭击敌营主将营帐，如同当年沈惊羽一战成名时一样，擒贼先擒王，杀对方一个措手不及。

人马一路奔袭，停在一水源处暂歇。沈惊羽带着斥候去前方探路，之后他先一步回来和沈元禀告，但迎头而来的，却是一柄长枪。

他身上几处中伤，跌落马下。

他的眼睛红光一片，看着他此生最敬重的人手持那柄银枪，枪头滴着血……那是从他的胸腔里喷射出来的血。

沈元漠然地越过他，举起长枪，声音铿锵有力："圣上昏聩，意欲除沈家而后快，沈家绝不坐以待毙。不听我号令者，杀！"

虎贲前锋营是沈元一手带出来的，很快有人站到了他那边，但更多的人不肯谋反，此时一队身穿南巫军铠甲的人出现，站到了沈元身后，将那些不肯一道起兵的人围住。

两拨人马战成一团，落日残阳下，虎贲前锋营众兄弟的血被晒成了暗色的痕迹。

沈惊羽神思恍惚间，似闻到了浓郁的花香，他好像回到了遥远的家中。

那里没有鲜血，没有背叛，木槿花遍地，锦绣长安。

"我以为我死了，可一睁眼，却见到了谢观年。他说是在道观下的河边发现我的。我不知道我是怎么到那里去的，也不甚在意，我那时已经没了活的意志。我一心求死，不肯吃药。"

可谢观年是个太过执着的人。

沈惊羽不吃药,他就不吃饭。那么一日一日熬下去,沈惊羽这个病人还没怎么着,谢观年倒是奄奄一息了。

沈惊羽虽一心求死,却不想拖着谢观年一起死。

沈惊羽吃了药,在谢观年的照顾下,逐渐好了起来。

他问过谢观年为何要这般执着地救活自己,谢观年那时穿着青色的道服,身形单薄到有些羸弱。

他爱笑,笑得很温润:"这可能是我这辈子能做的,唯一一件有意义的事了。"

谢家的事谢观年曾和他说过。谢观年的继母为了不让谢观年回谢家,可谓无所不用其极。谢观年少能接触到道观外的人和事,只能托小道士们下山时带回一些话本。

他向往话本里快意恩仇的江湖,也迷恋青史留名的名臣,他孤独而纯粹地活在这个世上,死后也没有人会记得他。

谢观年把让沈惊羽活着当成是一种实现自我价值的事,沈惊羽无数次萌生轻生的念头,尤其是当得知沈家因父亲之事而被牵连,伯父沈岸被杀,女眷尽数自尽的消息时,可谢观年寸步不离地守着他,让他终究无计可施。

"我不知道你发生过什么,你也不肯说。但是,阿晏,你既能活着,就自然有你活着的道理。"

阿晏,是谢观年给他起的名字。

在阿晏与谢观年抢夺沈惊羽这条命的第三年,谢观年死了。

谢观年独自活了这么多年,以为也会一个人孤零零地走,可好在,他遇到了阿晏。

"你替我好好地活下去吧……我没见过的山,没见过的水,没见过的人,你都替我去看看吧,阿晏。"

谢观年留给沈惊羽一瓶药,一瓶可以易容成其他人面容的药。

从那天起,沈惊羽便是谢观年。

沈惊羽争回了所有谢观年该得的,还替谢观年拿到了他想要的。

他看了山水,也成了名臣。

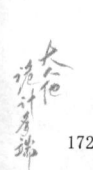

可在夜深孤寂处，没了谢观年在身边拉着他，他堕入了无边的深渊。汹涌的，望不到边的恶意撕拉着他的神识。

活在没有人爱的世上，真的是生不如死啊。

"谢观年"不能死，可其他的"谢观年"，和沈惊羽一样的"谢观年"，可以死。

既如此，他就帮他们一把。

沈惊羽松开了缚住宋佳音的绳索，迎面便得到了宋佳音的一个巴掌。

沈惊羽揉着发红的脸笑了笑，继而伸手揉乱了她的头发，就像小时候那样："你小时候肉乎乎的，没想到长大了倒成了窈窕淑女。其实这么仔细看下来，你与小时候的模样还是很像，只是我从来不敢往这上面想罢了。"

宋佳音挥手打开他的手，无边的痛苦将她淹没，她埋首在臂弯间，不愿意再看他一眼。

事已至此，他们谁也没办法回头。

可她好不容易才在世上寻到一个沈家人，要她怎么能下得了手，再送好不容易从鬼门关爬回来的他再死一次。

这时，敲门声再一次响起来。

宋佳音倏地抬起头，与沈惊羽对视一眼，两人皆是差一点儿忘了外面的归婉。

沈惊羽起身下榻，被宋佳音抓住了手，她别开脸，艰涩地说："我去开。"

不管日后要怎么结尾，今夜她都不能再让归婉涉险，好在归婉什么也不知道。

沈惊羽明白她的意思，停在原地。宋佳音下床去开门，见到的却不是归婉。

月光下，云琰一身从未见过的玄衣，眉宇间隐有些戾气纠缠。见到她，他周身凛然的杀意一收。

他从归婉复述的话中窥到了"谢观年"的用意。

"谢观年"支走所有人，而归婉是众所周知被他明令赶走的人，可最后归婉因担忧还是每次都回来找他。

这一次归婉亦是如此。

"谢观年"凡事尽善尽美,归婉既然是他下一个目标,他就不会轻易更换。宋佳音久不出来一定是被他困住,他会等着归婉上门。

无论最终一起杀掉宋佳音,还是用其他手段威胁宋佳音不吐实话,既然事情已经有第三人看见,金木水火土五行也齐备,归婉都是最好的顶罪人选。

云琰就仿照着归婉敲门的声音等在外面,若是"谢观年"自己来开,他便能第一时间下手。

若是"谢观年"制着宋佳音过来,以他极快的身手,也能让对方措手不及。

时间紧迫,快中取稳,对天机司指挥使而言是最冒险,但也是最有效的选择。天机司里身手步法最快的,就是指挥使云琰。

可他没料到,来开门的是宋佳音。

宋佳音亦是错愕至极:"大人……"

云琰的视线越过她与里面的沈惊羽一对,锐利的眸子寒光乍泄。长剑入手,云琰另一只手抱过宋佳音的腰,带着她一转,转身便至她前面。

忽见云琰的身手,宋佳音一怔。下一秒,云琰已经逼向沈惊羽。

宋佳音破口而出:"小心!"

云琰以为她是对着自己喊的,也并未深想,跃身而起,长剑与一杆银枪相撞,发出"铮"的一声,两人各自惯性向后退一步。

银枪是当时谢观年所赠。

沈惊羽并不知道谢观年是怎么看出来他用枪的,他没问,谢观年也没说。

他没给过谢观年多少好脸色,可这枪他却一直留着。这枪辗转跟着他来到京城,来到每一个他落脚的地方。

病中来到庄子后,它被他藏在床下。他没想到,还会有重新耍起这杆枪的时候。

风中剑声鹤唳,沈惊羽勾唇一笑,转着枪,斜里刺了过去。

宋佳音脑子里一片慌乱,那两人来回几招,看着势均力敌,一时难以分辨胜负。可凡是武力比试,总有输赢。张媪他们不知什么时候就会回来,还带着庄子的护卫,时间越久,沈惊羽就越危险。

可她也不能让沈惊羽真的杀了或者伤了云琰,她不能看着沈惊羽在她面前再作恶。

宋佳音竭力让自己冷静，得赶快想出一个对策来。

《云中记》第二卷的倒数第二节，"云琰"与"宋佳音"办案时遇到危机，"宋佳音"被凶手陷害跌落悬崖，本能地喊着"云琰救我"，"云琰"没有经过任何思考，只凭本能，跟着她一起跳了下去。

悬崖下是河流，"云琰"将"宋佳音"自水中举起，渡着自己的气息过去，让"宋佳音"苏醒过来。

"宋佳音"呛着水，嘶哑着声音问他："你为何要跳下来？"

"云琰"说："你去哪里我便去哪里，仙界地狱，我都与你同往。"

眼看着长剑堪堪擦过沈惊羽的脸，宋佳音心脏几欲骤停，嘶声喊了一句："云琰救我！"

云琰的手一顿，沈惊羽趁势闪身，越过云琰往宋佳音的方向来。宋佳音甩出红缨鞭，与沈惊羽四目相接时，她点了一下头，沈惊羽徒手以掌心接住红缨鞭，猛地一拽，银枪直指佳音的咽喉。

云琰追着而来的剑尖，在沈惊羽身后三寸的地方猛地停下。

宋佳音的声线颤抖着，听着既惊且恐："云琰……云琰救我……"

"你做什么要过来？你不要命了吗？"云琰攥着剑柄的手骨节泛着白，出其不意地以快制敌，再用一次，他没有把握。

沈惊羽用鞭子捆住宋佳音的手，将她拽到怀里，枪头抵在她的脑后，直对着云琰。

宋佳音啜泣着，直直地看着云琰："仙界地狱，我都与你同往。你去哪里我自然要去哪里。"

云琰的心中万千情绪激荡着，似庙宇外悬挂的风铃，摇摆不停。他只敢看宋佳音一眼便回了头，用了毕生的定力才勉强稳住心神，将剑收回身侧，沉声道："你放了她，有什么，可以和我说。"

"你把归婉带过来，来交换宋佳音。我等你一炷香时间。"

沈惊羽拉着宋佳音，一步一步地撤回屋中，脚尖勾着房门，掩住外面人的视线。

他撤了枪，宋佳音急急地开口："我……"

沈惊羽先一步，捂住了她的嘴。

"从小到大你总不愿听我说话，可到最后，你还是得听我的。"沈惊羽笑了笑，语气有些懒洋洋的，像极了曾经那个长安城恣意的少年。

"我知道你想说什么，可我不想再逃了。我做了那么多年的谢观年，最后我发现，我还是想做沈惊羽。"沈惊羽握着那杆银枪，眉目飞扬，"沈惊羽不会逃，亦不会认输。"

"阿、兄……"宋佳音急得眼眶迅速蓄起了泪，支吾着发出含糊的声音，可沈惊羽却听清了她在说什么，他眉目间的笑意更深。

"这些年你一定受了不少的苦，阿兄没能在你身边。不过好在，我还有机会保护你。"沈惊羽伸手，温热的指腹抹着她的泪。

门外有错乱的脚步声响起，沈惊羽半垂着的眼一动，手指在门间嵌开一条缝。

狭窄的缝隙里，够他瞥见她一眼。

归婉走得踉跄，那双眼红肿着，似迷路受惊的小兔子。

沈惊羽无奈地低语："怎么总是在对着我哭。"

只一眼，他将门重新掩上。

这一眼就够了。

沈惊羽轻声说："红豆，帮我一个忙吧！"

"云琰如果问起我的身份，你把'崔晏'的名字报上去，说他曾被谢观年所救，之后害了谢观年性命，又在京城犯下命案。长安城的谢府里，床底暗格中藏着一封罪己书。"

宋佳音泣不成声，慌乱地摇头。后脑勺被沈惊羽扣住固定，她听见他轻声叹了一口气："还有……"

他的声音变得轻不可闻："替我照顾归婉。"

继而，她后颈一疼，眼前霎时漆黑一片，再没了知觉。

自沈元之后，沈惊羽不相信任何人，他也从来没有完全相信过谢观年。他觉得谢观年临终前说的那些话，只不过是想让他替其实现自己做不到的愿望。可在这一刻，他突然明白了谢观年的心。

谢观年是以死来留住他的性命。

他如今也以死来换红豆继续活。

"怎么就认出我了呢……以前你可没有这么聪明。"沈惊羽扶住她软软的身体,将她垂落的鬓发掖到耳后,"云琰对你是动了心的,我看得出来。只要他的心在你身上,就终究会为你偏心,破例。"

"阿兄……"沈惊羽笑了笑,"阿兄也有了一个喜欢的人。"

那是个不擅藏心事的姑娘,她的心思他可以轻易地一眼看穿。

看着她相信他,如无辜的羔羊,一步步地走入他设的陷阱中。

突然起了心思,是在那一天。他出了京兆府的门,迎头看见了绚烂的夕阳,红光漫天,像极了他出征的那一日。

那时他亲朋俱在,如今在长安城,他只有一个人。

落地的影子颀长而孤独,不多时,影子又多了一道。

有个人,不远不近地跟在他的身后。

这不长不短的一段路,有人与他同行。

他不动声色地装作不知,这般几日之后,再下衙,他手里多了一本《诗经》。

他敛下眼皮,翻开手中的书,照着前面的墙径直走过去,不出所料地,他等来了她急急的喊声:"谢大人!"

她的声音拉住了他,她的温柔也短暂地拽住了他在黑暗中搅弄风云的脚步。

他将那本《诗经》送给了她。

里面夹着他制的木槿花的花签,夹在《郑风》那一页。

有女同车,颜如舜华。

有女同行,颜如舜英。

他与归婉的缘分,只在这短短的几步同行中,在那一朵小小的木槿花上。

路有尽头,花会凋零。之后,他斩断一切不必要的妄念,将所有情愫塞进这个不属于他的躯壳里。

他这一生,没机会再回头。

他想,要是他第一个遇到的就是她,一切会不会变得不一样?

他会放下还没来得及沾血的屠刀,做一个清清白白的人。

他会收容着另一个被抛弃的自己，伸手托起她的人生，让她从此以后不再坠落、不再难过。

　　可惜啊可惜，自始至终，他都不只是谢观年。

　　今日之后，谢观年在世人眼中，是日后本可以登阁拜相、大有所为，却突然陨落的名臣。

　　"谢观年"这个名字，终究会在史册上留上一笔，一如谢观年所愿。

卷三 旧时狼烟

第九章 她的谎言

（一）

大霖长平二年腊月间，经大理寺查明，岭南人士崔晏，杀京兆尹谢观年，占其身份，后谋划相继杀掉罗小郎、李云封、栾耳达、龙三。崔晏自觉无路可逃，写下罪己书认罪，于长安城郊自焚身亡。现已验明正身，崔晏罪己书及相关涉案人口供俱在，自此结案。

云琰过了一遍结案词，将卷宗合上收到一旁。

郑槐章端着一盏茶坐在对面，见状拿了卷宗翻看。这案子牵扯甚广，尤其是还死了一个朝廷三品大臣，郑槐章作为现今三法司衙门名义上官位最高的人，自是要来与云琰聊聊当日情况。

只是云琰除了写卷宗，一言不发，明显是有心事。郑槐章一目十行地看完卷宗，一抬头，发现对面云琰眉宇间阴云密布，脸色居然比方才还要差。

"云大人是因为宋佳音冒险行事，才这般不高兴的？我前日去看了归婉，她被吓得不轻，魂都快没了，可见那日情况凶险。"郑槐章越说越觉得所猜肯定没错，遂出主意道，"宋佳音吧，虽然胆大包天惯了，但估计这时候也心有余悸呢。云大人训斥两句就得了，姑娘家到底还是得哄着。"

"凶险……"云琰似想起什么，轻笑一声，只是眼底却不见分毫笑意，"确实是凶险。"

那日的最后，归婉听云琰说起"谢观年"的要求，她没有分毫犹豫，说自愿去换宋佳音。云琰就跟在她身后，以图找到机会突破。归婉伸手敲门的刹那，门被人从里面破开，有什么东西被扔了出来。

云琰伸手一接，落在他怀里的，是昏迷了的宋佳音。

门里面火光冲天，隐隐一股焦臭的气味漫出来。归婉失魂落魄，瞪大了眼看着前面。孟随不知道从哪里钻了出来，扛着归婉大喝一声："是火药，快跑！"

几人转身往外跑着，飞扑着冲出了院子。

云琰把宋佳音抱回家中照顾。子时刚过，她醒了过来，说起"谢观年"死之前说他本叫崔晏，是个被家里遗弃的孤儿，在今年初与谢观年偶然结识，因贪慕谢观年的身份地位，遂毒杀谢观年，焚尸扬骨灰于山下，之后用易容膏化成了谢观年的样子。

他杀掉一个个和他相似的"自己"，好像这样，就能抹掉他的过去。

他自知总有一天会被发现，便在谢观年床下的暗格中放了罪己书，和剩下的易容膏，在众目睽睽之下死去。

同那一处院子一起葬身在火海中。

谢观年习五行八卦，崔晏耳濡目染，也用了五行之法杀人。

五行相生，五行相克。世间万物，因此而生，因此而亡。

崔晏自己，成了五行中最后的"火"。

…………

郑槐章听到这儿，叹了一口气："倒是可惜了谢观年，他可是近年少有的能力、人品皆出众的新官员，却因他人嫉妒而被杀，到如今连个尸身都寻不到。"

郑槐章将凉透的茶放下，又苦口婆心地开解道："说起来，宋佳音这次又立了功，人才嘛，都是有一些自己的小毛病。就算她再胆大，这不还有云大人呢，她翻不出大人的手掌心。"

殊不知他这话狠狠戳中了云琰的肺管子，戳得云琰郁气翻涌，云琰猛地伸手重重地拍向桌子，红木的桌案霎时出了一道深深的裂痕。

云琰的喜怒向来不显，郑槐章霎时收敛了笑，起身走到门口，见外面无人过来,抬手带上了门闩,折身到云琰案前,声线压低:"指挥使,可是发生了什么事?"

发生了什么事?

其实说来也并没有发生什么事。

可大抵是因为云琰近日对宋佳音的一举一动都尤为挂心,所以她稍微表现出与平日里不太一样的地方,他都会敏感地察觉到。

宋佳音在说完那日与假谢观年对峙得到的信息之后,便说自己头疼,继续睡了过去。云琰亲自带人搜了谢府,一切确如宋佳音说的那样,在床下的暗格中发现了那封罪己书。

云琰留在大理寺,处理案子的后续,再加上这案子里又出现了南巫国的易容膏,他将之前木清霜案子的卷宗又翻出来看了一遍,直至快天明才回到家中。

想起家里有宋佳音,他步伐飞快,大步流星,第一次有了归心似箭的感觉。

走至客房外,他的脚步不自觉地放轻。

经过在天机司的苦练,他的耳力、视力都比常人要好,他依稀听见了哭声。

是伤心到极处,又压抑隐忍到闷在喉咙里,饶是如此压制着也会泄露一两声的哭声。

云琰顿在原地。

她应该哭的,遇到这样的事,经历过这样的九死一生,宣泄情绪的大哭,或是后怕惊惧的落泪,都是应该的。

这个时候,他想给她一个安抚的怀抱。云琰将脚步放沉,敲了敲房门。

"宋佳音,你醒了吗?我有些事要问你。"

回答他的是一片寂静,像是她还在安睡。

上午,云琰走之前,小桥说宋佳音还没醒。等他假装走了之后,他刻意绕到后门,没一会儿,那个前一刻还在睡着的宋佳音便匆匆地走了出来,明显是在躲他。

不想让他知道她在哭,也不想和他见面。

这不是一个女子在惊惧害怕之后,面对喜欢的人该有的反应。

云琰闭上眼,在脑子里仔细回顾着那日发生的种种,回顾着宋佳音的每个动作、每句话。

那一句"云琰救我"一下从混乱思绪中跳出来，声音急切，如在耳畔。

云琰猛地睁开眼。

…………

"当时情况紧急，宋佳音想要指挥使救她，也没什么不对的吧？"不过是很普通的一句话，只是躲在房间的一场哭，居然能让指挥使反复地咀嚼思量。郑槐章有些看不透这些陷入爱情里的男男女女了。

"当时我与'谢观年'打斗在一起，看着不相上下，可他身法明显不如我，只要耗下去，我有必胜的把握。宋佳音在喊了这一声之后，甩了红缨鞭前来助阵。'谢观年'抓住红缨鞭，将宋佳音困住，局势一下就翻转了。当时事态紧急，也是我，关心则乱，并没有深想。"

郑槐章哑然："指挥使的意思是……"

云琰双眸垂下，眼底冷然，划过一道光芒："宋佳音在帮他。"

郑槐章敛着气息，不敢多言，因为云琰如今看起来像是周身森然地狱罗刹，谁碰谁死。

宋佳音无论是之前在京兆府，还是后来在大理寺，俱是兢兢业业，一往无前，从无徇私之事。她既然能有心帮那崔晏，那之后她说的话，有几成真、几成假？

郑槐章不敢细想。

于公，无论是天机司指挥使，还是大理寺卿，云琰都立志要重正刑名，他不能容忍人做伪证。

于私，云琰明显对宋佳音钟情。她有事瞒着他，甚至欺骗他，他做不到无动于衷。

现下郑槐章明白了，今日的云琰为何会如此。

这事透着蹊跷，一旦细查下去，不管最终真相如何，宋佳音恐怕都无法再全身而退。

他虽不忍，但查或者不查，这不是他能决定的。云琰明显已经想清楚了，才会和他说。

云琰的动作，也佐证了这一点。他折下一张纸条，笔迹比平时略有些凌乱，可声音比之刚才，显然冷静下来："让许益再去一次济城。有关于宋家的所有事，事无巨细，我都要知晓。"

郑槐章颔首接过："属下明白。"

宋佳音以受惊为由，在白大夫那儿开了一个方子，之后便告假在家。

她没有再出过城，也不敢看那庄子里的一地残骸和东西烧焦之后的灰烬。

她每夜都在做噩梦，有时是梦到小时候的沈府，她和沈惊羽偷偷地爬墙溜出去玩，却被家里人发现，沈惊羽头也不回地跑了，留她一个人挨训。

有时梦到和"谢观年"初次见，他转着笔，手法特别，和他小时候转着银枪如出一辙，他笑着说："你怎么才认出我来？还是和小时候一样傻。"

还有时，是一场又一场连绵不绝的大火。

他被大火淹没，她想要呼救，喉咙里却发不出一丝声音。

她痛苦于沈惊羽再一次从她的人生里惨烈地离开，也绝望于沈家案并无隐情。

那之后她该做什么，她还能做什么？

她不知道。

亲朋俱散，信仰破灭。宋佳音突然明白了，当初沈惊羽被谢观年所救后的心境，明白了他为何一心求死。

如今她亦是不知道该怎么活下去，周身的血似被放了个干净，连抬手都仿佛没有了力气。

宋佳音在家里待了数日，神思萎靡，常穿的衣衫大了一圈。

岁末已至，外面一日比一日热闹。

这日一早，宋佳音听到了敲门声。她披着衣衫走到门口，问了一声"是谁"。

回答的人说自己是孟随："衙内发过年的东西，我给你送来。"

宋佳音揉了揉脸让自己看上去精神些，打开门。

门外的确是孟随，他将肩头看似颇有重量的袋子颠了颠，说："这东西还挺沉，我帮你放进去吧！"

宋佳音点点头，侧开身子，说："多谢你。"

"客气什么。"孟随扛着袋子大步迈进院子。宋佳音要跟着进去，手腕

被人一下拉住。

宋佳音的脚步猛地顿住，拉着她手腕的手顺着向下，握了一下她的手。

随即，一道磁沉的声音响起："这么凉，看样子你的药不大起效。"

宋佳音最近一直没上衙，除了沈惊羽的原因，也有躲着云琰的意思。

她如今活着都是强撑，实在没有力气再伪装着面对云琰。

可她不去，他却来了。

云琰的手抓着她的，手指似是无意地勾着擦过她冰凉的手心，痒得难以忽视。

宋佳音内心叹了一口气，调动全身的力气回头，将手抽回来，虚弱着声音说："大人怎么来了？"

"孟随说要来给你送东西，今日休沐，本官恰好约了人在这附近见，就一道过来了。"

云琰今日没穿官服，也没有穿惯来喜欢的鸦青色衣衫，而是一身少见的绛紫色锦袍，领口是油亮的毛领，腰间玉带温润，与发髻上的玉冠瞧着是同一质地，倒真是一派世家贵公子的模样了。

许是脱了那身枷锁，他比之前态度更加亲和。瞧着一颗汗珠在她鼻尖沁出，他抬手捻了下去。

宋佳音被他这亲昵的动作弄得一时怔松，又见云琰的眉蹙了蹙："你把医馆开的药方拿来。你吃了药还如此体虚，怕是不大对劲儿。"

宋佳音推辞："大人的事情要紧，不必为下官耽搁时间……"

"佳音。"他叫着她的名字，嗓音柔和下来，似是无奈地叹了口气，"你看不出来吗？我是特意来看你的。"

宋佳音的心好似被什么烫了一下，继而耳根子有些热。她的手无意识地抠着木门的一角，发出轻微的划声。

她躲开他过于灼热的视线，抿抿唇说："那、那我去拿。"

"天寒地冻的时节，我来看你，你就让我待在这儿吗？"云琰好似笑了一声，继而道，"连孟随都可以进去，我不可以？"

这话说得颇有些吃醋的意味，宋佳音心里怦然无措，只能点着头："能，当然能……就是我这地方狭窄，怕怠慢了大人。那大人跟我来吧！"

185

宋佳音做了个"请"的手势,让云琰先行,自己关上了门又深吸了几口气,才跟了上去。

孟随将东西放好,从下房走出来,见二人一前一后走着,颇有眼力见儿地又缩了回去,打算等会儿自己先溜了。

宋佳音住的是一进的屋子,外屋是灶台,内屋是卧房,外面的下房用来放一些杂物。

宋佳音把云琰引进内屋。她拉了一个帘子做遮挡,将屋子分出一个小隔间,里面住人,外面放了两把椅子和一张小几,勉强能用来招待人。

屋里陈设简单,清扫得倒是干净。

宋佳音端上一碗热茶给云琰,之后转到帘子里去找东西,过了片刻之后回来,将药方放到他手边。

里面都是些温补的药,确实有压惊的效果。云琰伸手掐了一下宋佳音手上的脉搏,有些虚浮:"我那儿有两棵上好的山参,回头我让小桥煲好给你送过来。"

"我怎么能用大人这么贵重的东西……"

"东西再贵重,也比不过人。"云琰松了手,沉静的视线落在她身上,温柔的话音像是祈祷,"你要快些好起来。"

宋佳音总觉得今日的云琰过于不同,她莫名地不愿意去想他话中隐含的深意,不明就里地问:"大人是想让我赶快好起来去办案子吧,大理寺最近又有什么棘手的案子了吗?"

她岔开话题,他面色有些难以克制地失望。他甚少有情绪外露的时候,却在下一秒好好地收了起来,继而应声道:"不错,大理寺目前确实有个案子很是棘手。"

宋佳音问:"什么案子?"

云琰低头摇了摇茶碗,水汽氤氲着他的眉眼,让人分辨不出他的情绪。

"大理寺接到线报,说年关将至,长安城来往人增多,有逆党趁此机会潜入长安城,欲行不轨之事。"

宋佳音双眸凝滞了稍许,嘴上平声问着:"然后呢?"

云琰抬眸看了她一眼,漫不经心地道:"举报者像是对那逆党很是熟悉,

给的信息很具体，不仅有他哪日会进城，甚至连身份信息也写了出来。此事事关重大，我立刻着人部署，果然抓到了人。只是他自被抓后便一言不发，什么手段都用了也没能撬开他的嘴。我想着，你嗅觉过人，或许能从中发现什么不一样的东西。"

"不过也不必着急，等你养好身体再说。反正已经将人抓到了手，之后的，慢慢来。"

逆党……逆党……

许是近日沈惊羽刚出现过，宋佳音有些草木皆兵。听到这两个字，她突然间有些心慌意乱。

她手指抠着自己的掌心，问道："逆党……是什么人？"

"举报者说他曾是一家甚有名望的世家的护卫，当初主家陷入逆案，护卫逃了出去。我看他四十来岁，武艺高超，不似寻常人家的护卫。不知道到底是哪一家的人。"

宋佳音的眼前一阵眩晕，好似连站都站不稳当。

"费神了这一会儿，又体虚了不是？"云琰起身扶着她坐下，将那碗没喝的茶喂给她几口，弯腰凝着她雪白的脸庞，"衙门的事自有他人去做，不必你操心，这些时日就好好地在家休养。之后你若有事，就飞鸽传书给我，别再擅自做主，听到了吗？"

宋佳音挤出一个笑容，点了点头。

"每次都答应得这么乖，可事到临头却从来没听过。"云琰伸手弹了一下她的额头，继而又无奈地摇摇头，好似已经接受了她这反复的性子。

"你歇着吧，不必送了，不然吹了风又该难受了。"云琰直起腰，在屋内四下一打量，又说，"这屋子凉了些，回头我让小桥再送些炭过来。"

"……多谢大人。"

云琰又看了她一眼，转身离开。

宋佳音大口大口地喘着气，苍白的脸上一阵一阵地出冷汗。

云琰所说的"逆党"，分明是齐叔。可齐叔不是已经离开济城往关外去了吗？又怎么会来长安城？

齐叔待她如师如父……齐叔会不会，会不会变成下一个沈惊羽？

巨大的惊惧将宋佳音笼罩,她无可自控地颤抖起来。

(二)

云琰的动作很快,不到午时,小桥便满面笑容地上了门。她身后还带着几个人,扛着几口大箱子放进宋佳音的屋子里。

小桥爱说爱笑,也极能干,一边陪着宋佳音说话,一边干活,不过一个多时辰便将屋子布置好。从床品到屋内摆设都换了新的,用一扇缂丝的屏风做隔断,替换掉之前的帘子,又添了银丝炭的炉子,并上一个柜子,里面整齐码放着几棵山参和各种补品。

小桥弯着眼睛解释道:"世子吩咐奴婢煮些补品给宋捕快补身体,奴婢想着府上离宋捕快这儿有些远,煲好了再送来药性就散了,索性奴婢每日过来一次好了。"

宋佳音直觉不妥:"这太麻烦你了。"

"不麻烦,世子平日不怎么在家中,奴婢闲着也是闲着。再说,能照顾好宋捕快,世子定然会高兴的。"小桥说着取了参来,到厨房去了。

窗根底下放着一个小笼子,里面有三只灰白鸽子,扑腾着翅膀,打眼看着这个陌生的环境。

云琰的好意太贵重,宋佳音有些担不起,可她现在也确实需要尽快好起来。只有回到大理寺,她才能知道具体的情况。

她不能眼睁睁看着齐叔也为她而死,沈惊羽做错了事,他没办法回头,可齐叔不是这样的。

自这日起,小桥就每日过来照顾宋佳音。宋佳音强迫自己努力吃饭休息,小桥炖的补汤补药一碗不落地喝。

云琰家里的东西自然比外面的好太多,这般补了四五日,宋佳音的气色就红润起来,和前几天的消瘦苍白简直不是一个人。

见宋佳音好起来,小桥喜笑颜开,换着花样给宋佳音做吃的。

宋佳音恢复差不多的时候,带了小桥装的一盒糕点,去看了归婉,却得知归婉不住在舅舅家里,已经搬出去了。

归婉的舅舅鼻青脸肿的,一说话牵动着伤,脸孔扭曲到滑稽。

宋佳音问:"搬去哪儿了?"

"谁知道去哪个男人家里了。"舅母尖着声音说,一副生怕别人不知道的模样,"仗着一张脸到处勾搭爷们,回来就找她舅舅撒气。之前一个什么大人,这次又不知道是从哪儿勾搭的,进门就把她舅舅打了一顿,强迫我们写下契约,和她断了关系。我呸,淫贱的小畜生、白眼狼,要不是我们,她能活到这么大?"

宋佳音抬头看了一眼晚来的天色,没再说什么。她慢悠悠地走到后门巷子里,站了一会儿,吃了几块糕点,看时辰差不多了,扭了扭手腕。

等到第二日,归婉舅舅、舅母身上的伤又加重了。

归婉之前也和宋佳音一样告假在家,现下不知去向,京兆府那边也对此一无所知。

不过宋佳音看归婉那个窝囊舅舅身上的伤,想来带走归婉的人应该对她很好,又有些能耐。归婉经过这一场,有个能休息的地方调整,总好过待在这个充满欺凌的家里。

宋佳音不免有些后悔,后悔她之前对身边人关注这么少,再加上归婉本身也不是个多话的性子,她还是直到这案子发生后才知道归婉的情况。

翌日,宋佳音就重新回了大理寺。临出门前,小桥千叮咛万嘱咐,要她一定不要着凉,还特意给她带了个零食匣子,里面是小桥自己做的各色蜜饯奶枣,让她时不时地捻起一颗吃了,免得体虚头晕。

小桥虽是受云琰吩咐过来照顾宋佳音,可这些日子她的尽心尽力,宋佳音是看在眼里的。

宋佳音自来长安城,和人交往不多,别人的一点儿善意对她而言都弥足珍贵,她很是感激,想着之后选个什么东西作为谢礼,在过年时送给小桥。

因着过年要休假,朝堂各衙门都忙着在年前将各项事务处理完毕,大理寺比之前还要忙碌一些。相熟的几人打过招呼,寒暄几句之后,就忙不迭地去做自己的事了。

云琰上朝不在衙门,宋佳音坐在自己的桌案边,瞧着云琰的位置出神。

那日云琰来她家时的场景不自觉地从脑海中蹦出来,宋佳音只觉身下的椅子似长了刺,让她怎么也坐不住。宋佳音揣着几颗蜜饯放入荷包,起身走了出去。

卷宗处要在年前将疑难案件及尚未有审理结果的悬案誊录,陆清然忙得头晕目眩之际,手边出现一个小荷包,推到他面前。

"吃吗,陆大人?"

陆清然一抬头,见到来人,满目惊喜:"宋捕快,你怎么回来了?不是说你伤得很重,要过完年才能回来吗?"

宋佳音眯起眼笑了笑:"我身体恢复能力太好了,现在活蹦乱跳一点儿事也没有。比起在家里闲着,我还是想回到衙门做点儿事。"

"宋捕快这份心真是难得。"陆清然揉了揉发酸的脖颈,叮嘱手下人誊写完检查过后再给他过目。

瞧着宋佳音疑惑的眼神,他解释道:"最近云大人仿佛遇到了什么棘手的事,连带着我们也成了被殃及的池鱼。前些日子,我送誊写的单子过去,被云大人看出几个错误,被骂了个狗血淋头。"

宋佳音仔细地看陆清然,他眼下发黑,眼睛里还有血丝,连着嘴角都起了燎泡,瞧着就是办公办到肝火上涌。

能让一贯文绉绉的小陆大人都这般忍不住发牢骚,可见最近是真的累了。

宋佳音从一旁的红泥小炉子上取了壶,给小陆大人空了的茶盏里添上水。

陆清然就着热茶吃了几颗蜜饯,宋佳音托着腮,好奇地问:"云大人这般能力卓然,到底是什么事,能让他也束手无策?"

陆清然摇了摇头:"这事机密得很,具体的我也不知,只前两日和孟随他们队里的人出去喝酒时,听他说起仿佛是抓了什么人,云大人格外在意,将那人单独关押到后院,由大理寺内几大高手轮流看管,钥匙由云大人亲自掌管。就连送饭这种事,都要每日汇报到大人那儿去,再拿钥匙开门,等送完饭要立刻把钥匙还回去。"

"这么大阵仗!"宋佳音吃惊地睁大眼,"看样子抓的一定是个大人物了。"

"必定是的。"陆清然哀叹一声,"这些日子没人敢去触云大人的霉头,尽力做好自己的事,少挨骂就好了。"

宋佳音垂着眸,若有所思。

大理寺不比之前郊外的庄子,想要从大理寺把人抢出去无异于痴人说梦,只能另想办法。事关重大，她必须先想办法尽快见一眼齐叔，弄清楚他究竟是为何而来，再做打算。

可就是这个见一面，目前来说都难于登天。

没有云琰的许可就拿不到钥匙，没有钥匙，就根本开不了门。她自己的武功又不敌衙门内的几个高手，根本没法硬闯。

陆清然见她一脸凝重，想了想也理解。

"宋捕快也不用太担心云大人了，现在你回来了，云大人心情自然就会好很多，心情好，一切都可以顺利解决的。"

宋佳音听罢，缓缓地抬头，慢慢地皱起眉，表情有些古怪。

这话说得很委婉，但颇有深意。之前宋佳音也没怎么往心里去过，可自从云琰去过她家之后，她莫名对这种话有些敏感，进而想起怎么好像许多人，包括归婉、云茵、陆清然，都话里话外仿佛在说她和云琰之间有什么。

有什么推动着宋佳音张口："陆大人的意思，是云大人对我有意？"

陆清然愣了一下，干笑道："宋捕快倒是直接。"

"陆大人为何这么说？"

陆清然又愣了一下，这下表情古怪的变成他了："宋捕快莫不是忘了……之前裴域那个案子发生时，大理寺起火，我在后门碰到了宋捕快，之后带宋捕快去见云大人，然后……"

宋佳音的脸"噌"地红了："我想起来了，陆大人不必说了。"

然后，她学着《云中记》里的桥段，抓了云琰的袖子，还说了一些想想就让她面颊火烧火燎的话。

她当时只顾着云琰的反应，都快记不清屋子里还有一个陆清然了。

不过她突然间福灵心至，明白了一件事。

陆清然都这么想，那作为当事人，云琰自然也是认定她对他情深义重，才会一而再再而三地退让。

她躲着云琰，是单纯地怕他看穿自己的谎言吗？

好像……也并不全是。

陆清然见她羞涩，露出了一个人畜无害的微笑："我没和别人说起过，宋捕快放心。"

你是没提过,但好像全世界都已经知晓了。

宋佳音不敢再提这回事,遂留下来帮陆清然的忙,中途晌午还一起去吃了个饭。

云琰直到快下衙时才来大理寺,还未踏进门,守门护卫便说宋佳音今日回来上衙了。云琰在自己的办公处没见到人,打听了下才知道,她一整天都待在卷宗处帮忙。

云琰处理了几件手边的事,起身去卷宗处寻她,还没进门,就见宋佳音怀里捧着什么从里面快步走出来。

迎面遇见,显然出乎宋佳音的预料,她盈盈带光的眼睛大了一瞬,继而有些慌乱地躲开他的视线,连带着走路的动作都从刚才那潇洒恣意变得规规矩矩,近乎是小步蹭到他面前的,又轻轻叫了一声"大人"。

云琰"嗯"了一声:"怎么这么快就回来了?"

"小桥姑娘照顾得很好,我已然好了,想着衙门年下事多,就赶紧回来了。"宋佳音说着,抬头觑了一眼云琰,"大人,是来找陆大人的吗?"

日色昏沉,她眼底有微弱的光,似是隐含期待。

云琰的嘴角翘起个弧度,浅笑着说:"我找他做什么,我是来找你的。"

宋佳音的眼睛不自觉地弯了弯,手里将那个油纸包的东西攥得更紧。

云琰的视线跟着下移:"这个是给谁的?"

"给大人带的。"宋佳音将油纸包开了个口,浓郁的栗子味就飘了出来,她又连忙把口封住,"我与陆大人中午出去吃饭,碰巧旁边有卖糖炒栗子的,想着大人喜欢吃,就带了一些回来。可惜大人回来得晚,没有刚出锅的时候香了。"

"我喜欢吃凉一点的。"云琰伸出手,掌心向上,像是讨食的小孩子,一点儿也没觉得这样有什么不对。

宋佳音把栗子放到他手上。云琰一收,捧在怀里,一本正经地说:"看在栗子的面子上,我就不计较你病中擅自跑来衙门的事了。"

二人回去,云琰将谢观年一案的卷宗拿给宋佳音看。

他自己坐回去,将油纸包拆开。栗子已经剥去外壳,露出绵软的内里,每一颗都黄澄澄的,泛着些光亮。

云琰一颗接着一颗吃,另一只手支着下巴,视线遥遥地看向宋佳音的方向,像是在看一幅赏心悦目的画。

夜空昏昏,月光清清,无端地催得人犯困。

看了一会儿,云琰的手自下颌处滑落,之后脑袋沉沉地落到臂弯间。

一室沉默,空气几近凝结,宋佳音眼睛盯着卷宗,良久也没有再翻新的一页。

她的心跳声如擂鼓,敲得震耳欲聋,一刻不停。好半晌,她才有了动作。

宋佳音起身,朝着云琰的方向,一步一步地走过去。

她站在云琰身侧,看着他露出来的小半张脸,他昏睡时那双素来冷清的眼不见了,透着些难得的静谧祥和。

这么说也不对,面对她时,他已许久没有过从前的冷漠模样,他那双眼里总是含着笑的,缱绻而不自知。

宋佳音的指尖在触碰到他之前,在半空中停顿了一瞬,之后还是伸了出去。

她以热水化开了之前孟随给她的那丸迷药,人吃了之后昏迷,苏醒之后症状如过敏一般。每一颗栗子之上刷上一点儿迷药水,待吃到的量起效果,便会昏睡过去。

即使云琰醒来,察觉并不是单纯地睡着去查去验,最后大夫也只能验出过敏之症。

宋佳音最后在他身上的香囊里翻出一把钥匙,她握在手心里,小声地说:"对不起。"

她没有再犹豫,推开门大步走了出去。

外面来寻云琰要钥匙的官吏恰好到时辰过来,手里拎着一个食盒。宋佳音叫住他:"你是去给后院的犯人送饭的吧?"

小吏点点头:"正是呢!"

"把食盒给我吧,我正要过去有事问他。云大人把钥匙交给我了,我带过去便是。等我问完回来向云大人复命,直接把钥匙还了。"宋佳音将手里的钥匙在小吏面前展了展。

小吏仔细辨认,确认是之前那把常用的钥匙,遂将食盒给她:"那就劳烦了。"

脚步声逐渐远去，四下寂静。

屋中桌案上，云琰紧闭的眼睁开，瞳色深暗阴沉，透不进一丝光。

（三）

夜幕垂下，大理寺衙门四下上了灯，被寒风吹得悠悠转动。

宋佳音攥紧钥匙，一路快步往后院而去。年底事忙，许多人还未走，有见到宋佳音过来的出声打招呼，宋佳音面上微笑以对，看不出丝毫不对，心下却忐忑难安。

穿过一道月门，前面就是后院，门口有两人把守，看着有些脸生。

宋佳音走上前去，道："我是衙门内的捕快宋佳音，奉云大人之令来问犯人几句话，顺带给他送今晚的饭。"

把守的人翻检了食盒，确认没问题，肃着脸放行。

宋佳音用钥匙开了锁，提着食盒走了进去。

把守的两人交换了个眼色，眼见着宋佳音开了门进去，其中一人闪身跟了进去。

屋内幽暗，只在进门处破案条上放着一盏油灯，幽幽微微的，差一点儿被开门灌进来的风给吹灭。

宋佳音定了定神，继而闻到一股血腥味，她握着食盒的手不自觉地收紧。

灯烛摇曳，隐约能见地上躺着一个人，背对着她，头发乱糟糟的。像是哪里痛，他弓着身体，依稀可见衣服上的血痕，那股血腥味，就是从这儿传出来的。

与此同时，她还闻到一股茶香。即使血腥味那么重，也难以掩盖，这是积年存在骨髓里的气味。

在踏入这里之前，宋佳音不断提醒自己，要尽力克制。就算关押的人是齐叔，也要从长计议。

可夜色最易滋长的就是不可控的情绪，想到他遭受过的种种，宋佳音的理智就被炸得粉碎。她扔开食盒，几步跑过去，扶着躺在地上的人的肩膀。

"齐叔，齐叔，你怎么样？"

地上的人被翻动,与此同时,门被人从外面推开。

月光倾斜着透进来,照亮了地上人的脸。那双眼含着些心虚,不敢与宋佳音对视。

宋佳音周身沸腾的热血在这一瞬陡然变凉。

她隐约意识到,从她的手伸向云琰的那一刻起,她往前走的每一步,都是在往悬崖边上迈。

再往前走一步,或者几步,她就会一脚踏空,死无葬身之地。

孟随坐了起来,见宋佳音这样,面露不忍。推门进来的司吏正面无表情地注视孟随,孟随无法,捋了捋后脑勺,开口:"天机司司吏孟随,奉指挥使命令,带逆党案涉案者宋佳音回去审问。"

风雪夜里,一切声音都被阻隔。

宋佳音缩在室内一角,耳边一片死寂。

这间屋子与之前那间只有一盏灯的屋子不同,每三步就点着一根硕大的灯烛,整间屋子被照亮得纤毫毕现。

自她被蒙眼带到这里,已经过去了两三个时辰。她也没有刻意去记来时的路线,一是天机司为了隐秘肯定会刻意绕路,二是她知道自己应该出不去了,记路也是枉然。

宋佳音被关进来的这两三个时辰里,没有任何人进来。

人面对悬而未决的事情都会由心底里产生一种恐慌感,越等待,这种恐慌感就会越大,继而坐立难安,手忙脚乱。宋佳音明白,这也是天机司审讯的一环。

相对于一开始的错愕与惊恐,眼下,宋佳音反而冷静下来。

她甚至觉得自己好像此生也少有时刻会像现在这样平静,如果屏息听,连一粒尘埃落地的声音,她都听得到。

又不知过了多久,外面终于传来脚步声。

厚重的门被人推开,踏进刑房的人脚步有片刻的停驻,像是有些犹豫,继而才又响起。之后又有几个人进来,搬着东西放好。那人一撩衣摆坐下,平声开口:"天机司问话,要据实回答。"

这声音熟悉，宋佳音从臂弯里抬起眼。坐在案几后面的人，穿着一身玄色劲装，不是郑槐章是谁？

宋佳音的讶异只在眼底停留一瞬便化开，她比郑槐章想象中的还要平静。

她动了动嘴，说的话却令郑槐章始料未及："归婉……是被你们藏起来了吗？"

郑槐章微怔，继而点了点头。

"她看见了天机司人的面目，按天机司的规矩，为了保密是要将人……"郑槐章斟酌了个词，"看管起来……不过，孟随跪了两天求情，并保证会看着归婉，若是出事危害天机司，他会以命谢罪，指挥使最终算是默许了他接走归婉。"

宋佳音木然地点了点头："这样就好。"

郑槐章睨了一眼隔壁，心中叹气，清了清嗓子，说："宋佳音，你……"

宋佳音截断他的话，说："云琰在这儿吧？"

郑槐章又是一怔。

宋佳音说："我知道他就在隔壁或是哪里听着，何必那么麻烦。既然他在这儿，让他来审我。"

宋佳音的脸上仍旧平静得没有什么表情。郑槐章一时有些犹豫，毕竟今日指挥使让他来审，就是摆明了不打算亲自出面。

正踟蹰间，"嘎吱"一声响，门从外面被人推开。

门外的走廊里幽暗，他从暗色中走入白昼，玉面被朦胧的光照着，越发冷峭。玄色衣衫在他身上添了几分幽魅的意味，他这身装束明明之前宋佳音也在庄子上见过，可彼时的云琰和现在的云琰，却生生判若两人。

他沉沉的视线压过来，似看陌生人般不再有半分柔情。那种紧迫的窒息感萦绕胸腔，有那么一刻，宋佳音被堵得无法呼吸。

郑槐章让了位，云琰坐下，语气低缓："按天机司的规矩，本官不会亲自审讯，但既然你要求，看在你我共事一场的份上，本官愿意成全你。"

他轻轻一挥手，站在后面的几个司吏过来架起宋佳音，将她的手脚用绳子捆在木架上。

"孟随。"

站在门外的孟随闻声进来,云琰将手里的红缨鞭扔到案上。

孟随和郑槐章同时变了脸色,孟随的话先一步冲出口:"大人!"

"天机司审问,向来是要先见血的。"云琰的眼风扫过宋佳音苍白如纸的脸,眼神闪烁几分,掠过孟随,定在郑槐章的脸上,"既然孟随不想动手,那就你来。我天机司的副指挥使,自是不会感情用事。"

郑槐章瞬间头皮发麻,还没等他开口,轻柔的女声飘了过来:"大人既然想成全我,不如成全到底。"

几人望过去,神色各不相同。

宋佳音只看向云琰,嘴角弯起一个笑容,透着些许怆然:"我想今日只由大人一个人来审,大人若能成全,我感激不尽。"

云琰静默地看了她良久,挥挥手。郑槐章会意,拽过孟随,喊着其余司吏鱼贯而出。

一室只剩下两人。云琰起身,拿过那柄被宋佳音用了许久的红缨鞭。鞭柄一端抵在宋佳音白嫩的下巴上,微微用力抬起。他的眼仔仔细细、一寸一寸地扫视着她的面颊,最后又来到她那双已不知不觉泛红的眼上。

他嘴角露出酷烈之色,冷笑着说:"说说看,今日想演《云中记》里的哪一出?"

宋佳音的声音克制不住地带着哽咽:"我还可以演哪一出呢?好像也没什么可演的了。"

她这般坦诚地承认,云琰却觉心中那团怒火愈演愈烈。

宋佳音前脚进天机司,后脚她家里的所有东西皆被装箱带回。宋佳音看书不多,家里的书籍纸张寥寥,那两本日日翻、夜夜看的《云中记》在一堆东西中格外显眼,云琰几乎是一眼便注意到了。

他随手翻开几页,越看面色越沉。

——"我想留在大理寺……帮你。"

——"求求你了,云大人最好了。"

——"下官只想跟着云大人。"

——"你去哪里我便去哪里,仙界地狱,我都与你同往。"

…………

许多地方被宋佳音用笔圈起做了记录,那个字迹除了她,别无他人。

云琰陡然间明白了一切,她对他伸出的手,她对他的笑,她对他目露爱意,她对他的好……这一切的一切,都是照着《云中记》这个话本子演的戏。

可笑的是,她只在有事相求时才会演戏,他还觉得她平日里的恭敬疏离,是他自己没做好什么才会让她如此。

若不是这一次谢观年的事让他发觉出不对,他还不知道要被她诓骗多久。

他将她的谎言,当成深情,他不知不觉沉溺其中,何其可笑。

云琰似是被人重重地甩了一耳光,那些温情、那些缱绻,尽数被这一巴掌打散。

眼前的人泪流得汹涌,慢慢地,哭得上气不接下气,像是要用这一场眼泪冲垮走一切。云琰心想,她在哭什么呢?

怎么骗子被拆穿了骗术,也会窘迫,也会难过?

可她一直在哭,不停歇地哭,云琰自觉已经重新冰封的心脏,被那泪一点一滴灼烧,出了一丝裂缝。

他受不了这样的哭声,更无法忍受自己再一次被她哄骗。他冷硬了眉眼,宽大而有力的手掌扼住了她的脸颊,强行将她的哭声搅得破碎。

他低头,与她气息纠缠,话却说得切肤般残忍:"无计可施就想装柔弱了是吗?你以为骗过我一次,还能骗过我第二次吗?你既人已在此,就该知道,无论你费尽心机说什么、做什么,都无法再活着走出去。"

宋佳音睁着一双泪眼,似是被这话吓住,确定那些小心思无法换来生路,让他头痛的哭声终于止住。

可下一秒,她却意外地低了一下头,随即两瓣温软贴在了他的虎口处。

她的泪从眼角滑落,坠在他的手上。明明一颗泪轻到几乎没有重量,可他的手却被震得连扼住她脸的动作都快要维系不住,从指尖到掌心的每一寸,都又酸又麻。

他的手不受控地颤了一下,她又抬起脸朝着他的脸而来,试图想要与他更亲近。

唇瓣短暂相接的一瞬间,犹如银瓶乍裂,混沌的脑中激灵一下,云琰猛地睁眼,再一次掐住她的下巴,用劲儿让她松了口。他往后退了几步,嘴唇又麻又痛。他想厉声叱骂,说诛心的言语,可所有话都堵在喉咙里,一个字也说不出来。

宋佳音在笑,也在哭,没有人给她擦泪,她狼狈得不像样子。

"大人既设下了局,应该也知道我是谁了。我死之后,你也把我烧成一捧灰,把我扬在那个烧没了的庄子上吧……这样,我和阿兄可以做伴了。

"阿兄死之前,把归婉托付给我,可我没办法再照顾她了,还要劳烦大人帮忙照顾她。

"对了,我还欠小桥一件新年礼物,也要劳烦大人了。我的箱子里还有些碎银子,买一支银钗给她,小桥姑娘喜欢梨花图样的。

"还有,还有……"

宋佳音的声音一低,连带着脑袋也低下去:"我是骗了大人,一开始我是想让大人不把我当对家衙门的人看……可进了大理寺之后我也还是时不时按照话本子写的东西在演,我对自己说,这都是为了神探司的考试。

"阿兄死了之后,有那么几天我也没了生的志向,直到那日大人去家中找我,我突然发现我还是想活下去的……有那么一刻我在想,现在我只是宋佳音,我可以留在你身边了。

"也是那一刻,我明白了我是喜欢大人的,可我的身份见不了光,所以这么久以来,我只能将话本子里的'宋佳音'的皮披在我身上,才能和大人相处,才能和大人亲近。"

眼泪从眼眶中坠落,在地面积成一洼清泉,似能照出人心善恶是非。

宋佳音吸了吸鼻子,歪着头,看他落在后面白墙上的影子。她的影子和他隔着一段距离,她无法动弹,无法靠近。

她说:"你知道了也好,反正案子已经凿实……我再也做不了宋佳音了。"

脱离话本子中的那个皮囊后,真实的她至死与他的交集,就只剩下刚才那个她强求来的亲吻。

"我做不了宋佳音了……"她呜咽着,干哑着嗓子重复着这句话,带着彻骨的绝望。

云琰静默地站在那里,墙上的影子僵硬而笔直。

云琰在想,她狡诈成性,如今说的这么一番话,又是哪本他不知道的话本子里的台词？

她说了又如何，指望这几句话就能让他放下指向她的刀？

他合该让她如每一个进天机司的人一般，皮开肉绽，痛苦不堪，后悔每一句对他说过的谎言。反正她也不可能活着走出天机司了，之后，再没人能骗得了他，他依旧是刀枪不入的天机司指挥使。

好半晌之后，影子有了动作。

门开了又合，红缨鞭坠落在地，云琰转身离开。

过了片刻，门又开启，孟随走了进来，见宋佳音身上没有伤，松了一口气，走过去将她从木架上放了下来。

孟随也搞不清楚怎么回事，老实地说：''指挥使让我把你放下来。''

话音刚落，郑槐章也走了进来，他看宋佳音的眼神中不自觉带了钦佩：''我送你回去。''

他尚能管控表情，孟随吃惊得瞪大了眼。

宋佳音还没意识到发生了什么，她整个人木木呆呆，顶着一张泪脸抬头看郑槐章。

''不过有关天机司的一切，还要你保密，不得和任何人泄露。若消息走漏，我们只能再找你了。''郑槐章公事言罢，递过去一张帕子，''擦擦脸，走吧！''

（四）

''宋姑娘？宋姑娘？''小桥叫了两声。

宋佳音回过神，转头看过去：''什么？''

小桥把一碗参汤放在桌子上，笑着道：''奴婢刚出去一会儿没看着姑娘，姑娘就不喝汤了。刚才那碗已经凉了，奴婢又盛了一碗，姑娘快趁热喝了，这参汤凉了功效就减了。''

什么汤要每日按时按量地喝，都会让人心生抗拒，宋佳音慢腾腾地挪到桌边，捧起汤一小口一小口地喝着。

小桥见她听话地喝汤，转头去柜子里装了一小碟蜜饯，轻轻放到她旁边。

宋佳音的眼风瞥了一下，那小碟子流光溢彩，釉色极好，边缘雕着一枝栩栩如生的红梅，之前没出现过，应该是小桥从云府新带出来的。

自她从天机司出来的这些时日里,小桥比往日来得更勤。屋子里除了那两本《云中记》,其余东西俱摆了回来。小桥还时不时从府里带来一些东西添置,这简陋的屋子被装点得雅致温馨。

宋佳音问过一次小桥,云琰说了什么,怎么还让她过来。

"世子没说什么呀。之前世子让奴婢照顾好姑娘的身体,本来已经调养得差不多了,姑娘偏要上衙,回来之后又有些虚了。这次姑娘怎么也要听奴婢的,等过完十五再说。"

也就是说,并不是云琰让小桥过来的。云琰约莫是不怎么在家,是以没发现小桥仍然和之前一样日日过来。

宋佳音的眼神暗淡下去。

她从天机司回来的第三天,孟随来找她,通知她暂时不用去大理寺。而后这十几天里,她再没有见过云琰。

她其实有很多事想问,有关齐叔,有关沈家的案子……以及有关她自己。

宋佳音知道自己的真实身份已然暴露,不管于公于私,她和云琰都已经异轨殊途。她不该去奢望云琰再会对她有情,可云琰的表现,又隐隐给了她一丝希冀。

他让她全须全尾地回来,也没有明言撤她的职……在今日之前,她甚至还觉得是他特意让小桥继续过来照顾她的。

她揣度不透云琰的意思,像是有小蚂蚁落在心尖上,抓心挠肝的,她一会儿满怀希望,在下一刻又被自己打破。等到夜色汹涌时,又会有另一丝希望在心底钻出来,像是半透明的烟,缠缠绕绕将她包裹。

她有时觉得难受得喘不过气,有时又觉身体轻盈如坠云间。

大抵动了心、生了情便是这样,会无中生有,会患得患失。她深切地意识到,自己无时无刻不在想他。

过去她不知道怎么面对云琰,以后……不,不是他特意让小桥来的,是她自作多情了……他们不会再有以后了。

见宋佳音乖乖地喝了汤,午饭又用了不少,小桥才同意在今夜带她出门。

长安城的上元夜,是这一年最盛大繁华的一日。之前宋佳音曾跟着云琰在中秋月圆的晚上在城中逛,那时的热闹不及今夜的一二。

小桥找人裁制了新衣,特意为宋佳音打扮了一番——脸上细细扫了胭脂,眉间点了一朵红梅花钿,头发轻绾了一个桃心髻,斜插了几支梅花金簪,又在鬓角后簪了一支振翅的烧蓝蝴蝶钗,行动间蝴蝶翅膀蹁跹而动,似在梅花间穿梭。身上穿了一身大红色的通色罗袍,下身是金枝线缠枝百花裙,衣领上镶着毛皮,柔软地贴在面颊上,衬得一张脸越发精致小巧。

小桥端着铜镜给她瞧:"姑娘生得美,只是平日里只穿着衙门的制服,就算私下里也是穿着简单,这么一打扮,像是画里的仙女,奴婢都移不开眼了。"

"不过是出门逛逛,不至于穿成这样吧!"宋佳音本没有心情,想伸手去拔头上的簪子。

小桥笑着拦住她,促狭地眨了眨眼:"若是世子瞧见姑娘这样,不知道得有多喜欢。"

"街上人那么多,怎么会那么巧碰到。"宋佳音嘴上这般说着,手到底是没再动头上的簪子。

大抵是一种就算已经被大夫宣判活不过五更的人,在四更天也要努力活着的心态。她知道不可能,也知道没结果,却仍会留有一丝渺茫的希望。

夜色还未至,霞光刚被深蓝色冲掉大半,街上的灯已经迫不及待地挂了起来。

巨型灯轮矗立,灯楼四散,天地间一片璀璨明华。锣鼓声阵阵,舞狮队在街头游走,裹得圆圆滚滚的孩童排成两排,跟在狮队的后面跑着。

宋佳音拉着小桥的手,两个人走到街边。各色小摊子已经支了起来,卖零嘴的、卖年货的、卖胭脂水粉的,琳琅满目,沿着街角一溜儿看不到尽头。

宋佳音在首饰摊前挑了一对银耳环,下面坠着两朵梨花,小巧玲珑,和之前她送给小桥的那支钗正配。

除了这个,宋佳音还看中了两条手绳。她匆匆扫过一眼,之后若无其事地走到一旁,让小桥帮着排队去买炸糖糕,自己则快步走回去,掏钱将手绳买下,迅速地装到荷包里。

背着人做事总会心虚,宋佳音不自觉地左右张望着,这一口气在视线定到人群某个角落时猛然顿住,冷风在她喉咙里滚了一道,她呛着咳嗽起来。

那人负手立在灯下,黄澄澄的光落在他的肩头,朦胧柔和。

许是情人眼里出西施,抑或是他本便是长安城最芝兰玉树般的存在,宋佳音只那么一望,周遭的风景和人皆成了晃动的光点,世界暗下来,她眼里只剩下他一个人。

宋佳音盯着他,想着,她果然喜欢云琰喜欢得厉害,天还没黑透,她就已经开始做梦了。

云琰的浓眉蹙了蹙,似有些不高兴,人迈步朝她走过来。

瞧见他逼近的身影,看着他晦暗不明的神色,宋佳音突然觉得哪里不对,拧了一下自己的手臂,钻心似的疼。她像是被人打醒,也来不及想什么,转身就跑。

宋佳音身上这丁零的挂饰很影响她的速度,她踏上流水桥,下桥时差点儿被裙角绊倒。她踉跄了一下,有些慌乱地扶着自己头上的钗子,抱起裙摆大步跳下去。

拐进一条暗巷,远处的嬉笑喧闹似被什么蒙住,闷得听不真切。

耳畔再听不见脚步声,宋佳音身体贴着墙根,挪到巷口弯腰去看。圆月下,桥上桥下并没有那道显眼的身影。

宋佳音悬着的心落了地。她刚舒了一口气,下一刻肩膀被一道大力握住,她下意识地扭身挣脱,对方像是完全猜透她的后招,错身间,她整个人就直接扭到了他的怀里。

那股清冽的沉水香窜进鼻尖,她的抵抗瞬间软化。

纤腰被结实的手臂环住,束得紧紧的,她整个人被带着向后,脊背完全贴到墙壁上。

身后是一片冰凉,身前的人却是炽热。

他盯着她的目光灼灼,骤然倾覆下来的唇也滚烫,无声却激烈地争夺着她口中的空气。

宋佳音被他这突然的亲昵弄得慌了神,一时心如擂鼓。云琰稍稍离开她的唇片刻,气息微喘,唇瓣贴着她的,哑声说:"闭上眼。"

宋佳音是听先生话的好学生,霎时紧紧闭上了眼,连脖子都缩了起来。

203

云琰无声地笑了一下，旋即又纠缠上来。

他知道了她的秘密，知道了她的来处，但他放了她，他拥抱了她。

这是不是证明，他也对她有情？

她近乎瘫软在他的怀里。云琰的右手探进她单薄的后背和墙壁的缝隙里，托住她的腰身。他的眼睛里有情动的迷乱，嗓音也变得沙哑，他问她："为什么哭？"

宋佳音摇摇头："我没有哭。"

云琰抬手，温热的指腹细致地抹去她眼角的泪。

他的眼底不再是之前在天机司里的一片漠然，瞳孔里倒映出她红透了的一张脸。

巨大的雀跃在此刻从心底延迟一般蔓延出来，宋佳音歪着头，眼睛因蒙上一层泪而变得亮亮的，问："大人为何要亲我？"

她执着地想要一个明确的答案，他却偏偏不如她的意。

"我这个人，素来是睚眦必报的。之前你不打一声招呼就亲过来，我自是要讨回来。"他说得一本正经，指腹却在离开她的眼角时往下一扫，像是无意间摩挲了一下她被亲得殷红的唇瓣。

宋佳音真的信了他的话，眼底的光霎时消失。

之前一直被她拿捏，玩弄于股掌间，自己总算是扳回来一局。这些时日堵在心头的郁色一扫而空，云琰勾起嘴角，笑意盎然。

宋佳音见他笑，明白过来自己是被他给骗了。

她羞恼，挣扎着想要控诉他的恶行，却被他轻易压住手脚，复又亲上来。

"这次是我想亲你。"

圆月升至半空，云琰带她再一次去了石桥边那个卖圆子的小摊。

老板笑着问："许久不见云大人了，还要两碗桂花圆子吗？还是今日吃汤圆？做了红豆花生馅儿和芝麻馅儿的。"

云琰道："上元节还是吃汤圆。"

他顿了一下，偏头问宋佳音："你想吃哪种？"

宋佳音道："红豆花生馅儿的。"

"那就两碗红豆花生馅儿的，一碗正常糖，一碗多放糖。"今儿个吃汤圆的人众多，桌椅不够用，老板又现去借了两把凳子来，两个人避开人坐在桥尾的位置，仰头就能看到桥那边升起来的灯。

等汤圆的时候，宋佳音几次偷偷地抬头看云琰，他俱是表情淡淡，看向别处。

在她又一次看过去的时候，他的视线终于也转了过来。他递了一把汤匙给她，问她："方才为何要跑？"

宋佳音小声嘟囔："我怕你……怕你骂我。"

"你怕我？我怎么不信。"云琰讥讽一笑，"之前骗我的时候，可没见你有一点儿怕我。"

一提这个，宋佳音的肩膀顿时塌下去，本就小小的身体恨不得缩成一团。

她安静了一会儿，突然站了起来，想起什么般焦急地道："糟了，我差点儿忘了，小桥还在那边呢，她发现我不见了该着急了。"

"她知道你跟我走了。"云琰轻飘飘地道，接过老板端过来的汤圆放下，冲着对面的凳子点了下下巴，"坐下。"

"哦。"宋佳音复又坐下，拿着汤匙在碗里搅和了一下，心里的小人跳起了舞，又支棱了起来。

"是大人安排好今夜见我的，是吗？"她的话是问句，但像是已经知道答案般说得很笃定。

云琰没正面回答，而是说："沈家的案子，我去看了昔年的卷宗。这卷宗是绝密，大理寺并没有，只在宫内保存了一份。当年案件审理时没有走三法司，是由先帝亲自定的。"

他骤然提起这件事，宋佳音面上的笑意僵住，攥着汤匙的手不自觉地收紧："难怪所有的记载都是一片空白……"

"沈元挑动虎贲前锋营谋逆之事，被清晰地写在案卷中。虎贲前锋营中内乱，南巫军相助沈元，营中将士最终全数死去，南巫军却无一人死伤。"

宋佳音嗓音艰涩："阿兄和我说过……他当年随着二叔，随着沈元出征，就是在那场偷袭中被沈元亲手打伤，差点儿就没了命，之后他不知怎的到了岭南。"

宋佳音忽而抬眸："全数死去……那就是除了阿兄，无人生还。阿兄之后就在岭南，那是谁把消息传出来的？"

云琰的食指在桌案上点了两下："是虎贲前锋营中的斥候卫邙。"

沈惊羽曾说过，他和斥候前去探路，之后他先一步回来向沈元回禀情况。所以当时身为斥候，稍晚才归营的卫邙活下来，倒是合情合理。

"卫邙身上带伤回到军营，伤口在背部，是被人从后面一枪刺入。卫邙说沈元挑动虎贲前锋营作乱，敌通南巫，之后吐了一口血，再也没醒过来。时任副将军的景奂带人赶到时，已经是一地残尸，沈惊羽身中数枪身亡，伤口和卫邙身上的一样，都是乌金枪所留。而沈元浑身是血，执长枪而立，身上却没有伤，是筋疲力尽而亡。其余虎贲前锋营中有数人身上的致命伤，是南巫特有的兵器弯月刀所留，这一切，都似是证实了卫邙所言为真。"

之后大霖军心大乱，景奂咬着牙扛住压力，将担子担了起来，在南巫国乘虚而入时率军力克敌方，才保住了边境安宁。景奂也在那一场血海大战中受了重伤，伤及心脉，命虽保住，却再也不能上战场了。

之后，景奂入朝，从不参与党争，做事勤勉，提拔有能之士，在朝中颇有贤名，是有名的贤相。只是他身体不好，近两年逐渐放权，已有隐退之意。

云琰伸手拿开宋佳音的手指，不让她再用汤匙虐待它。他静默了片刻，才又开口："卷宗上还写，三皇子谋逆，沈岸也参与其中。"

"什么？"宋佳音惊得睁大眼，声音颤颤地说，"可是……可是长安城许多人都知晓，是禹王助三皇子谋事的。"

"禹王之所以能全身而退，不只是因为献上了珠宝和美人，最重要的是，他操纵当时的关系网，让沈家做了替罪羊。"

当时三皇子谋逆逼宫不成被当场击杀，长安城正是风声鹤唳之际。边境消息传来恰如瞌睡送枕头，禹王党顺势编造了一些流言，传沈岸和三皇子曾私下会面。流言真真假假，可只要十句话有一句被坐实，其余的九句谎言也都会被当成真的。

先帝本就多疑，经三皇子一事之后变本加厉，看谁都像是有谋逆之心。沈家当时声名显赫，自然成了先帝的眼中钉。

之所以卷宗和审理都未公开，是因为没有人证，也没有物证。

但沈家案，还是自此而成，何其讽刺。

"禹王被天机司指挥使一箭射杀。原来在那么早之前，你就为我报仇了。"宋佳音笑过之后，面带怅然，"就算与三皇子密谋逼宫并不是真的，可沈元之事，是沈惊羽亲身经历。"

"有两件事摆在你面前，一件事不是真的，另一件就一定是真的了吗？"云琰将碗往她眼前推了推，提醒道，"再不吃就凉了。"

宋佳音本已死心，再加上沈惊羽走得那么惨烈，她也不愿意再去回想那日发生的一切。现在从云琰的三言两语间，她抓住了一丝希望，拧着眉头冥思苦想那日沈惊羽说的话。

汤里依旧浮了一层糖渍桂花，香气幽幽，宋佳音的鼻子动了动，电光石火间，沈惊羽的一句话冲进了她的心扉。

宋佳音一把抓住云琰放在案几上的手："阿兄说，他在意识消失之前闻到了一股浓郁的香气，似花香。他以为他出了幻觉，以为自己回到了长安。之前，之前木清霜她们毒杀裴域几人，用的就是香。"

一个大胆的猜测浮上宋佳音的心头，她心如擂鼓："既然这易容膏是南巫国的，那毒香来自南巫国，也并不是没有可能。沈家逆案发生时，沈元正带军与南巫国交战，南巫人将毒香传过来也很方便。所以会不会，事件里还存在着另一个人，用了这种香控制沈元，让他挑动虎贲前锋营内乱……还有，沈元最后力竭而亡，不就跟裴域、荀安的死状一样？"

云琰看着她，表情不见讶异，似早已料到。

"卫邙本就是虎贲前锋营的人，由他把毒香放到沈元身边也不易被察觉。"

沈元被卫邙操控心神，最后二人双双毒发，毒香散尽，没人查得出他们的死因。

卫邙早早死去，禹王也已伏法。

这案子在判定时就没有实证，如今想查找当年真相，也就无证可翻。

就连接触过南巫国药物的木清霜和沈惊羽，也都再也开不了口了。

宋佳音刚刚升起的希望再一次破灭，她垂下眼，抿紧了嘴角。

手上的温度让她回了神，云琰反握住了她的手。云琰轻声说："总有办法的。"

宋佳音想,她真的是太喜欢云琰了吧,不然怎么会他一句简单的话,就能让她动荡的心平稳落地呢?

"所以你是一早就觉得沈家案有冤情,才将我放出来的吗?"

"我若是只为了查旧案真相,就该把你一直关着才是。"云琰的话说得云淡风轻,却有无端引山洪之效,"我既然有心于你,自然要让你堂堂正正站在我身边。"

宋佳音的眼睫剧烈地颤动,故作平静道:"那……那若是最终查明,沈家并没有冤呢?"

"藏一个人的身份对我而言,并不难。"他语气笃定,不见丝毫勉强。

宋佳音霎时眼眶通红,她抿抿唇,想要一个确切的答案:"大人今夜来见我,那我们,是不是算在一起了?"

"我没这么说。"云琰嘴角的笑意松弛,墨黑的眸子间似晕开一抹月光,他慢悠悠地说,"我为人良善,见不得你每日相思害病,才来见你一面。"

宋佳音万万没料到云琰会这般无赖,惊得眼睛瞪圆,连哭都忘了:"你、你怎么这样啊……那你刚才还亲我!第一次就算了,还亲了第二次!"

"第一次是讨回来我该得的,至于第二次,与人交往我从来都是要占上风的一方,光是讨回来怎么够?"云琰眼含着笑,将耍无赖说得理直气壮。

宋佳音的脑子都被他绕成了一团,云琰放下汤匙起了身,说:"那边要放灯了,我要去瞧瞧。"

他自顾自转身,也没等她,但最后瞥见她的一眼,眼尾微挑着,双眼蒙了一层浅淡的光晕,像是笃定了她会跟过来。

在拿捏人心这一事上,云指挥使素来是无往不利的。

宋佳音目瞪口呆地看着他的背影,只是她在他那儿有前科,人也支棱不起来。她呼了一口气,最后还是小跑着追上了他。

上元祈愿,岁岁安康。

无数盏红灯迎着风盘旋而上,连成一片。

街上人多,买好了笔墨与祈愿灯,宋佳音想起小时候沈惊羽带着她偷偷爬上阁楼的房顶去放灯。

拿着笔往灯上写愿望的时候，宋佳音眉眼舒展，颇为怀念："上一次放祈愿灯的时候我记得我写的是，希望春天里有一百只风筝放，被阿兄看到之后笑话我很久，说我没出息。可后来那个春天，他真的送了我一百只亲手做的风筝。"

所以实现愿望的从不是神明，而是人。

宋佳音写了四个字：万事顺遂。

写完，她歪着头去看云琰，又一笔一画，学着他的字迹，将字勉力写得凌厉，还是四个字：不负相思。

她本名沈明月，明月寄相思，沈岸与林青吟，定情在一个圆月夜。宋佳音写的这四个字可谓寓意颇深，她好心地说："这个算替你先写了，免得你日后要后悔今日没有写。"

她这一派天真模样倒是少见。云琰失笑，看她小小的人举着灯的模样有些吃力，明知她或许是装的，到底是伸了手，跟着她一起将灯放了出去。

宋佳音得逞，也有心情去赏赏灯。她仰着头，看着那一点红冉冉升起，越飘越高，之后慢慢地融入满天星河。突然间，她腰间瑟缩了一下，是云琰的手指在她脊背处轻轻一点。

"你日后若是再敢骗我……"他语气暗含警告，似从齿关中挤出来的。

宋佳音想也不想地用双臂环住他的腰，像只猫儿一样，脑袋在他的颈窝处轻轻蹭着，热热的气息吐纳着："不敢了，再也不敢了。"

云琰身体紧绷一瞬，随即软了下来。

他早年不喜云茵养的那只猫儿，最终却为另一只"猫"折腰。人生兜转间，总有太多变数。

他不愿意承认自己这么没出息，可好似也没什么理由能扯来骗过他自己。

关于怎么对宋佳音，其实他远没有像宋佳音猜测的那样纠结太长时间。他本是克制冷静的人，在动情之后，这份冷静也并没有失去太多，在天机司那一刻下不了手，他就已经下了判断。

是她闯进了他的世界里，一路跌撞，就没有让她全身而退的道理。

所以他要抓住她，永远不放。

第十章 花灯之下

（一）

长安城红灯之下，人流如织。

宋佳音这一夜情绪起伏得过大，先是以为和云琰再无机会的绝望，然后是再见到他的震惊与羞怯，之后是昔年往事再被提起的难过。等到祈福灯放飞之后，那种最纯粹的开心才丝丝缕缕地从心底透露出来。

宋佳音现在的状态，时而是知道云琰的心意而生的"有恃无恐"，时而是暴露身份之后的"破罐破摔"，她才不想老老实实的。再者，她现在见到云琰，就忍不住总想亲近他。

她借口"人太多怕走散"，在人潮涌动中拽住他的手。云琰瞥了她一眼，却并没有松开。

宋佳音的嘴角开心地翘了起来。

云琰偏头看着她脸颊的笑许久，察觉她在悄悄地翻着他的袖口，之后往他手腕上套了什么。

戴好，她拉起两人的手，让他看："我之前买的，送给大人，就当上元节的礼物。"

他的手腕很白，红绳绑在上面，颜色被衬得沉而深，绳子中间坠着一颗红豆。

相思绳系有缘人，长安城有情的男女常戴这个。这里面的含义大胆直接，说不清是给他的礼物，还是给她自己的。

云琰的表情堪称意味深长，饶是宋佳音脸皮够厚也有些羞赧，她将自己戴了红绳的那只手背到身后，嘴上一本正经地道："礼物不当晚戴不吉利，大人就算不喜欢也等过了今夜再摘，下官这是为大人着想。"

云琰长长地"哦"了一声："那我还要感激你是吗？"

宋佳音笑眯眯道："大人不必客气，这是我心甘情愿的。"

他倒是没看出来，她还是顺杆就爬的行家。

"点鳌山喽——点鳌山喽——"街头堆成大鳌形状的灯要点起来了，人流霎时往那边涌。宋佳音拉着云琰往街边站，不跟着他们去挤。

"越往前挤其实视野越不好，那边——"宋佳音指着对面坐落在西北角的明月茶楼，"那间茶楼的茶在长安城并不是最好，不过二楼杂物房的一个推窗支起来之后，可以直接看到大鳌山。我们等会儿去那里看。"

云琰问："这又是你和沈惊羽一起发现的？"

"是啊！"宋佳音轻快应着，"其实也不算是我们发现的，一开始发现这个地方的是景钰，他是沈惊羽的朋友。"

云琰问："景钰？景相之子景钰？"

宋佳音点点头，眼睛还在执着地盯着前面的队伍，等着一有机会就跑到对面去。

云琰其实一直有一个疑问，在猜测到宋佳音身份的那一刻起就萦绕在心间。

游走在黑与白之间，他见过太多被仇恨支配而变得扭曲的人。可宋佳音却跟他们都不一样，她给人的感觉并不沉重。

她像是今夜天上的明月，轻盈柔和，永远满怀热忱和希望，叫他移不开眼。

如今这个问题，不用再问，他已经有了答案。

有一件事，他至今没有告诉宋佳音。

在"谢观年"死之后，他亲自审过归婉。

归婉因"谢观年"的事备受打击，人瘦弱得像要化成一缕烟。

孟随生怕他会对归婉如何，一直小心翼翼地站在一旁，他觉得好笑，倒也没有阻拦。

那时,他已对宋佳音的身份起了疑心,问及归婉,"谢观年"是否有提过宋佳音,归婉说有说起过。

"他说……知道宋捕快是个不可多得的人才,他很想和她共事,可是没机会了。他有些遗憾,等宋捕快走了之后他才来京兆府。"

那是在龙三事件之后,京兆府查内鬼的时候。

"那你有和'谢观年'提过宋佳音嗅觉过人,能闻常人所不能闻的气味?"

归婉办案时见识过宋佳音的厉害,是知道宋佳音嗅觉过人的。归婉想了想,点了点头。

云琰猜,应该就是在那时,"谢观年"大致确定了宋佳音就是沈明月。

本来金木水火土中的"火",该是那一把由朝廷的人烧在疫病庄子的火,在外人看来的"意外"才符合他一贯杀人的行为。

可最后却是一场人为的爆炸,决绝得不留一丝活着的可能。

沈惊羽,杀的不是宋佳音,也不是归婉,而是他自己。

所以他才会赶归婉离开,可没料到归婉最后又回来了,还意外地,带了宋佳音。

…………

"快走快走!"宋佳音终于逮到机会,拽着云琰的手,两个人跑在人声鼎沸之后。

云琰曾叫天机司的人赶赴济城查探,宋佳音的养父母朴实善良,将她视若亲女。教她功夫的叔叔为人正直,在宋佳音离开济城前往长安城之后就离开了。

但他离开的时间节点有些敏感,云琰也是通过这一点蛛丝马迹有所怀疑,之后才设了大理寺后院的那一场空城计。

齐韶不会不知道这样会有危险,但他还是走了。

宁可自己暴露也不肯留下的齐韶也好,面对亮明身份的天机司司吏也绝不松口的宋夫平夫妻也好,最后身葬火海也要保全宋佳音的沈惊羽也好……

他们都爱她,胜过爱自己。

宋佳音在这样的环境中长大，所以她没有起过报复的心，哪怕一无所知，哪怕路途不顺，她都一直坚定地、堂堂正正地追寻着属于自己的正义。

这样的宋佳音，他怎能不爱？

所以他也无意识地和他们变得一样，掩盖住可能会让她伤心的真相一角，用尽自己的全力，将她想要的，都堆到她的面前。

宋佳音值得拥有，这世上的一切。

云琰反握住她的手，很快跑到前面。两个人在明月茶楼的门口停下时，大鳌山顶最后一盏灯点起，人间亮堂堂。

进了明月茶楼，宋佳音跟掌柜的要了茶和点心，两个人沿着楼梯往二楼走。

外面人群里的欢呼声隔着茶楼的墙壁听起来有些模糊，到二楼时，那声音却陡然变得惊悚。宋佳音和云琰对视一眼，加快脚步跑至杂物间，推开门奔到窗口，外面的情境顿时映入眼帘——

鳌山之上，竟绑着一个人。

因太远，那人的长相看不清楚，只能看出是一个成年男子。

这等陡然发生的变故，让游人惊恐哗然一片。衙差听吩咐上附近最高的楼顶，拿着梯子绳索，准备解救鳌山上的男子。

此时，男子突然开口大喊道："十一年前的沈家逆案实乃怀璧其罪，亘古奇冤。我今日以死为谏，换沈家冤案重见天日！"

他声音洪亮，在周遭回荡，颇有振聋发聩之感。宋佳音被震得耳朵发麻，连带着心脏也有短暂的麻痹之感。

她一拳捶向推窗，人就要往外跳。腰间的桎梏是来自云琰的一双手，他将她紧紧地抱住。

她用力挣扎："外面、外面……云琰你松开我，他可能是沈家人。"

那男子的声音一遍又一遍地回荡着，似要让整个长安城的人听到。

"你也说是可能，若不是呢？就算是，你此时出去，除了自投罗网，还有何作用？"云琰用了一下力，手心的热度透过衣衫传递到宋佳音的肌肤上，"我不想你出事。"

宋佳音抓着他的手腕："可是……"

"我去。"云琰说，"你站在这里等着，不要轻举妄动，能做到吗？"

云琰好似天生有让人信服的能力，宋佳音被他三言两语说得情绪平复下来，喘了几口气，用力点了点头。

云琰脱掉显眼的锦袍，自怀中摸出银色面具，罩在面上，蹬着窗台一跃而出。

云琰的轻功不差，在屋檐间升跃，很快立在离鳌山最近的阁楼顶部，衣袂被风吹起，他面上半截银色泛着寒光。

风顺着吹来，宋佳音隐约闻到了一股若有似无的气味，很熟悉，像是在哪里闻到过。

她下意识胃中翻滚，好像……是在沈惊羽死的那天闻到的……她倏地睁大眼，这一刻什么也顾不上，嘶声朝着那边喊："快下来——"

她的声音顺着风传到云琰耳朵里，他从屋顶跳下去。

下一刻，"砰"的一声巨响，鳌山整个炸开。

浓重的血腥气让人作呕，四下乱成一片。

"立刻派人包围大鳌山，将今日在鳌山的所有工匠押回衙门。"刚刚走马上任的京兆尹景钰冷静下令，又吩咐道，"剩下的人配合巡防营的兄弟，尽快疏散百姓。"

"是！"

景钰匆匆转身，不防迎面撞上一个急匆匆跑来的人。

"在下冒犯了，姑娘无事吧？"

那姑娘似是格外着急，什么也顾不上，转身就走，跑进前面的混乱中。

景钰看着她的背影，莫名有些恍惚。

直到手下过来复命时叫他，他才回过神来。

手下问："大人是不是今夜太累了，要不大人先回去休息一下？"

景钰摇头："不必了，走吧！"

（二）

上元节案因案涉昔年沈家，人又近乎是在全长安城人面前死去，巡防营和京兆府不敢耽搁，当夜便进宫面圣。圣上又下令，让大理寺卿云琰一道入内觐见。

关于鳌山案中提到的沈家案，裴玄并没有多问什么。云琰在查完宋佳音之后，就和他提起过沈家之事。自他与云琰相识，君臣便是一心。就算不论君臣只论私交，他拿云琰当挚友，以及未来的舅哥，他也乐见云琰能抱得心上人归。

　　沈家案若真的有冤，就证明先帝是错的。他拨乱反正，便是做了明君该做的，以此案做例子，更能见他改革的决心，他日新政推行时也会更加顺利。若没有冤，宋佳音一个什么都没沾过手的姑娘家，他也没必要赶尽杀绝。

　　几人禀告过后欲告退，裴玄又开口叫住云琰："你应该许久未回国公府了吧？"

　　裴玄目光平静："云国公到底是老臣，你是如今新贵，新旧和谐，于朝政有益。你若得空，就回去看看，父子二人总不能太僵。"

　　云琰行礼应下，转身离去。

　　裴玄坐了一会儿，方慢慢悠悠地踱步绕过画屏，走进内殿。

　　内殿的龙榻之上，小姑娘合眼躺着，一张小脸红扑扑的，胸前起伏均匀，似是睡了过去。

　　裴玄站在榻边看了一会儿，出其不意地伸手，捂住她的口鼻。他的手很大，不一会儿，云茵就扛不住地睁了眼，扯开他作乱的手，横了他一眼。

　　这一眼水汪汪的，带着少女的娇态，裴玄一晚上的疲乏都跟着烟消云散。

　　他撩袍坐到榻边，将云茵侧抱在自己腿上坐好，手去拍她脚心沾染的灰尘。

　　"下地怎么不记得穿鞋，下次来月事又该肚子疼了。"

　　他说得坦坦荡荡，云茵的脸却不自在地泛了红。

　　裴玄收回手，云茵侧身勾着他的脖颈安静地抱了一阵。她开口，声音低下去："玄哥哥对不起，我不该偷听你和阿兄说话。"

　　"无事，朕既然能和他在外殿说事，就没打算瞒你。"裴玄手拍着她的背，像哄着小孩子，"朕的什么事你都可以知晓。"

　　"还要多谢你劝阿兄回去，虽然他不一定会听就是了。我知道这些年阿兄没有彻底和父亲撕破脸，都是因为你。"她的手抠着他肩头衣料上绣的金龙，发出"噼啪"的轻响声，"不过父亲在三清观里修行，就算阿兄真的回去了，恐怕也见不到面。"

"谢朕做什么。朕知你总惦记这件事,既是你惦记的,朕帮你是天经地义。"裴玄托着她的腿弯将她放在榻上,长指捏了捏她滑腻的脸颊,笑了笑说,"倒是朕要谢你父亲。"

云茵的眼睛瞪圆:"谢他做什么?"

裴玄翻身压上她,声音也低哑下来:"若不是他总不在家,你怎么肯出来与朕过节?"

云茵不满地吐槽他不要脸,含糊的尾音被他吞咽下去。

他顺水推舟地应下:"对,我不要脸。"

寒夜寂寂,京兆府人来人往,今夜注定无眠。

鳌山爆炸案之后,有人趁乱偷盗,还有人迷晕少女掳掠。本是一年一度的佳节,繁华表皮撕扯掉后,是望不到尽头的肮脏。

景钰出宫之后到京兆府处理后续事宜,久违的头痛袭来。长史见景钰面色不好,劝他先回去休息。

景钰按了按额角,终是应了下来。

马车往府中驶去,景钰的头越发疼痛,似无数根透明的丝线勒着他的脑袋。他掀开车帘,吹一吹外面的冷风。马车刚好经过鳌山处,灯依旧亮着,四周却早已不见之前的热闹,徒剩幽暗凄凉,地面泛黑的血迹无声诉说着之前发生的事。

景钰的眼注视着前面,不知为何,突然想起在这个地方撞进他怀里的女子。

若是她还活着……应该也有这般年纪了吧?

车在景府门口停下,景钰下车进门,管家迎了上来,道:"三爷回来了。相爷吩咐,若是三爷回来就去书房寻他。"

景钰问:"父亲一夜没睡?"

管家弓腰道:"是,长街突然出了这等凶案,三爷又是刚刚走马上任,相爷担心三爷安危。"

管家提灯,引着景钰一路往书房而去。灯盏内的蜡烛已经燃了一半,光有些昏暗,照得桌案后的人身形微微佝偻。景钰进门时,景奂正拿着一个小木槌,捶着自己的膝盖。

景奂自那一场与南巫国的大战中受了重伤,伤好之后,每逢寒冬便会四肢酸痛。

将军百战死,即使有幸回来,亦是身上大小伤痕无数,各种各样的隐痛嵌在肉体上,伴随余生。

荣耀加身的背后,都是血泪伤痛。

景钰端正行了礼,唤了一声"父亲",便上前接过小木槌,弯下腰替他捶着。

景奂开口,声线有些掩藏不住的苍老:"你进宫了?"

"出了这等大事,自是要禀明圣上,之后案子会直接转到大理寺。京兆府如今负责京畿治安,有一些蟊贼趁乱作案,事情繁杂。儿子回来得晚了,让父亲担心了。"

景奂摆摆手,说:"父子之间,不必这么客气。你为圣上尽忠职守,也是应当的。"

他伸手将景钰扶起来,看着这个他一贯最疼的小儿子眉目间的青色很是明显,不免忧心:"你自出仕之后就一直外放,这么多年才调回京来,不料刚任京兆尹便遇到这般棘手之事。你头疾不能劳累,不如为父去求圣上,调你去别处……"

"父亲不必麻烦,儿子头疾已在白神医的调理之下好了许多,这次只是突发意外,又在风口吹那么久才有些不舒服,回头吃一剂药,休息休息便好了。"景钰笑了笑说,"父亲总拿儿子当小孩子。"

"你的年岁自不是小孩子了,你两位兄长在你这个年纪都已成家生子了。"景奂站起来,虽已过知天命的年纪,从他身形依旧能窥见昔年驰骋沙场的武将模样。

景奂望着眼前这个一身正气、如清风杨柳的儿子,沉声道:"你也是该议亲了,这次回来,叫你母亲好好帮你物色一个。"

景钰的额角青筋跳了一下,头疼得越发厉害,他的笑容没能继续维持。

景奂长叹了一声:"为父何尝不知你对沈家那丫头的心思……你高中之后一直不肯回京,为父明白,你是怕触景伤情。

"莫说是你,为父与沈将军相交多年,也没想到,沈家的下场会是这样。昨夜为父还做了梦,梦见在边境,沈将军拉着我喝酒击节唱歌,说打完这一场仗回去,就解甲归田回靖州老家,他还邀我一道去。"景奂伸手拍了拍景钰的肩膀,言辞中透着不忍,"三郎,沈家那姑娘已经死了那么多年。逝者已逝,你要往前看。为父不想看你自苦。"

天色逐渐亮起来,景钰清晰地见到父亲两鬓生出来的斑白。

那一场战,不仅让景钰失去了挚友,失去了心爱的姑娘,也让父亲失去了带他一路成长、他视为至亲兄长的人,甚至连父亲也差点儿没了性命。他心里的苦不会比自己少。

景钰心底涌出酸涩,终是点了点头:"儿子明白。"

踏出书房的门,天边泛着蟹壳青色,再过一会儿便要出太阳了。

景钰仰头驻足片刻,走下了台阶。

书房内,绣着万马奔腾的缂丝屏风后,转出来一个人。

他似是身体不好,走几步便像是胸腔有些不舒服停下来,深喘了两口气才继续。

"相爷为何不让三爷撤出京兆府?万一此事牵连到三爷,那就不好了。"说话的人是丞相府的幕僚,戴维迁。

"三法司改革之后,京兆府就与巡防营共同负责京畿治安事宜,三郎任京兆尹,巡防营也在我手,就等同于整个京都尽在掌控。"景奂眸光锐利,一扫之前的疲态,"我一直守拙保身,甚少参与政事,就是在观望时局。圣上不同于先帝,从他争皇位时的手段不难看出,这是个狠角色。如今朝堂之上,前朝老臣不是出事,就是下野,等圣上下一个挥刀,就是朝向我了。"

戴先生思忖着,道:"相爷的意思,是要给三爷铺路?"

"京兆府是第一个改革的部门,不会是最后一个。只要三郎做出成绩,支持新政,我请辞之后,圣上自会视他为新朝之臣。"

权力顺利过渡,景家依旧会是簪缨之家,屹立不倒。

这是最稳妥之法。若是能成自然最好,若是不顺利,他亦有后手。

"我这三个儿子,老大、老二资质平平,唯有三郎自小聪颖,能担起景家的担子。"景奂踱步到窗前,窗边的花瓶里斜插着几枝红梅,其中有一枝顶端横出了一个小杈,远远看不出来,离得近看却觉得碍眼。

"三郎什么都好,只是他心里总惦记着一个叛国逆臣之女,这事之前在

京中不是没人知晓。之前不说，不过是因着他还没有出头。父母之爱子，则为之计深远，做父亲的自然要为孩子扫清障碍。"

景奂伸手，"咔嚓"一声将梅枝上的小权掰掉，声音透着冷峭："若是沈家逆党被三郎亲手抓住，那自然什么猜疑都没有了。"

（三）

鳌山案在长安城引起轰动，沈家案也时隔十一年重新被提起，各种风言风语交织成阴暗的网，在长平三年的伊始蔓延开来。

案发第二日早朝上，圣上责令刑部与大理寺尽快查明鳌山案始末，平息谣言。

而对沈家案，却只字未提。

下朝之后，刑部尚书郑槐章与大理寺卿云琰一道出宫，一路密语，在抵达宫门口时才散开，乘坐马车回各自衙门。这一日之后，大理寺张榜，重启之前因案子耽搁的神探司招募考试，无论是白身还是有官位之人，不论男女老少，只要能通过考核，便可入神探司。

明眼人都知道，这是大理寺压力在头上，想速速破案才如此为之。

两日之后，大霖朝大理寺内的第一次神探司考试结束。

拿到最终入选名单时，宋佳音抿着嘴，看着云琰，一脸的欲言又止。

云琰瞥见她表情古怪，淡声问："这么看着我做什么？"

"我想起之前京兆府有人偷偷在背后说，神探司就是你云琰的小衙门，考试能不能过都是你一个人说了算。"宋佳音摇头晃脑，重重地叹了口气，"谁能想到云大人居然真是这样的人。"

云琰顿了笔，挑着眉看她，一脸正色："本官选的都是万里挑一的人才，宋捕快如此诽谤本官，该当何罪？"

他说选的是万里挑一的人才，倒也不假。这名单里熟悉的人有她，嗅觉过人，又擅追踪。

孟随武艺绝伦，长于审问。

至于郑槐章……

"郑大人确实是验尸高手，可他如今任刑部尚书，也不能真来神探司做个仵作吧？"

"对外说是挂名，若有要紧的尸体要验，郑槐章会过来帮忙。"

另有一人，名叫程澍，是从巡防营选出来的，他明着是巡防营旗下的一个总旗，实则也是天机司的人，擅遁地术与兵器机关。

神探司明着和大理寺其他部门一样，查的是鳌山案，实则查的是沈家案，两案并行。

为确保事不外泄，要保证神探司里头全都是自己人，不过还有一个例外。

"陆清然有过目不忘的本事，又负责大理寺的案卷。若着急调卷宗时，问他比翻记档更快一些，且这人生性单纯，根本不会往天机司上想。"

日后，在人人都有几张面孔的天机司里，陆清然仍单纯得像一汪水。

听云琰一字一句说着安排，无不妥帖，宋佳音自那夜案发高高提起的心，逐渐落了地。

"怎么不说话了？"云琰见她巴巴看着自己，搁了笔，"说吧，又想要我做什么？"

宋佳音这才发现自己眼圈又红了。她本不是个爱哭的人，不知为何，自天机司那一晚被云琰戳穿身份之后，每逢有什么事，她就想对云琰流泪。

大抵是因为只要有情，就会不自觉地生出依赖的情绪，这份情绪又总是不经意间流露出来。云琰素来机敏，总是第一时间就能发现。

古往今来成大事者，大多不囿于情爱。掌管天机司的云琰本也应该如此，就像从前那样，是她把他拽到了凡尘俗世里。

宋佳音将眼底的泪意逼退，摇了摇头："没怎么，我只是在想，大理寺和天机司的事已经让你分不开身，若不是因为我，你原本不必这么麻烦，来蹚这浑水。"

云琰将条陈折了几折，食指点了两下桌案，叫她："过来。"

宋佳音起身，垂着头朝他走过去。

云琰抓着她的手，出其不意地按在自己的胸口，里面的那颗心脏陡然跳得很急，很快，炽热震动着她的掌心。

"感受到了吗？它在因你而跳，这就是我做这些的理由。"

宋佳音不好意思了一会儿，红着脸顶嘴："对一个并没有和你在一起的

人说这样的话,不合适吧?"

云琰蹙了一下眉,一副茫然的模样:"谁说我们没在一起?"

他表情看不出什么破绽,倒像是真的忘了。宋佳音较真地提醒他:"上元节那晚,吃汤圆的时候你说的。"

云琰平声问:"是吗?我是怎么说的?"

宋佳音将那话记得很深,当下就能复述出来:"我问我们算不算在一起了,你说:'我没这么说。'"

云琰仰着头看她,嘴角含着一点儿笑意说:"那我收回这句话。"

宋佳音讶异地张大嘴,正无语间,房门被敲了两下,她瞬间抽回手,老实地在一旁站好。

云琰说了句"进来"。推门而入的正是刚刚云琰口中"生性单纯"的陆清然。

陆清然的眼睛滴溜转了两下,手扶着门框,试探着问:"大人,好似是不太方便?"

云琰眯起眼:"废话怎么那么多,有何事?"

陆清然被骂得立正站好:"回大人的话,大人之前叫下官查死者的身份,已经有了些眉目。长安城中自三个月前上报的失踪者一共二十三名,其中年纪在三十岁上下,符合死者身份的一共有三人。"

云琰叫了外面的守卫,将陆清然说的人写了张字条递过去道:"让袁威带几个人,传唤他们的家属过来审一审。"

自年后,袁威就调到了大理寺,正式入职,管缉查处,负责提审缉拿。

守卫领命去办。陆清然另拿着一本册子,呈到案头:"这是京兆府那边送过来的。案发当晚京兆府和巡防营的人都在,这是他们初步审理的总结。当夜除了爆炸案,还出了几个偷盗的案子,人也都抓住审了,口供证词都在里面,目前疑犯也已都移交到大理寺了。"

云琰随手翻了几页。宋佳音在一旁见上面字迹漂亮,措辞条理格外清晰,不由得道:"京兆府换文书长史了吗?这写的可比之前的好多了。"

陆清然道:"这不是文书长史写的。送过来的人说,这是新任京兆尹景大人亲自写的。"

云琰的指尖一顿，宋佳音已经问了出来："景大人？"

"景钰，景大人。"陆清然怕宋佳音还不清楚，特意解释了一下，"景大人是当今景相之子，之前一直外放，去年底官员考绩后被调回京的。景大人一手楷书写得极好，我还专门买过他的字帖模仿过。"

宋佳音短暂地出了会儿神，面上挂起笑："景大人的字确实很好。"

陆清然热络道："上次你不是说想学写字，回头我把景大人的字帖送给你。我临摹了景大人的字帖才两年，整个字形就脱胎换骨焕然一新了……"

宋佳音之前只是随口说说，她对写字一点儿也不感兴趣，但也不好拂人家的好意，只能硬着头皮应着："好啊……"

提到自己擅长之处，陆清然收不住地喋喋不休。直到云琰冷冷喊了他名字一声，陆清然才意犹未尽地收声，问："怎么了大人？"

云琰将手边的卷宗递给他："誊抄一遍，明日上衙时给我。"

陆清然看了两眼，疑惑地开口："大人吩咐过，这类案卷不必誊写，直接送过来即可。"

云琰抬了抬眉，道："本来不必，看你这么以你的字为傲，本官当然要给你个机会施展你的才华。"

陆清然的肩膀顿时耷拉下来。宋佳音有种莫名的幸灾乐祸，低着头强压下弯起的嘴角。

谁知，云琰余怒未消地牵连她："你也一起。"

宋佳音和陆清然两个人走时，头上像顶着两片小乌云。

那场景倒是有些有趣，云琰收回视线又坐了一会儿，才起身走了出去。

冬日的天牢，滴水成冰，阴冷无比。

孟随从审讯室出来，身上还沾着里面的血腥气，配上他过于宽硕的身躯，显得格外狰狞。云琰递给他一张干净的帕子，孟随道了一句谢，将帕子往自己肩膀的伤处按了按，才开口："袁威刚带人过去，就发现张五唯一的亲人张氏已经悬梁自尽了。剩下的两家人下官都已审过了，人口很简单，应该可以排除嫌疑。有一家因为家主失踪，妻子的神志有些疯，刚问了几句就冲上来咬了下官一口。"

"自尽的张氏自小腿跛,无儿无女,后来捡了个瞎眼的傻儿子,取名'张五',两个人就这么相依为命地一道过了。张五也不是全傻,有时也能做做工,但没几个人肯用他,工部的李云封瞧这母子俩可怜,有时候喊张五过去帮工。"

孟随摆摆手,让狱卒和官吏退出去,自己又走近两步,低语道:"属下听下面探子来报,'沈家人上元节自爆身亡诉冤情'的消息已经跟着一支商队传出了长安城。"

"李云封这么多年一直念念不忘,想为沈家翻案,受他恩惠的张家母子俩,为了报答恩人,不惜以性命为代价,也要将沈家冤情展露于人前。"幽暗的室内,云琰的眼底也透不出一丝光,语调更是如泛着寒光的刃,"李云封与沈家关系匪浅是众所周知之事,他也是长安城中唯一一个与沈家有关,如今还露在明面上的人。"

李云封虽死,但张五母子代替他振臂一呼,效果也是一样的。

飞蛾扑向火,让火燃得更加热烈,成为一团炽热的诱惑,诱惑着另外的飞蛾,朝向这片自认为是光明的地狱。

凶手设了这个局,要的就是这个效果。如果那夜云琰没有在宋佳音的身边,她就会成为第一只被诱惑的飞蛾。

云琰后知后觉地,感到了一阵惊惧。

上一次这种惊惧,还是多年前母亲走的那一天。

李云封……李云封……

云琰的目光微滞,倏然间冒出一个诡异的念头。

沈惊羽选择李云封成为下手目标之一的理由,是否真的像他所说的那样?

(四)

自午后天色便灰霾漫漫,入夜之后飘起了零星雪花。

鳌山案已过了数日,曾经再怎么深刻的恐惧也会随着时间而被抛诸脑后,宵禁之前,街上仍旧人来人往。

等到梆子敲响,石板路上才渐渐地没了人声。

"谢观年"在长安城的住处之前被查封过,之后即使揭了封条,院子也无人敢续租,就这般空落落地放着。房主怕是也不想沾染这晦气,连个看守的人都没派,倒是方便了人漏夜溜进来。

宋佳音遮住脸从后门进来,眼见着这个已经无人的院落时脚步顿了一顿,继而快步走进去。

下衙时间已过了两个时辰,景钰才从京兆府衙门走出来。

眼见着天降小雪,他叫长随小厮先回去,自己一个人走在路上。京兆府年后忙碌异常,他初接手,凡事都想尽力做好。案牍疲惫之余,更多的是一种自鳌山案之后便难以克制的忐忑不安。

这些日子他总做梦,梦里他去沈家找沈惊羽,两个人比枪骑马,读书喝酒,日子潇洒,无拘无束。有时候喝着酒,隔墙那头就会有人抛一个什么东西过来。

一开始,他以为是暗器,还吃了一惊,却见对面的沈惊羽脖子一歪,非常熟练地避开那东西,抬手给他又倒一杯酒。

那东西落地,定睛一看才知道,不是什么暗器,只是一团泥巴。

之后,墙后面冒出来一个娇俏的小人儿,恶狠狠地指着沈惊羽说:"沈惊羽,算你躲得快!"

之后目光再移向他时,她立时怔得睁大了眼,收了自己张牙舞爪的模样,乖乖叫他一声:"景三哥哥。"

梦里的沈明月多数是那年的小女孩模样,最近的一场梦里,那小女孩突然变了一张脸。

是那张曾在纷乱的长街上,蓦然撞进他怀里的人的脸。只对视一眼,她就匆匆离开了。

石板路上的雪落地便消弭于无形,一阵冷风吹散他脑中出现的一张脸,他驻足,呼出一口白气。

突然,前面路口,一个背影一闪而过。

夜色浓重,那背影看不真切,可有一种莫名的力量驱使着景钰迈开脚步,跟着那道背影而去。

屋内,火折子被点亮,盈盈一点光照着这个已被搬空的房间。

自沈惊羽死之后,宋佳音就没想过再来这儿。

一方面是东西已经被天机司搬走,来也无用;另一方面,是不敢。

她不敢面对沈惊羽的死，也不敢面对他口中说的沈家案的真相。

不过从云琰选择站在她身边的那一刻开始，她已经散去的勇气就重新回到身体里，她又有了可以冲锋陷阵的锐气。而这个沈惊羽最后待过的院落，也并不是她想象中的那么难以踏入。

甚至当踏进来的那一刻，她有种安心感。

就算今日没能找到什么，她也应该来和他好好地道别。

就像，以前沈惊羽从军，每次出征离开长安城时她做的那样。

宋佳音沿着屋内走了一圈，手指触摸到冰冷的墙壁，沿着一个方向敲敲听听。

下午，她与陆清然回卷宗处誊写卷宗。陆清然是个熟络起来话就很多的人，宋佳音有意引导，便打听出那疑似鳌山案死者的身份，其中的张五曾经受过李云封的恩惠。

过去宋佳音大多是仗着自己嗅觉过人，轻功了得，很少有机会真的去思考案子。有了云琰这位良师在侧之后，宋佳音的思维比过去要敏感许多，他教她以事实为断，以过去为镜。人有过去，才会有现在。

对案子的一切保持怀疑的态度，对案子的所有相关人都不要以一个正常人的道德标准去要求。

宋佳音几乎是第一时间想到，这案子或许和沈惊羽有关。

她与沈惊羽时隔这么多年没有见，有关沈惊羽这些年的过去，都是从他嘴里说出来的。

他对谢观年感激，他对沈家人憎恨，他对李云封不念旧情。

这一切在历经苦难与背叛的沈惊羽身上，仿佛都是成立的。

可嘴上说的，就是真的吗？

宋佳音突然间开始怀疑这一点。

心有怀疑，她再也坐不住，云琰又出了大理寺，她就只能自己去查证。恰逢云琰所说的程澍到卷宗处找陆清然，宋佳音借着讨教的名头向程澍问了几个简单的找密室暗格的方法。程澍许是受过上峰指令，要伪装得好一点儿，他在大理寺的表现很是热情，见谁都笑，毫无保留地把宋佳音短时间能学会的手段都教给了她。

当下——

宋佳音的手摩挲到床侧墙里的一块暗板，往里一叩，里面空空如也。

整间屋子里只有这一处暗格，做得精致，四周嵌了木纹，这里面藏的应该就是沈惊羽的那一封罪己书。

宋佳音颓然坐下，长舒了一口气，床板发出老旧的"嘎吱"一声。

程澍本就是天机司的，如果真的有什么暗格，藏着一些东西，他们应该也早就翻出来了，云琰肯定会告诉她。

今夜月光暗淡，一室只有火折子这点微弱的光。

漏进来的风将火星吹歪了一点，她的影子在对面的墙上摇曳了一瞬。

宋佳音想到什么，不由得失笑。

小时候，沈惊羽最喜欢用手做成鬼的形状，投在墙上吓唬她。她总被吓哭，沈惊羽就一边给她买枣花酥赔不是，一边笑话她："你只看到了我的影子，没看到我的手，被吓成这样还是因为你笨。"

沈惊羽总是这样，歪理一堆，谁也说不过他。

笑着笑着，宋佳音的表情突然一变。她看着墙上自己的影子，又回头看了看那个嵌在墙里的暗格。她直起身体，趴到暗格边，将捏着火折子的手探到里面去。

暗纹刻的是八卦盘，从表面看不出来，但影子投在对面的墙上，就能看出每一侧的暗纹都缺了几笔。

由东至北，分别缺了"二、三、一、二"这几个数字。

宋佳音心跳空了几拍，耳边有那么一瞬间寂静得过分，连落雪的声音似都听得见。

和外面呼啸而来的冷风同时灌进耳朵里的，是一点细微的声音，似沙砾般的雪花在融化，也像是一小片枯叶在破碎。

宋佳音立刻拉上暗格，旋身跳起来。

只是片刻喘息之间，她的红缨鞭抵在门外那人的咽喉处。

小雪不知不觉间下得大了些，她来时的脚印被覆盖住，上面又压了一层新的，更大一圈的脚印。

浓重的夜色里，只能看清彼此的轮廓。

宋佳音辨别出对面的人身量比她高许多,是个年轻的男子。

她冷声问:"你是何人?"

对方的视线过于灼热,即使视线并不清晰也能清楚感知得到。片刻后,他启唇开口:"在下景钰。"

宋佳音握着鞭的手松了一松。

景钰温声开口:"在下见姑娘背影,莫名地想起一位故人。故人已不在人世多年,我仍惦念着她。虽知姑娘不可能是她,但我还是跟了过来,如此行径实在是失礼,还望姑娘见谅。"

自得知景钰是新任京兆尹之后,宋佳音便想过会与他再次相见,却没想到会是当下情境。

她更没想到,景钰居然还记得她。

可他不会知道,当下他脚下踩着的这片土地,曾住着昔年与他把酒当歌的沈惊羽。

宋佳音稳了稳心神,道:"景公子不必多礼。故人已逝,景公子该向前看了。"

沈惊羽这次走了,不会再回来了。

景钰摇了摇头:"故人虽肉体已逝,可她永远活在我的心里。"

宋佳音听出他话中的执着,一时无言以劝。恰是此时,门外响起一阵飞扬的马蹄声,由远及近而来。

幽暗的夜被火把点亮,宋佳音暗道不好,收了红缨鞭往后门处去,却发现后门已经被人从门外封住,且后面不知何时还有两个人把守。

她霎时意识到,自己被人盯上了。

宋佳音转头看了景钰一眼,露出来的那双眼泛着水光,仿佛还是昔年模样,景钰心底某处死去的部分仿佛顷刻间便活了过来。

眼见她露出急色,分明是不想让人发现她来这里,景钰点点头,无声地道:"你走吧!"

宋佳音握紧红缨鞭翻身跳出后墙,想仗着轻功溜走,却不想她刚一落地,地上便有东西往上一兜,转眼间她便被一张网罩住。

宋佳音挣扎着却撼动不了这张网分毫,只能眼看着那两个把守的人越走越近,其中一人伸手朝着她而来。

恰是此时,一阵破雪劈风的力道呼啸飞过来,声音铮然,转瞬之间箭簇没入伸手那人的掌心,霎时一阵痛苦呻吟声响起。另一人吓得脸瞬间苍白,脊背发凉。他随着箭来的方向看过去,只见自不远之处的屋顶跳下一个人,一步一步地踏在雪上,步伐轻稳,像是踩在人心上。

随着他人的逼近,火光逐渐照清楚他的身影。来人一身玄色披风,银色的面具泛着流光,遮住大半张脸,那把刚才射出箭的弓被他单手拿在手中。

"敢抓我天机司的人,胆子倒是不小。"

天机司的名声在外,此人装束又分明是天机司指挥使模样,此言一出,那二人皆惊,忙道:"小的们不知这是天机司的人,不然给我们几个胆子也不敢对天机司的人下手。巡防营的左大人说,如今盗匪猖獗,京中有几个被查封的高官家中被盗。左大人便命小的二人把守谢家,一旦有贼人出现便禀告大人。"

这二人只是巡防营外围跑腿的人,平时赚几个银子贴补家用,谁也不想把命搭进去。他们慌忙解开宋佳音,口中连连求饶。

宋佳音从云琰出现的那一刻起,眼睛就一直定在他的身上,没有移开过分毫。

云琰喜欢宋佳音这么全无旁人的注视,也无暇计较他们,他伸手握住宋佳音冰凉的手,二人转眼便跃入黑夜里。

(五)
云琰是在意识到沈惊羽之事或许有异时去找宋佳音的。

宋佳音不在衙门也不在家中,待云琰准备派人去搜寻时注意到禹王府外两个乞丐模样的人,他们明着乞讨,暗则一直盯着禹王府的大门,看着像是在监视。

自鳌山案后京都极乱,巡防营的人忙不过来,便花笔银子找乞丐或者小贩四处盯梢用来防贼,这两个人就是盯着禹王府外的探子。

禹王府早就被抄家,里面都被搬空了,左两全居然还让人专门盯着这儿,巡防营怕不是钱多得没处花?

电光石火之间，云琰想起另一处刚刚查封的地方，他折身往谢观年的府上飞奔而去，远远地就见宋佳音像只迷茫的鹿一般，落进了别人的网中。

云琰带宋佳音回了自己家。

外面的风霜雨雪都被一窗阻隔在外，一室温柔。

香炉里燃着让人安定情绪的香，地龙烧得很旺，宋佳音躺在松软的锦被间，很快睡了过去，一觉到天亮。

洗漱完去吃早饭，见到桌边的云琰，宋佳音愣了一下，问："大人没去上朝吗？"

"告假了。"云琰手指点了点旁边的位置，"坐下用饭吧！"

这好像还是两个人第一次坐在一起吃早饭，小桥的手艺极好，连粥都熬得香甜，宋佳音吃得很香，连吃下去两碗。暖热的东西入胃，她才终于好似活了过来，长长地舒了一口气。

云琰淡笑着看着她，宋佳音以为他是觉得自己吃相不好，端正了下姿势解释道："我是太饿了才这样的。"

"我不是在笑这个。"云琰拿帕子擦了擦手，说，"我今日比平时多吃了一碗粥。"

宋佳音不明白地眨眨眼，发出一声疑问。

云琰的视线在她脸上一转，意有所指地道："所谓秀色可餐，便是这个意思吧！"

宋佳音还一脸茫然，显然没反应过来，旁边的小桥倒是先替她红了脸。

宋佳音见小桥的模样才转过那根筋，拿手挡住羞红的脸，声音从指缝间露出来："这光天白日的，大人可收收您的神通吧！"

云琰没去上朝，就待在书房里饶有兴致地画消寒图。

宋佳音见书画，一个脑袋两个大，就研究起书房里的各种摆件。关于昨夜之事，关于沈惊羽之事，两个人谁也没问，谁也没说，就好像昨夜的一切无关紧要。

宋佳音看完一架子的摆件，转身走向南面，那里的角落摆着一只白釉瓶，斜插了一枝开得正好的红梅。

手在瓶子上一过，墙后面突然响起了几声敲击，吓得宋佳音心跳骤停。

那平整的墙面上嵌开一条缝隙，随即缓缓展开一道门。

郑槐章还穿着官服，连着几夜只能睡一两个时辰，他一脸的疲倦，走出暗门时瞧见面前立着的宋佳音。两个人面面相觑间，他一脚退了回去，过了片刻又出来："我没走错地方吧？这是云府没错吧？"

宋佳音尴尬地笑了笑，往旁边让了让。郑槐章对着云琰行过礼，云琰用笔杆点了点桌案："坐着说吧。佳音，你也过来坐。"

当着郑槐章的面叫得这么亲昵，宋佳音有些不好意思，好在郑槐章明显像是已经对二人关系了然于胸，并没表露出什么震惊之色。

云琰将画卷收起，郑槐章道："今日早朝御史台那边弹劾指挥使，说天机司权力太大，如今竟然还插手巡防营夜间巡视之事。圣上照例将折子压下，并未说什么。不过属下看，此事恐怕不会这么轻易地了了。安插在几家大臣中的暗桩回禀，大约还会有些动作。三法司是改革的出头鸟，天机司则是圣上的刀。他们是既想除掉圣上的手中刀，也想打掉出头鸟。"

宋佳音这还是第一次亲耳听见朝堂云谲波诡的动荡，尤其涉及其中的是云琰，不免一颗心提了起来。

云琰的手越过书案，拍了两下她的头："别多想，我等槐章来之后才跟你说，就是想让你安心。不管你昨夜有没有去谢家，都会有人借题发挥针对我。"

宋佳音咬了咬唇："我明白，我知道大人都是为了我好。"

宋佳音想起昨天在暗格里发现的数字，接过云琰案上的笔，在空白的纸上写了下来："这是我在阿兄的暗格里找到的，我想应该有特殊的意思。大人能不能把阿兄之前写的那封罪己书给我看一下？我觉得他在里面留了别的线索也说不定。"

云琰的目光在数字上一勾即收，闻言淡声说："罪己书跟着卷宗呈到御前，并不在我这儿。你若想看，我之后入宫去拿。"

郑槐章看了一眼云琰，见他面色如常，瞧不出什么端倪，便端起凉茶喝了一口。

宋佳音不疑有他，扬着脸看他，眼尾勾着，看着有些乖，点点头说："多谢大人。"

她目光中透露出的依赖让云琰格外舒心，脸上的笑容不自觉地加深。

茶喝完了，郑槐章偏过头去看窗外。

云琰不上朝，但宋佳音不能不上衙。

昨夜出那么大的事，今日两个人一起不出现，实在是太可疑。没待一会儿，宋佳音就出门去大理寺衙门了。

待她的身影走出去很远，郑槐章才收回目光，问出疑问："指挥使是想瞒着宋佳音？"

云琰道："沈惊羽既然最后选择那样死去，就是不想让佳音知道，他留下的记号是给我的。他之前有意无意和我提起过佳音两次，如今想来，是在试探我对佳音的心思。

"许盎已经来信，齐韶在边关坠崖身亡。宋佳音是被齐韶护着逃出沈府的，以她的性格若是知道齐韶已死，必定会冲动地与人鱼死网破。到时候无论是沈惊羽，还是齐韶，便都白白死了。"

郑槐章哑然，多少句话堵在喉咙里，半晌只能叹上一句："真是苦了这姑娘了。"

云琰伸手，将写着那几个数字的纸张在火中燃尽。他眼中情绪满溢，一字一句，掷地有声："我既说要护她，便要护好，我不会让她落得和我母亲一样的下场。前方不管是尸山也好，火海也好，我都要替她蹚出一条路来。"

雪后的太阳被蒙上一层朦胧的雾，并不刺眼，却仍温暖。

屋檐上的积雪被晒得融化了一角，雪沫落在地上散开。

仔细看去，散在地上的雪留下小小坑洼痕迹，不过很浅很淡，很快被飞扬的雪沫填满、覆盖。

房顶上的人轻巧地翻过墙后，宋佳音死死地咬住下唇，压住不断涌出的眼泪，咬得唇齿间满是血的铁锈味。

她越是喜欢云琰，越能发觉他细微的情绪不同之处。她感受得出来，云琰有事瞒着她。可以云琰的性格，他不想说的事情她是问不出来的。

好在演多了《云中记》，她披上那层乖巧的"宋佳音"的皮时还能自如应对云琰。出来之后，她施展轻功绕后而上，可没想到最后听到的，却是这样的结果。

宋佳音的眼泪随着冷风在脸上凝结。她一路跑进大理寺，陆清然见到她这样，吓了一大跳："你是在外面冻了一夜吗？"

　　宋佳音接过陆清然递过来的热帕子，将脸上的狼藉擦净，许是因为冻久了，声音变得瓮声瓮气的："我找到一条线索，急着回来告诉云大人。"

　　陆清然对宋佳音的本事是佩服的，能让她这么看重的肯定是重要线索。

　　"云大人今日告假，没上朝也没来衙门。你要不，去云大人家中寻他？"

　　"也好。"宋佳音喘过一口气，说，"不过这个线索需要一样东西做辅证，我怕说错了云大人怪罪，所以还得请你帮我个忙。"

　　陆清然摆了摆手："云大人才不会怪你呢。"

　　宋佳音抿了抿唇，垂下眼，一派羞涩的模样："我……说错了我会觉得有些丢人……"

　　见她这样，陆清然还有什么不明白的，道："说吧，要我帮什么忙？"

　　"云大人说你过目不忘，那你誊写过的东西，都能记得住吗？"

　　陆清然摸了摸鼻子，谦虚道："十有八九吧？"

　　宋佳音替陆清然铺好纸张，拿着镇纸压住边缘："我想让你默一遍，'谢观年'的那封罪己书。"

第十一章 人是我非

（一）

陆清然的笔几乎没有停顿地默完了那封信。

他字体严正，确实有几分景钰的字形。景钰字好，当初沈惊羽嘲笑宋佳音写字毫无天赋时，还拿过景钰的字帖回来让她照着练习。

如今这有四五分景钰模样的字写出了沈惊羽的绝笔信，命运的无情之手不经意间拨弄棋子，注定会相遇的人，总会以各种各样的方式重逢。

宋佳音捏着信的手指紧了紧，对着陆清然绽开一个轻松的笑容："成了，多谢你了。等我确定了这证据没问题，就回来找你，我们到时一同去见云大人。"

宋佳音的性格素来都是"有好大家分"，陆清然也不怀疑，挥挥手，随意道："举手之劳，谢什么。"

宋佳音别过陆清然走出门去，外面仍旧一片刺目的白。

云琰今日不上衙，她走进他办公的独间，才展开那封信。

目光顺着信往下扫，宋佳音想起暗格里留下的那几个数字，第一个数字是"二"。

她提笔蘸墨，在一张空白的纸上写下信的第二个字，是一个"京"字。

"三……""京"之后的第三个字，是"都"。

"一……"对应着的是"暗"。

"二。"指的是信上的"探"字。

宋佳音按照"二、三、一、二"这个顺序,把信从头翻到尾,最后连成了一句话。

——京都暗探犹在,巡防内有乾坤。

"京都暗探犹在,巡防内有乾坤。"

云家书房内,郑槐章念出了云琰照着那封信写下的几个字。

郑槐章琢磨道:"京都暗探,巡防营,说的是宋泽北吧?"

话一出口,郑槐章倒吸了口凉气:"沈惊羽……是猜的还是真的发现了什么啊?要是真的发现了什么,这人可真是厉害。就连我们,也是在木清霜案时才发觉宋泽北有问题的,之后为了不打草惊蛇,宋泽北是秘密处决的,无人知晓,沈惊羽居然凭着一己之力摸透此事。"

云琰将狼毫搁在笔洗中,墨滴进水中,瞬间将一洼清水搅浑。

他敛着眉眼,目光盯着那一行字,神色倒是格外平静。

郑槐章顺着他的目光看过去,问道:"指挥使认识沈惊羽吗?"

"大霖文臣武将往来得极少,我与他并无深交。纵是这样,我也听说过沈惊羽之名。在行军打仗一事上,他是不世出的天才,我曾听……"云琰的声音顿了一下,才继续道,"听人说过,沈惊羽之能,甚至在其父沈元之上。"

若不是那场意外,沈惊羽也将追寻其父的脚步,名垂史册,万古流芳。

而不是像现在,真正的尸骨顶着崔晏的名字,被当成杀人罪魁,化成灰烬,散于风雪中。

这原本不该是沈惊羽的结局。

"沙场行军,靠的不只是战力,还有脑力。战局势态,排兵布阵,这些都要在瞬息之间由主将做决定。沈惊羽年少成名,是个绝顶的聪明人,他的身体是在刀山火海里打过滚的,心态意志非常人能及。"

郑槐章唏嘘之余,也听出了云琰话语间的其他意思:"指挥使认为,沈惊羽炮制五行杀人之事,是伪装的?"

"我不知道。"云琰沉声道,"我相信,连沈惊羽自己都不知道。

"心态意志再坚定的人,也有软肋。有一天所有的一切都坍塌,信仰灰

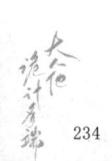

飞烟灭，再结实的弦也会被那一把银枪给斩断。"

云琰似是想到什么，眼底陡然蹿起一片猩红，手指不自觉地蜷缩着，带着微微的颤抖。

"他被深深的痛苦折磨，又因着谢观年的关系不能死，那他就会选择和原来完全相反的方法去活。不能走在阳光下，那就藏在黑暗里。

"只是人如大树，根已经长了十几年，他偶尔还是想做那么一刻拿着银枪的沈惊羽。

"满心赤忱，亲朋俱在。"

云琰闭上眼，眉深深地皱在一起，像是也体验着无比的痛苦。半晌，眉才慢慢地舒展开，他随之睁开了眼。

"沈惊羽一案，还有三个问题。第一，他是如何从沙场边境到达岭南谢观年处；第二，他死时的火药从何而来。"

"多年前，'沈惊羽'的尸体是军中众人亲眼所见的，能用其他的尸体改头换面成他的模样，且在边境能将沈惊羽悄无声息地运走的，绝不是一般人。至于火药，属下会命人去查。"郑槐章问，"指挥使说的第三个问题是什么？"

"沈惊羽开始谋划杀人的时间是什么时候？"

这个郑槐章记得很清楚，回复："在宋佳音启程送木清霜的骨灰回济城的第二天。"

"那时案子已经了结，木清霜等人以毒香杀人的真相大白于天下。沈惊羽成为谢观年已经数年，偏偏在这个时间点开始行动。"

郑槐章有个猜测："难道是毒香案让沈惊羽发现了什么？"

云琰答："沈惊羽和宋佳音讲的过去中，反复提及沈元当时杀他时，他闻到一股香气，一开始他以为是死前的幻觉。而在木清霜的案子里，那毒香，可操控人心。"

"对沈惊羽而言，仅这一处破绽，便足以让他怀疑当年之事。

"可他没有眉目，他需要投石问路，将石头抛出去，将人引过来。"

郑槐章的思绪在脑中一过，一个名字脱口而出："李云封！"

云琰说："如果第一个死的就是和沈家相关的李云封，那目的性太强，所以沈惊羽先杀的是罗小郎，第二个，才是李云封。在李云封死后，沈惊羽

235

的形象就变成了'因其父杀他而丧心病狂,从而杀掉一个个和自己很像的、同样被抛弃的可怜人'。他连对与沈家有关的李云封都下手,也证明他对沈家恨之入骨,并未怀疑毒香和当年事的关联。'那人'上钩出现,找上沈惊羽,可以提供一些方便,但最终并没有露出自己的身份。

"这个方便,应该就是指的火药,用以成就'五行杀人'之中的'火'。"

沈惊羽的神志早就被拉扯得扭曲,他的所作所为是设局掩盖、进而引出幕后真凶,还是他真的认为杀掉那些和自己经历类似的人,是对他们的解脱?没人能分得清,包括他自己。

又或许两者皆有,他是刽子手,也是寻路人。

他从黑暗之中伸出手,偏执地想得到一个答案。

郑槐章听得压抑,深吸了口气,又问:"'那人'留着沈惊羽,究竟是为了什么?"

"自然是要利用他沈家人的身份作乱。"云琰眯了眯眼看着外面渐渐升高的太阳,沉声说,"就像杀张五母子,炮制鳌山案一样。

"沈惊羽在长安城多年,对方却一直没有动作,是在等一个用他这枚棋子最好的时机。沈惊羽先一步出手,引起'那人'的注意,'那人'试探并确认沈惊羽并未怀疑当年事之后,二人开始有所往来。后来沈惊羽发现了宋佳音的身份,他知道自己的身份在'那人'眼里是透明的,一旦宋佳音牵扯其中,被人发现是迟早的事。

"宋佳音是沈惊羽还在世的唯一一个亲人。"

所以他放弃了所有,也断了宋佳音再找真相的念想。

他将归婉交给了宋佳音,将线索留给了云琰。

云琰明白他的意思。若云琰能查到什么,自会护着宋佳音,如果不能,宋佳音也能好好地活在这世上。

最终,他拿起了银枪,做回了沈惊羽,将性命偿还给那些无辜枉死在他手里的人。

只是他没想到的是,宋佳音会自己查到暗格的隐秘。

立春伊始,白日已见暖,但太阳下去之后,周遭骤然变冷。

常余安在京兆府十几年，一直负责整理卷宗文书。这个职位并不起眼，但京兆府乃是重要部门，许多人都盯着京兆府中的职位。他为人老实，不懂变通，那点儿俸禄又都拿来给病弱的妻子医病，实在是无力在官场上游走。幸而前京兆尹郑大人体谅他，他才能安安稳稳地留在衙门。

之后的谢大人也好，如今的景大人也好，不论其他，光看行事作风，都是有能力的好官，常余安内心感怀，加倍努力，不管多重的活都从不叫苦叫累。

就是这样的常余安，最近面对成沓排队的案件，也实在是有些吃不消了。

这一日，见到巡防营那边又派人过来移交刚发生的案件和犯人时，常余安的太阳穴一跳一跳的，瞬间头晕目眩。

常余安身体如煮过头的面条软软地往下滑，横着伸过来一只手托了他一把。

常余安定了定神，拱手一礼："多谢景大人。"

景钰瞧了一眼常余安发青的眼下，道："今日你早些回去休息吧！"

"这怎么行？"常余安道，"衙门事多，下官还是留下。"

"无碍的，今晚本官替你。"

常余安仍然坚持："这些日子大人经常来帮下官，已经很是体恤。这是下官分内之事，怎可继续劳烦大人。"

常余安固执起来很是让人头疼，景钰又道："入夜天气冷得厉害，病易反复，你早些回去，尊夫人也能放心。"

提起爱妻，常余安内心松动，再三推辞不过之后，才听景钰之言先回去休息。

景钰接了常余安的班，在常余安办公之处继续抄写。

明室的光逐渐暗下去，有官吏将油灯点燃，特意多放了一盏在景钰的案头上。

写了两页之后，有人来报，说大理寺来了人要找常余安大人，说是之前的一卷卷宗有些问题想讨教。

之前往大理寺送的卷宗正是景钰替常余安写的，出了问题，景钰自是不会推卸。他的笔尖未停，将那一个字写完，才道："把人带到这里来。"

不过一会儿工夫，门外就响起了脚步声，大理寺的人被引着走了进来。

景钰抬眸，对上一双微弯的眼，他如遭雷击，怔怔失语。

宋佳音脊背微弯，恭敬道："下官大理寺捕快宋佳音，见过景大人。"

景钰失神地望着她，许久也没有说话。宋佳音唤了一声："景大人？"

"啊……"景钰蹙了蹙眉，似是反应过来什么，站了起来，又觉不对，便又坐了下去，一番混乱之后才总算找到自己该说的话，问她，"是你说卷宗有问题是吗？哪一处？"

宋佳音手里拎着一个瞧着颇有分量的匣子，见景钰探究的目光看过去，解释道："下官从小就手脚笨，经常被家里人笑。下官怕带着卷宗出来弄坏了，就想了这么个笨办法。"

景钰的神情恍惚了一下，面上勾起一个浅淡的笑。

宋佳音提着匣子举起来，手腕却突然似使不上力，手一下松开，匣子"砰"地砸在案头。她呼痛了一声，捂着自己的手腕，脸因疼痛而涨得通红。

景钰几乎是瞬间就弹了起来，走到她的身边满目紧张："怎么了？可是哪里伤到了？是那夜……"

景钰的话陡然停住。

宋佳音抬起脸，目光澄明地望着他。

她的面色逐渐被一种难以言说的情绪笼罩，似惊喜，似伤怀。她就这么静静地看着他，眼底慢慢地蕴出了水光一片。

景钰张了张嘴，喉咙里却说不出一个字来。

他错开脸，匣子的盖子已经被震落，他伸手拿起盖子，盖在里面空空如也的匣子上。

再开口，他已恢复如常："此案事关重大，宋捕快，跟本官出去谈吧！"

（二）

永济坊里，许久没有主人归家的一处院落响起一阵敲门声。

门房开了门，一见门外之人，面露喜色："三爷过来了。"

景钰颔首，侧身让了让，自他身后钻出来一位穿着捕快官服的姑娘。门房只看了一眼便收了视线，没敢多言。

"我有事要谈,把好门。"

门房哈腰应道:"小的明白。"

景钰领着宋佳音进了书房。这院子不大,在永济坊里并不显眼,宋佳音猜测这应该是景钰的私产。

果然,关上了书房的门,景钰便道:"这是我私下置的院子,用的是友人之名,没有人知道这是我的地方,你且安心。"

门被敲响,丫鬟送来热茶,景钰去门口接了过来。

宋佳音的视线在书房里睃着,最终停留在南墙上挂着的一幅《巫山寒雪图》上。

画的笔触粗糙却磅礴,旁边的题字笔锋缥缈豪迈,相得益彰。

是沈惊羽作的画,景钰题的字。

他们两个在那一年雪最大的时候,背着家里人登山。景钰体力不支差点儿倒下,是沈惊羽一路背着他上的山。

为了和沈惊羽的画匹配,景钰还特意改了字形。

"天冷,喝些热茶吧!"

宋佳音转过身,景钰已经倒好了一杯。

茶味很淡,杯子里面漂着几簇花瓣。宋佳音端着茶,轻笑了一声:"原来景三哥哥还记得。"

沈家明月不爱喝苦茶,茶中能喝的只有花茶。

这个称呼时隔多年,再次被人叫了出来。

失而复得的狂喜陡然击中了景钰,原来是她。

原来真的是她。

他一时间茫茫然得天旋地转,浑身似被抽干了力气,手撑在圆桌的边缘,立时跌坐在了椅子上。

宋佳音一口一口地喝着茶,温热的茶暖了她一路走来的冰冷。

看过沈惊羽留的那一行字之后,宋佳音想了很久。

她用之前云琰教她的那般,铺开一张素纸,将案中人一个个写上去。

虽说那夜谢宅的两个巡防营的探子说是为了抓偷盗犯人才奉命盯梢,可在墙下埋网,分明是猜测到钻进谢宅的人轻功了得会翻墙而出。

所以对方知道，她一定会来。

这么笃定，只有一种可能，是那人不仅知道谢观年就是沈惊羽，还知道她就是沈明月。

不管是谁授意，巡防营的人都撇不开关系。不论是出于想尽快查清事情始末，还是不想让景钰蒙在鼓里，宋佳音都要来找景钰。

这个世上还记得沈惊羽的，除了她，只有景钰。

景钰目光颓然空洞，直直地望着挂在南墙上的那一幅画。

宋佳音坐在景钰的对面，轻声说："阿兄留了一句话给我。"

听到这一句，景钰总算是有了反应。他慢慢地转过头，望向宋佳音，一开口，声音艰涩得不像话："他说了什么？"

"京都至今仍有南巫国的细作，巡防营中有人与南巫人勾结，居心不轨。"

景钰本以为是昔年沈惊羽在出征之前给她留的信，可宋佳音这句话里格外显眼的两个字如一枚石子砸入心湖，他的眼神中乍起波澜："至今？"

宋佳音抿了抿唇，轻声说："那场大战里，阿兄没有真的死……"

"什么？"景钰立时站了起来，因巨大的惊愕，脸颊上的肌肉都在震颤，抓着宋佳音肩膀的手剧烈地颤动，声音也走了调，"你是说真的？他在哪儿？红豆，你告诉我，他在哪儿？他在京都吗？"

宋佳音本打定了主意，看见景钰这样，突然间不知道该如何开口。

多年前亲手立下衣冠冢的挚友失而复得，之后再又失去，她刚刚体味过一遍的苦，如今还要景钰也来尝上一遍。

见宋佳音缄默，景钰的手指突地一跳，从她身上移开。

他似已料到什么，背过身去，背影萧索万分，肩膀微微颤动。半晌，他才重新开口，似带着哭音的瓮声："红豆，你知道什么，都告诉我。"

玉兔向西走，转眼已是下半夜。

"空弦最是机敏，他定是发现了什么，不然不会平白无故地留下这样一句话。"

空弦，是沈惊羽的字。

"闻道名城得真将，故应惊羽落空弦。"

沈元期盼自己这个儿子成为名将的心，一直未曾改。

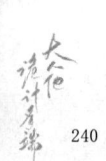

景钰在得知沈惊羽死而复生之后再赴死的消息后，心境逐渐纷乱。

待至宋佳音说起最近发生的种种事端，他才又勉力冷静下来。他明白，宋佳音坦露身份来找他，告知他种种，不是为了让他沉溺悲戚。

景钰又坐下来，越过小几看向宋佳音："我能做些什么，你只管说。我会拼尽全力，为了空弦……"

……也为了你。

他话留半句，宋佳音没听出来弦外之音，只道："事态已至如今，敌在暗，我在明。一旦打草惊蛇，我就会跳进对方的陷阱里。"

宋佳音继续说："我想知道当年事情的更多细节。景相当初人也在战场，又与二叔是生死之交。我如今无法出面，就只好来找三哥哥。"

这一番话让景钰侧目，从不谙世事的小姑娘，长成如今一般独当一面的模样，是要经历过多少刀剑舔血的困苦。

景钰不敢多想。他敛目应下："我会尽快找个合适的时候和父亲深谈，你放心，我有分寸。"

宋佳音起身，身形挺直，拱手，深深一揖。

"如此，多谢景三哥了。"

已过了宵禁时辰，宋佳音离开永济坊之后便施展轻功，躲着巡逻的巡防营甲士，绕了几个圈回到家中。

一踏进院门，她就瞧见小桥立在门口，满面焦急地用脚画着圈。

见到宋佳音回来，小桥才长舒一口气。

宋佳音见小桥浑身僵着，脸和耳朵尖都冻得通红，想来应该是站了许久了。她歉意道："衙门有事要我出去办，一时没得及告诉你一声我今夜要晚归。怎么站外面等，这天还冷着，冻出病可糟了。"

这些时日两个人熟了，宋佳音顺势在小桥脸上拧了一把，笑嘻嘻道："别皱着脸了，下回我一定提前告诉你。"

小桥摇摇头，继而道："姑娘，世子来了。"

宋佳音面色一僵："什么？"

"下衙时辰之后就来了。"

宋佳音一颗心颤了颤，越过她，手指向屋子："现在还在？"

小桥斟酌着说："是。奴婢瞧着，面色不是很好看。"

宋佳音就更忐忑了。云琰瞒着她，是不想她去冒险。她今夜去找景钰，还和他说了那么多，让他去试探景奂，若是让云琰知道，必定会不高兴。

她脑中万千思绪飞速旋转，还没等想好说辞，里面就传来一声磁沉的声音："还不进来？"

小桥给了宋佳音一个"保重"的眼神。瞧着这样子，宋佳音就知道，"面色不是很好看"说得非常保守。宋佳音深吸一口冷气，认命地迈着步子走了进去。

屋内昏暗，只案头点了一盏灯，一室安静得连心跳声都听得见。

云琰坐在灯下几步远的地方，那光忽明忽暗不甚真切，宋佳音只能依稀看清他的轮廓，辨别不出他的神情。但宋佳音能确定的是，他自她踏进屋子就一直不错眼地打量着她。

云琰不说话时，压迫感更重，宋佳音心下惴惴。

云琰今日没有去大理寺，自然也不会知晓她和陆清然打听了什么。京兆府如今和大理寺又因案子走动频繁，她借由大理寺的名目去京兆府也是正常。

之后，她跟景钰出去是背着人，做得很隐秘，云琰应该也不会知道。

本来这短短一路上宋佳音已经想好说辞，就说自己想阿兄，出城去庄子上祭拜误了时辰，才这么晚回来。云琰瞒着她，本就心有愧疚，料想也不会再追问什么。

宋佳音打定了主意，开口："我……"

"你晚上用饭了吗？"云琰这一句话出乎宋佳音的意料，她怔了怔。

云琰站起来，指尖蹭了一下她的手背，说："这么冷。"

云琰拉着她到里间，炭火在盆中"噼啪"响了一下，他自身后环住她，将她的双手展开，放在火边暖着。

他胸膛鼓动，声音落在她的发顶："我叫小桥准备了些吃食，等会儿你用些再睡。夜已经这么晚了，我准你明日下午再去大理寺。"

十指连心，她的心跟着变得暖融融的。

他什么也没问，只是说了几句关心的话，宋佳音整个人就像被按进湍急

的水中，鼻腔胸前都是积水，将那一路辗转想好的说辞一压再压，最后再也说不出口。

火光在眼前虚跳了一下，宋佳音轻声说："我听见你和郑大人说的话了，有关阿兄的。"

云琰的目光落到艳红的火焰中，手指摩挲着她的手背，没有言声。

宋佳音突然从他怀里转了个身，正面朝向他。

"我之前怕拖累你，你现在怕护不了我，我们之间绕来绕去的也是很累，所以我想今夜把话都说清楚。"她迎着他垂下的目光，咬字清晰，没有遮挡，"我一直对你心存感激，如果不是遇到你，无凭无证的，沈家案不可能会有人去查，我最终可能也会落得和木清霜同样的下场。你不想让我变成那样，你想护着我，所以你瞒着我，我都明白。可是云琰，我是沈家人，我身上流着的是沈家的血。我不想，也不能只站在你们身后。"

"还有……"宋佳音的脸颊泛着红，说不清是羞的，还是被火烤的。

她刚才铿锵的字音软下去："就算我再不会有沈家人的身份，我只是宋佳音，那我也想做能匹配上你的姑娘。"

她全家蒙难，落魄至此。他却是手握生杀，清贵无极。

除了他一直欣赏的办差的一身孤勇，她仿佛也没什么可以拿得出手的了。

宋佳音并不是个自怨自艾的人，可在感情里，也难免小女儿心思泛滥，生出些拧巴自怜、患得患失的情绪来。

云琰安静地听到这儿，神情才有了变化。他抬手，掐了掐她的脸颊，用了些劲儿想教她记住，语气也严厉："什么配上配不上的，再说这话，看我怎么收拾你。"

眼见着宋佳音吃痛变了脸色，他的手又顺着轻揉了揉，想到什么失笑道："我本来以为今夜你会找借口唬我，没想到你会坦诚至此。"

他面庞下压，灼热的鼻息缠绕着她，声音也压下去，若有似无地透着一股蛊惑："就这么喜欢我？"

宋佳音的脸更红了，却从鼻尖溢出一声坦诚的"嗯"。

坦诚得让他觉得自己再瞒着她都是罪过了。

本来他还以为，这一晚他们会各怀心思地分开，没想到她会转个身直接将她的心里话说出来。不躲不避,眼睛比火光还明亮。他喜欢的,一直就是她身上这股生机勃勃的劲头。

这一点,宋佳音自始至终都没有变。

宋佳音的肚子不合时宜地响了响,云琰笑意更深,唤了小桥将准备的夜宵端进来。宋佳音下衙之后就没有吃东西,这会儿饿劲儿上来,狼吞虎咽地就着酱菜用了两碗粥。

云琰一直没再说什么,见她撂了筷子,才冷不丁地开口:"见过景钰了?"

宋佳音只说自己听到他和郑槐章说话,还没提景钰的事。倒没料到他消息这么快,有些心虚地咳了两声。

云琰倒了杯茶给她压一压。宋佳音拿在手里,想了想说:"其实我一直有个念头,大理寺是讲究证据的地方,我没什么依据,说出来有栽赃之嫌。"

"什么念头?"

宋佳音答:"如果是南巫人下的手,为何不控制二叔造成大霖军队更大的伤亡,而单单让虎贲前锋营尽数剿灭?我想幕后人的目的只是要沈家倒台。之后南巫国大败,也佐证了这一点。虎贲前锋营不光待遇优渥,且营中将士的家眷都受沈家照拂。想买通卫邱,不只是靠利、靠银子就可以做得到,那人必定十分了解他。

"如果二叔没有通敌,那案发当日出现的南巫人又是谁?我想,是有人伪装成南巫人的样子,丢下南巫人的兵器和盔甲之后便离去,这也就是为何当日激战中一具南巫人的尸体都没有的原因。

"而且虎贲前锋营一向忠君爱国,即使二叔振臂一呼,也不会有那么多人响应与其一起谋反才是。我怀疑,被买通的不止卫邱一人。能在当时边境买到南巫国的药,又能策反虎贲前锋营那么多人,符合这三个条件的,我只能想到一人。"

宋佳音说着望向他,缓缓吐出两个字:"景奂。

"二叔的事情出了之后,景奂接手了军中事,力挽狂澜击退了南巫军队,从此扬名。从结果上看,事发后他是获利最多的人。阿兄留下线索那日,我偷听你和郑大人的话,也以为他说的是身在巡防营却投靠了南巫的宋泽北。但我去谢府那夜查找线索时,发觉巡防营统领左两全早知道我是谁。那夜和我一起在谢家的明明还有景钰,可左两全却对景钰的存在只字未提,很有保护意味,我想左两全已经投靠了景奂。如果阿兄所说的巡防营有问题的人是左两全……那一切好像都说得通了。"

宋佳音叹了一口气:"我怕凶手还会以沈家的名义行凶,心里着急。最快的办法,就是和沈惊羽当时一样,投石问路了。"

能做到这一点,还不让景奂起疑心的,只有景钰。怀念挚友,继而提起过去之事,也是顺理成章。

若是景奂与沈家事有关,景钰这么问,他必然会猜测景钰或许知道些什么,就会有所行动。

只要有一点儿眉目就好,沈家案就会有查探的方向。

就算不是,也能排除掉一个错误的可能。

云琰目露赞赏,嘴角却满含深意地一勾:"所以你去见景钰,就是为了说这个。"

宋佳音愣了一愣:"不然呢?"

云琰目光幽幽:"当年景钰有意向沈家求娶,若不是中途出了事,如今你们该当是琴瑟和鸣的一对佳偶了。"

他本来无意,可最后想到二人也算是青梅竹马,早有缘分,脑海中不由得浮现二人并肩而立的画面,四肢百骸就像是灌了醋,越说越酸,最后冷哼一声,颇有些阴阳怪气之感。

宋佳音"扑哧"笑出了声,吃醋的云大人可真可爱啊!

宋佳音这样想着,往他那儿靠了靠:"我只把他当哥哥,和阿兄一样,并没有什么男女之情。我的男女之情,可都留给大人了。"

她这表达爱意的话直白,似夏日最盛的太阳,晃得云琰的眼睛渗出光。

这么大好的时机在前,宋佳音明知故问地要着之前那个问题的答案:"所以大人,我们这算是在一起了吗?"

晨光熹微,晦暗的一夜似等到了曙光。

她看着面前的男人眉眼平和,犹带春意,嘴上却还在负隅顽抗。

"看在你这般喜欢我的份上,那便如你所愿吧。"

(三)

每年立春的第二天,三清观都会被包下来做一场法事。

马车停在道观门前,景钰撩开车帘下车,香烛的气味自半山腰便能闻得到,眼下便更加冲鼻。

他回身探出手臂,扶着景奂下了车。景奂走路的步子有些缓慢,细看之下右腿微微有些跛。

今年的第一场雨来得突然,显得很不合时宜。景奂身上伤多,每逢阴天下雨便会浑身疼,右膝盖的地方更是钻心地麻痒,本来景钰劝他今日不要过来,可景奂却很坚持。

"一年一次,怎么着我也要过来,今年你也来吧!"

景钰一路扶着景奂进了观内,在大殿内敬香之后,小道童引着景家父子从后角门去了内院。

一间寮房外,玄德道长行了个道门的礼,恭敬道:"一切都已经准备妥当,相爷请吧!"

景奂客气地还礼:"有劳道长。"

玄德道长推开门,做了个"请"的手势,便招着留守的徒弟出了院。

寮房内立着一个长生牌位,上面只简单写了两个字"沈家",牌位前面立着一个香炉,并各式供果。

景奂亲自取了三支香点燃,弓着腰身,将香抵在额角,虔诚地拜了三拜,复又直起腰。景钰上前,想像方才在大殿内一般替他去插香,景奂却摇摇头,缓缓地拖着步子,一步一步地走上前,亲自将香插进香炉中。

景钰站在景奂的身后,之前和宋佳音的话在脑子里盘旋,他等待着一个适合说出口的时机。

景奂的脊背有些佝偻,立着久了身形也有些晃动,他手撑在案头,转过身,目光有些悲戚地看向远方:"当年战场凶险,九死一生,若不是沈兄救我一命,背我爬出死人坑,我这条命早就不在了。纵然是他做错了事,可救命之恩,我也永远不能忘。只是可惜,我能做的有限,也就只有立这个长生牌位,每年在三清观开坛时拜上一拜,烧些东西,让他们在那边的日子好过一些。"

沈家谋逆,按例连收殓尸骨都不行,更别说是祭奠。

景奂十年如一日，做到如此，也是不易。

景钰上前扶住他，涩然道："许是空弦生辰将至的缘故，近日儿子总做梦，梦到他还活着。"

景奂拍了拍景钰的肩膀，长叹一声："惊羽那孩子若是能活到现在，也会是军中中流砥柱，可惜了。这么好的孩子，最后竟然被他父亲亲手杀了……"

景钰抿了抿唇，道："父亲，我总在想此事是否有蹊跷。虎毒尚不食子，空弦可是他唯一的儿子……"

景奂苍老的眼皮抬了抬，端详了景钰良久，才问他："三郎，你说，人活一世，为的是什么？"

没用景钰回答，景奂自顾自地说："曾经我觉得是为保家卫国，可人没上过战场不会知道，在沙场鏖战，濒死的一瞬间，你脑子里想的不是国，不是家，而是遗憾。遗憾若是能挺过这一战，就能凭着战功升上一节，就能带着赏银回家里贴补家用，就能荣耀加身，让全家人脱离贫苦交加的境地。就偏偏是这一战，我怎么就挺不过去呢？

"那一刻，你什么声音都听不到，耳边只剩'嗡嗡'声，胸腔里那颗心跳得快要蹦出来。等到许久之后，你才缓过一口气，发现自己活了下来。

"将军百战死啊……能从一次一次的死亡中活下来的，一个营帐里都不一定有一个。我经历这一次一次的濒死关头，每一次我都尽全力地去熬，之后一路熬到了百夫长、千夫长、前锋将军、副将军……我浑身是伤，流血流汗，我比军中的任何一个人都要拼，我这一身的伤比旁人多太多，可我只能永远屈居人下。"

景钰本来因景奂说起沙场事蓬勃而动的血突然转凉，他怔怔地看过去。景奂已经脱离开他的手臂，倏地转身，看向沈家的长生牌位。

景奂咬着牙关，神情陡然间变得狰狞。

那是一种嫉妒，或者说是不甘。因为沈元善良大度，善待下属，整个军中都以他马首是瞻，从没有人想过取他而代之。沈元对所有人都好，对他亦是，可沈元越这样，就衬托得他永远像在烂泥里挣扎。

若他和沈元一样，也有那样好的出身，他也愿意分一些善心给不相干的别人。

沈元在军中一呼百应,他的兄长沈岸在朝中呼风唤雨。

沈家光环在上,他永远都只能跟随。

"凭什么呢?就凭他是沈家人?就可以永远地站在我之上?可每一次打头阵为大霖冲锋陷阵的人是我,他只用安稳地坐镇营中,十次有八次都不用浴血奋战,可到头来算功时,头功永远都是他的。"

景奂永远也忘不了,在与南巫那场大战的两年前,彼时戎狄作乱,他照旧跟着沈元一道率军抵御外敌。

就是在那场仗里,他所驻守的城池被敌方包围,他亲自上城墙与敌军厮杀,受了重伤。敌方被杀退之后行困兽之举,就等着他们活活饿死,或是经受不住出来投降。城中饿殍遍野,之后甚至易子而食,他心生殉城之志时,沈元终于带着援军出现,将一城人救了下来。

事后,沈元和他说:"你抵御戎狄有功,回京后我会奏请圣上嘉奖。你安心养伤,之后就交给我吧!"

之后,沈元率军一路北驰,将戎狄主力近乎歼灭。大捷当天,景奂身在屋中,也能听到外面的百姓齐声高喊着"战神"之名,山地都为之摇动。

沈元出现之后,他们都忘了,是他,拼尽了一身的血肉,才保住了这一座城池。

从那时起,他就不想再轻易言死。

他要活着,一步一步地往上爬。

"沈元故意拖至最后才来,军中的将士却都将他奉若救命天神。这次是我命大,可下次呢?下次我还会有这个命活着吗?

"只要沈元活着,我就永远在他之下,听他号令,我就永远保不住我自己的命。我有什么错?我没错。"

景钰脚步踉跄着往后退,面色青白:"是你……"

景奂转身,眼神阴鸷,面上却笑着。他缓缓地探出手,摸着这个他寄予厚望的儿子的脸:"是我,在沈元死之后击退南巫。也是我,在长安城动乱时护卫皇城。三郎,你记住,不管是史书,还是卷宗,都是由成功者来书写的。"

景钰脊背的汗毛倒竖,往后挣扎着躲开他的触碰,抖着唇道:"是你指使卫邛的!"

"你竟然也知道卫邙。"景奂怪异地笑了两声,突地道,"是沈家那姑娘告诉你的?"

景钰大骇,猛地抬眼,眼珠因紧张而凝住。

"已经消失了这么多年,她竟然还能让你念念不忘,做出这等试探亲生父亲的混账事。不光如此,就连云琰那等冷情冷性的人,都对她格外偏爱,倒真是个有本事的姑娘。他们沈家人,个个都这么擅长收拢人心。就连齐韶,本来是我的人,却最终也为了保住沈家那姑娘而选择跳崖。"

景奂的视线落在已经牙齿打战的景钰身上,景钰像是在看一个怪物一般看着他。

景奂冷冷一嗤:"若不是为父相助,那个沈家姑娘早就死了。我知道你心里有她,为父也不忍心要了她好不容易才留下来的命。只要你按我说的做,我可以保她一条命。"

景钰勉力撑着,不让自己的身体垮下去,出口的声音颤得不停:"你、你想要干什么?"

景奂自宽袖中取出一个黑色瓷瓶:"这个药,会使人嗅觉失灵,人也会虚弱下去,缠绵榻上,不过一个月便会恢复。"

景奂将瓷瓶塞到景钰已经发僵的掌心里。

"两日之内想办法让她吃下去,之后为父自会给她安一个新的身份,成全你们。若你不做,我会立时杀了她。

"怎么选,就看你自己了。"

(四)

翌日晨起,宋佳音按时上衙,刚进衙门,就迎头撞上打着哈欠出来的袁威。大理寺有值夜的规矩,昨夜是袁威留守。

袁威邀请道:"我要去吃早饭,老大一起吗?"

宋佳音道:"不了,我吃完了。"

"哦。"袁威错开身,之后又退了一步,欲言又止,"老大……你知道归婉去了哪儿吗?她辞官不干之后,我去她舅舅家寻过人,她舅舅家说她并不在那儿,我有些担心。"

袁威眼中的关切是瞒不了人的，只是天机司的事，她没有办法说实话。

她摇了摇头，道："我也不知道她如今在哪儿，只是她临走时给我带了个口信，说因城郊起火吓到了，所以要去个山清水秀的地方好好休养。眼下，应该不在京都了吧！"

袁威面上有些失望，但也松了一口气："如此，也好……知道她现下人好着就好。"

二人别过，宋佳音琢磨着下衙之后去和云琰谈谈，见归婉一面。若是他不答应……那就缠着他答应！

反正他们已经说开，连这点儿小事都不答应，她还喜欢他做什么。

宋佳音坚定着心思，颇有些恃宠而骄的意味。

这日早朝，照旧有御史弹劾天机司。除此，还有人提及大理寺过失。言鳌山案至今已过半月，案情却毫无进展。大理寺如今掌刑狱，却不能破案，实难服众。

"大理寺一部实难成事，如今事态紧急，臣恳求圣上，恢复三法司规制，着令三个衙门共同审理。"

圣上并未当堂给予明确说法，只说容后再议。杜御史的脸憋得通红，梗着脖子不肯起来。

"还请圣上允臣之谏，亲正臣，远小人，不然我大霖朝堂危矣。"

圣上勃然大怒："朕不听你的便是亡国昏君了？笑话！你爱跪就跪，跪死了拖出去扔乱葬岗喂狗！"

圣上环伺殿宇，威势逼压："朕登基之后，还肯留着你们这些旧日臣子，不是为了顾及自己的名声，而是有爱才之心。若为大霖，为民生，你们怎么吵怎么闹，朕都愿意容忍。若为排除异己，为自己利益，欺上瞒下，倒行逆施，那就别怪朕动雷霆手段。莫说死一个御史，就是在座的诸位今日都死光，明日自会有无数的人等着顶你们的位置。"

新帝继位后素来和善亲人，少有动怒，如此言辞狠辣、字字带血，倒是震慑住了朝堂。

圣上当即下旨，着吏部挑选候补官员，列成名单呈上御览，一旦朝中谁的官职出缺,就立马补上。

散朝之后,众臣瞧着殿中央跪着的御史,又想想一旦自己行为不检或是阻挠改革,身边就会立刻有人将自己挤下去,猛然间想起,当今龙椅上的这位本是冷宫弃妃所出,封地在山匪肆虐的苦寒之地,可以说是毫无根基和倚仗。他能在夺嫡中后来居上,靠的可不是一副好心肠。

众臣打了个寒战,庆幸自己没有多说话。

朝上争论,最终以御史在金殿中跪到晕厥而止。

云琰这日照旧没有上朝,也没有来大理寺,只叫孟随将线索和卷宗整理,随时送到他那儿去。

挨到了下衙时辰,宋佳音瞧着孟随怀里抱着一摞东西,忙几步跑过去,跟到他旁边,随口问:"去见云大人啊?"

孟随点头。

宋佳音仔细看了孟随两眼,他面容紧绷,嘴巴也闭得紧紧的。孟随和陆清然比倒还真算不上是话痨,但他这副不想说话的样子也很少见。

归婉的事情本来就在宋佳音脑子里转,她脱口而出:"归婉出什么事了吗?"

孟随的表情肉眼可见地僵硬起来,宋佳音误打误撞倒是问了个正着。

"她想回大理寺。"孟随长长叹了一口气,又叹一口气,颇为头痛,"大人能准归婉在外面,已经是额外开恩。我实在是不知道该怎么开口,怕万一开了口惹大人生气,直接把她锁起来。可我又不想真的让她一辈子就待在那个小院子里。"

两人跨出大理寺衙门的大门,宋佳音声音压得很低:"你们组织里,有谁娶过妻吗?"

"有倒是有,但身份也是瞒着的。"

宋佳音皱了皱眉,小声叹了一句:"所以就连至亲夫妻,也不能坦诚以待吗?"

两人行了十几步,只见前方巷子口停了一辆马车,四周垂下的绸子是樱粉色,有些眼熟。

孟随道:"这是大小姐的车。"

果不其然,下一秒,车帘里就钻出来一个人,云茵几步跳下来,亲亲热热地环住宋佳音的胳膊:"佳音姐,我等你好久了。"

这一声"佳音姐"叫得宋佳音忙摆摆手道:"云小姐别这么叫我。"

云茵从善如流改了称呼,甜甜地说:"那叫你'嫂子'吧?"

宋佳音的脸一下炸红,讷讷的不知道说些什么好。云茵拉着宋佳音的手说着阿兄怎么怎么重视嫂子,她如何如何喜欢嫂子,以后就是一家人云云。

旁边被无视的孟随咳了一声,无力地丢下一句:"那个,云大人还在等着我,我先走一步了。"

"哎哎……"云茵叫住他,"劳烦孟大人和我阿兄说一声,我借走嫂子陪我回家一趟。"

孟随"啊?"了一声,还没反应过来什么,云茵已经风风火火拽着被那一声声"嫂子"弄得五迷三道的宋佳音上了马车。

孟随僵硬地眨眨眼,马车已经走了。

"糟了!"孟随将那摞书卷夹在腋下,迈步狂奔着朝云琰家里跑去。

云国公府是先帝御赐,占地颇大,整体瞧着古朴宁静,颇有些书画中的江南之感,倒是符合云国公本人的文臣之气。

听宋佳音的感想,云茵道:"这园子是我娘画的图样。"

云茵带着她穿过廊下,旁边的一座花园里种着苍松翠柏,东北角矗立着一座凉亭,上面写着三个字"望雪亭",字体雄浑有力,一看便出自男子手笔。

夫人绘就图样,夫君提笔落字,倒是一对相衬的璧人。

宋佳音听说过云国公夫人早亡、云琰与云国公不睦之事,只不过云琰从未提及过,她也就没问。

宋佳音跟着云茵去了她的书房。云茵明显在去大理寺门口等她前就在这里,书桌上还有没用完的墨和写了一半字的宣纸。

旁边笔架上放着的笔,还是上一次宋佳音送给她的生辰礼。

沈惊羽帮她挑选的那支笔被云琰拿走,后来两个人和好了,云琰将笔还给了宋佳音。云茵案头上的这支,是云琰和宋佳音后来一道选的。

宋佳音多看了两眼，视线在纸上很是眼熟的两个名字上凝住，随即眼睛倏地睁大，看向云茵的表情堪称震惊："《云中记》是你写的？"

云茵对她的反应也很意外："啊？你不知道吗？阿兄没告诉你吗？"

宋佳音道："没有啊，云大人也知道？"

正主正撞上她在胡编乱造，饶是云茵脸皮厚还是有些尴尬。她走到案后，将写了一半的手稿一卷，说："年前吧，有一天他来找我，问我《云中记》是不是我写的。虽然我在写的时候改了一下行笔的习惯，可阿兄那人太厉害了，还是一眼就看出来了。我都没想到他居然会看这种话本子……也不知道他是哪儿弄来的。"

云茵咕哝了一句，抬眼看着宋佳音："我以为你们这么好，他早就跟你说了。"

年前……

宋佳音想，那就是她被逮到天机司时，云琰看到了《云中记》，就来问云茵了。

《云中记》的存在，只会一次又一次提醒云琰被她骗了个彻头彻尾，他会说就奇怪了。

既然作者是云茵，那也就难怪文中的云琰那般真实，且富有人情味儿了。

"你为何要写这个？"宋佳音很是好奇，"你写的时候，我与云大人应该还素不相识才对。"

提到这个，云茵惯来天真无邪的脸上也沾染上一份愁苦，只是一闪即逝。

"我当时年纪尚小，也知道爹爹娘亲是夫妻，亦是知己。可后来娘亲母家殷家获罪锒铛入狱，她恳求父亲在朝中帮着母家说几句话，父亲却秉承着文人胍骨，不肯低头答应，不愿与奸佞同流。之后外公没经得住牢中蹉跎而死，消息传来，娘亲郁结于心，一病不起。

"之后，案件查明，殷家是被人构陷，可娘亲已病入膏肓。

"阿兄因娘亲与外祖父的死与父亲反目，破门离家，父亲也常年在道观修行。这些年阿兄一直自苦，又常年一个人在外，我其实就是单纯地想找一个人陪陪他，让他不要再那么可怜。这《云中记》写的虽然是他，但更像是我给自己的一份心理慰藉。"

云茵的手摩挲着卷起来的纸张,她笑了笑说:"你不知道,当我发现你和阿兄的事之后我有多高兴,就是那种幻梦成真的感觉。"

云琰的过去被云茵一字一句填满勾勒,落在宋佳音的眼前,他的一些选择、他的一些行为,她都有了理解的理由。

云茵走了过来,握住她的手。

"我希望你可以好好陪陪他,不要伤害他。这是我一个做妹妹的私心,还望你不要介意。"

"怎会介意?"宋佳音郑重道,"你放心,我会好好待他的。"

云茵的眼睛笑得直发光,两腮都鼓起来了,她捂着自己的胸口道:"怎么办,虽然话本子是我写的,我是明知道里面内容大多是自己编的,可说这话我还是激动得不行……老天爷,怎么会有这么配的两个人。"

这副样子,宋佳音倒是很熟悉,之前归婉就总这样。

宋佳音强自压下抽动的嘴角,觑着她问:"你带我来这儿,不只是为了说这个吧?"

"唔……"云茵咬了咬下唇,一脸心虚。

宋佳音说:"你想让云大人过来吧?"

云茵"哎呀"了一声:"你们大理寺的人怎么都这么聪明的!"

话音刚落,就有小丫鬟来报,说世子已经到了门口。

云茵将宋佳音按在屋子里,摇晃着她的手臂撒娇求她先别冒头,不然阿兄肯定带着她直接就走了。

宋佳音扛不住这般缠人的云茵,只能点头答应。云茵让小丫鬟上些吃食茶点,自己出门去接云琰了。

"确实是个谁都招架不住的小姑娘,难怪……"

难怪就连圣上那九五至尊的人物,都心甘情愿和她在市井中相会。

宋佳音挑了把椅子坐下,刚伸手捻起一块绿豆酥,门外就响起了几个人纷乱的脚步声,伴随着云茵有些喘的吆喝声:"回都回来了,留下吃个饭再走吧……宋佳音也说要吃饭的,她已经去花厅了,阿兄,你许久没回来走错方向了,花厅在那边……阿兄……"

"砰"的一声,门应声被人推开。

外头天色已有些擦黑,墨蓝的天映出一弯皎洁的月牙。

云琰披星戴月而来,目光捕捉到宋佳音,脚下一步未停,伸手攥住她的胳膊,将她一把拽起来就往外走。

路过门口的云茵时,他一个眼神也没分给她。云茵急了,三步并作两步跳下台阶,差点儿崴到脚。小丫鬟连忙扶住她。眼泪在眼眶里打转,云茵哀哀地叫了一句:"阿兄……"

宋佳音看在眼里,往后拉了拉云琰的手臂。

云琰的下颚线紧绷着,似在忍耐着翻滚的情绪,但到底是住了脚。

他转回身,蹲在云茵面前,手在她的脚踝处捏了捏,复又站起来,面色仍旧紧绷,只是少了几分方才的凌厉:"没伤到骨头。玲珑,一会儿扶你们姑娘去擦些药油。"

叫玲珑的小丫鬟忙应下来。

云茵拽着云琰的衣袖,模样格外可怜:"阿兄,你能不走吗……"

云琰肃着眉眼,语气严厉:"我不喜欢你拿宋佳音做筏子,骗我回来。家里的事,与她无关。"

云茵红着眼,小声说:"我错了阿兄,下次再也不会了。父亲好不容易从道观回来一次,阿兄你既然已经回家了,何不坐下吃顿饭……只要吃顿饭就好……"

她说着掉了两滴泪,垂下脸只给云琰看一个头顶。

这副样子连宋佳音都心疼了,更何况是云琰。宋佳音清晰地感知到云琰握住她手腕的手一个用力,似是挣扎着。最终,他微微叹一口气:"我不想让佳音没准备就贸然见他,下次吧!"

这还是云琰第一次松口,云茵虽仍失望今日不能一家人坐在一起,倒也终于有了个盼头。她忙道:"那就说定了,下次你带着嫂子一起来。"

云琰听到这个称呼挑了挑眉,宋佳音耳根子又开始热了,反手拉着云琰就往外走。

云琰的调侃声在后面追着她:"她嫂子,走这么急做什么?"

宋佳音扭头喊道:"我才不是她嫂子,是她胡乱叫的!"

云琰眼角眉梢的笑意敛起,全然是个冷肃的模样。宋佳音暗自心惊,不知道是不是自己说的话让云琰不高兴了，应该也不至于啊。

定了定神，她才发觉他的视线越过她的肩头，看的并不是她。

宋佳音转过身，只见望雪亭前的松柏间正站着一人，穿着一身青松的袍子，胡子已然花白，脊背却挺得笔直，眉眼间与云琰有三分相似，气质却较云琰更为儒雅。

云潭走了过来，沉着脸与云琰对视。一股浓重的道观里的檀香气飘了过来，宋佳音鼻子动了动，突然间有些想吐。眼前晃过一道鸦青色影子瞬间分了她的神，云琰重新拉起她，越过云潭就走。

云潭喝道："你个逆子，给我站住！"

"逆子！"云潭呛了一口风，不住地咳嗽。

云茵跑来抚着他的脊背，替他顺着气："今日是我不好，骗了阿兄过来，阿兄是跟我生气，不是和父亲。"

云琰眉心一蹙，却是没有回头，越走越快，片刻后便走了出去。

（五）

长街冷夜，雪水化开，又结成了一地冰。

云琰抓着宋佳音的手，一路垂首不言。宋佳音能感觉到他万千情绪的翻滚，却仿佛找不到一个宣泄的出口。

行至一处牌楼下，听见里面人声嘈杂，推杯换盏，好不热闹。宋佳音仰头看着上面，依稀记得之前她来这儿给喝酒的袁威、孟随等人结过账，那时候京兆府和大理寺还是敌对关系，现在一切都变得不一样了。

一个春夏秋冬，已然过去了。

她拉着云琰道："大人，我们去喝酒吧？"

云琰本颓丧的目光里现出几分神采来，唇也勾起来："你要喝酒？"

他语带戏谑，宋佳音也猛然想起之前她差点儿进不去大理寺，喝酒去云琰家闹的事了。她清了清嗓子，一本正经地说："我那次喝多了，今天少喝一点儿不碍事的。"

云琰瞥了她一眼："你最好是。"

有些人，生来就和酒犯冲，宋佳音本来存着哄云琰的心思，让他喝酒之

后说说心里话，可没料到最后醉的还是她。

云琰关个推窗的工夫再坐回来，宋佳音就只会傻笑了。

她一喝酒眼睛就变得格外漂亮，像是静崖下方一潭水，清澈又简单。她的手臂纤细却结实，勾在他背后，控制不住力道地拍了两下，安慰似的。

她大着舌头说："你别怕，我保护你。"

云琰有些想笑。他长到这么大，尤其是在天机司行事之后，就从来不用别人挡在他身前。倒是面前这个小姑娘，每次都站在他面前护着他，从前是假意，现在是真心。

她的模样实在是可爱得紧，红唇一张一合的，还在和他说自己可以一个打八个，管保谁也不能伤害他。不知不觉间，他神志有些松动，目光定在她的唇齿间，那点莹白色在红粉间时不时地探出一点，在光下惑人，看得他头晕目眩。

他喉咙滚了滚，突然觉得有些焦渴，一汪水就在眼前，他俯身向下，含住了那一点红，将她的喋喋不休堵了回去。

这不是两人第一次亲吻，之前在花灯之下，在小巷深处，他有亲过她。

只是那时他虽对她伸出了手，内心却也有不安。万事未定，他们就都在钢索上走。宋佳音又一贯待他小心又提防，谎言和真心混成一团。

那个吻有不甘，有冲动，也有一些恼恨的宣泄。

可如今不一样，他知道她的心意，也确定她会与他同行，不用再去猜测她哪句话是真、哪句是假，他全身心地投入进去，内心柔软一片，只想和她更加亲近，怎么都不够。

酒意醉人，她醉人心。

回过神来，是她在唇瓣厮磨之间溢出了一声痛吟，云琰强忍着松了齿关。宋佳音捂着红得要滴血的嘴往后，躲着他的进攻："你咬疼我了。"

她声音里的娇意是从来没有过的，云琰只觉得浑身的血液都变得滚烫，在体内沸腾着横冲直撞。

他握着她遮脸的手，低声哄着她："是我不好，这次不会疼了。"

宋佳音看着他，神情无辜："真的吗？"

"你何时见过我骗你？"云大人拿出对付人的手段，素来是无往而不利的，他笑得温柔，眼底的光晕惑人心魄，莫说宋佳音喝得醉醺醺，就是清醒着，怕是也抵不过他如此这般。

她头昏脑涨地被他带着走，最后在灯火间被缠得气喘吁吁，手臂都软得攀不住他的肩膀，直往下滑。

云琰心满意足，如玉的指尖摩挲着她发烫的面颊，视线辗转，爱不释手。

宋佳音醉得厉害，离开酒楼时身上披着云琰的披风，遮帽兜头遮住一张脸，被他背着，挑着人少的路，一步一步稳稳地踩在冰面上。

宋佳音的下巴抵在云琰的肩头，双腿被他挽在臂弯里，脚随着走路的动作一晃一晃的。

云琰走出几步，就察觉到有人跟着他。

他偏头往暗处看，是天机司的司吏。这个时候来，怕是有了什么消息。

云琰打了个手势。司吏会意，瞧着这个方向是宋佳音的家，先一步过去等他。

京都局势纷扰，这么一刻轻松时光像是偷来的，还没过去，就已经开始贪念。

宋佳音还在嘀嘀咕咕，从自己小时候和沈惊羽去掏鸟窝，说到埋怨云琰之前晾着她。酒意让她失去了思考的能力，她说起话来没有顾忌，想到哪儿说到哪儿。

今天一天，她脑子里转的都是归婉的事，眼下也就跟着说了："大人，我想归婉了……把她放出来好不好？她本就没做错什么……我答应了阿兄，要好好照顾她的。"

按理来说，本该不应的，可他破例也不止这一次。况且归婉确实无辜，天机司行的是暗处事，倒也不能完全不近人情。日后这一条，也可改一改。

他想了想说："她若愿意，就先让她以天机司暗桩的身份待在大理寺。"

得了他的许诺，宋佳音乐了，脸贴在他耳畔，咕哝了一句："大人真好。"

之后，她困倦得打哈欠，云琰背着她转了一个街角，她又絮叨了一些有的没的，突然环着他脖子的双臂紧了紧。

"云茵很想你回家，想你和你父亲和好吧？不过你肯定不乐意，没关系，不乐意就不要回去，你还有我，我陪着你呢！"

云琰脚步缓下一步,问她:"孝字当头,你不觉得我这么做,很不对吗?"

"你只是失了娘亲难过,你没有做错什么。你是他的儿子,也是你娘亲的儿子呀!我也一样没了娘亲,我那时候哭了不知道多少个晚上,每晚我都会梦到她。如果我当时就知道是蒙冤,只要能救她,不管是什么方法我都会试试的。谁又不是玉帝老爷,能亲眼看见这天下所有人说过什么、做过什么。谁说事实就一定是真的,万一呢……万一就真的能活呢?那为何不去试试呢!"

云琰因她这满口孩子气的话心底酸胀。

只因"为何不去试试呢"这句话,之前种种在他内心转了成百上千回。他无法认同父亲的做法,文人风骨,名节为重,不得毁礼法,不可握屠刀,不能与奸佞同流合污。

若是那时有人能逆流而上,说上一句质疑,哪怕只有万中之一的可能让殷家案细查下去,或许一切会变得不一样。外祖父也不会被磋磨着,丢掉一条性命。

他知道,就算重来一次,父亲依旧会这么做。

云琰破门离家,手握生杀,走上和父亲相反的道路。

人命至重。

就算有微乎其微的可能,不管用什么样的方法,也要将人带出泥沼中。

他当初没能救得了母亲,他不会,也不能让宋佳音成为第二个她。

第十二章 歧路同流

（一）

宋佳音家里，司吏隐在暗处等了许久，终于等到人回来。

云琰将睡熟的宋佳音小心地放到床上，扯了被子掖好被角，才走出去。

天机司的人都知道自家指挥使对宋捕快情根深种，副指挥使还特意叮嘱过他们，适当的时候装瞎子。天机司的人最擅长的就是听话，司吏眼神放空了好一会儿，等着指挥使朝他走过来，才眨了眨泛酸的眼过来回话。

"之前'谢观年'死后指挥使就吩咐查城中的各大炮房，有无与巡防营统领左两全有关联的，属下暗查许久如今有了眉目。左两全有一爱妾姓朱，朱氏堂弟的一个表亲在城中经营一家炮房。有几家百姓买了这家炮房的爆竹，却觉得缺斤少两，燃烧时间甚短，这事报到京兆府，炮房被罚了一笔钱。"

和沈惊羽来往的"那人"可以为他作案提供火药，时任京兆尹的沈惊羽把两件事联到了一起，就留下了那句"巡防内有乾坤"。

"属下盯了几日，都没发现什么异样，程澍也没有在景府和炮房附近发现密道，所以也没法断定那火药是怎么运到城郊庄子上的。"

说话间，云琰的耳边传来一声呻吟，宋佳音醉酒头痛。云琰挥挥手让司吏退去，倒了一杯茶喂给宋佳音。

水凉，下肚之后宋佳音一个激灵。她今日本没喝多少酒，刚睡了会儿酒就醒了大半,再被凉水一激,人霎时清醒了几分。

她小声咕哝着:"我刚才好像听见你说什么火药了。"

云琰笑道:"你耳力倒是好。"

宋佳音很谦虚:"我鼻子好使,耳力很一般。"

云琰的笑意收了些许,将方才司吏所说重复了一遍。

"自鳌山案引出沈家案以来,民间人心惶惶,有传言沈家人回来复仇,还有传得离奇的,说是沈家人厉鬼作祟,操控人心。"云琰起身,用银剪剪烛心,烛光暗了一瞬,继而又在他掌心里变得明亮。

"因我在你入谢家当日现身出手,朝上弹劾天机司权柄过盛,企图让圣上废天机司。之后又因大理寺没能查到凶手,继而想要圣上将三法司改革取消,重回旧制。新旧争夺,自古朝堂都是纷争不断的大事。民心不稳,朝堂纷乱,无论是身在朝中的官员,还是无官职的白身,所有的注意力都在这些事上。"

"还有鳌山案之后,城内就出现了许多偷盗抢劫的小案子……"宋佳音接口,"这些案子虽都不大,但很杂乱,处理起来格外费衙门的事。而且这些案子,都是切实和百姓相关,口口相传之后,长安城内百姓自然人人自危。"

云琰颔首,重新坐到她身边,道:"大霖历朝以来,凡有霍乱事时帝王为安抚民心要前往三清观开坛祭天。钦天监已经算了日子,二月十七上上大吉。陛下素来不信这些,至今还没批复钦天监的折子。"

宋佳音靠坐在床头,双臂抱着膝盖,软声喃喃着:"景奂到底想要做什么呢?"

门口,小桥轻轻叫了一声"世子",云琰扬声:"进来说话。"

小桥推门走进来,见宋佳音醒了才音调正常地回话:"门外有人找宋姑娘,他说自己姓景。之前宋姑娘让他办的事已经办妥,他想来和姑娘当面详谈。"

宋佳音和云琰对视一眼。云琰的眉宇蹙起,鼻尖更溢出一声冷哼,宋佳音抬手捂住他的嘴。

"他应该是来说景奂之事。这不是吃醋的时候,大人听话,先去外头躲一躲。"

强行按住了云琰,宋佳音看向小桥:"叫他进来,再上一壶茶。"

小桥捂着嘴闷笑着退了出去，云琰扯下宋佳音的手，冷着脸走了两步，又不放心地回头看她，目光切切。

"放心吧，景钰不会对我如何的，况且他一点儿功夫也不会，动起手来只有我打他的份。再说，你不就在我身边嘛！"

云琰自动忽略掉其他的话，目含讥诮："你倒是对他放心。"

他转身而去，背影都带着一股负气。

宋佳音倒是很开怀。云琰是个轻易不泄露情绪的人，没想到景钰让他成了一个醋坛子。

可宋佳音并不完全知道云琰心中所想。

庭院幽静，小桥提着灯，引着景钰快步而来。

云琰坐在屋顶，看着景钰进了屋中，长指屈起。

养父母是在宋佳音离开京都之后出现的，所以在宋佳音那段无限美好的幼年记忆里，景钰算得上现下唯一还存在的人。

景钰和宋佳音在那间小小的厅内说话，屋顶的瓦片被移开一片，云琰清楚地看到宋佳音在给景钰倒水，景钰的目光一路追寻着她的身影。

宋佳音只把景钰当兄长，可同是男人，景钰对宋佳音的心思，他可以一眼看穿。

宋佳音那么贪恋那段过去，他很怕……很怕宋佳音也会贪恋这个唯一活在过去的人。

屋内，景钰接过宋佳音手里的水壶，问道："喝酒了？"

宋佳音拍了拍自己的脸："一点点。"

"你喝不得酒，以后别喝了。"水声潺潺，断了一刻之后又续上，不一会儿，他倒了一杯茶递给她。

宋佳音"咦"了一声："你怎么知道？"

"之前有一年，空弦生辰……你拿错了杯子，拿了我的。之后醉得不省人事，浑身发烫，把空弦吓坏了。"景钰想起过去，笑了笑，"我也是被吓得够呛，我们两个背着你跑了许多家医馆，生怕你出什么事。"

提起过去，开怀的事也不免有些伤怀。

宋佳音拿着茶往唇边送,景钰心跳如鼓,情不自禁地伸手去拉她另一只手。

他的动作出乎宋佳音的意料,她抬眸望着他,才发现他面色比平时瞧着要青白,攥着她手腕的指尖颤动着,一副有心事的模样。

"景三哥哥?你怎么了?"

景钰扯出一抹笑,将手松开:"没怎么,只是突然想到空弦,再看你在眼前,总想着确认,你是不是真实存在的。是我思虑过重,失了礼数。"

"没关系,我理解景三哥哥。"宋佳音醉后异常口渴,茶香近在鼻尖,勾得她更觉得焦渴。

景钰眼睁睁地看着她再一次举起茶盏,一颗心莫名跳得异常快,像是要从胸腔内跳出来。

他已经再一次失去了空弦,他不能眼看着红豆也死在他的面前。

与失了性命比,他只能替红豆选择景奂给他的第二条路。

下了药粉的茶水之后会起效,短暂地病倒,能换来她长久地活下去。

宋佳音嫣红的唇触碰到杯沿,自上边飞来一个东西快速精准地打到杯盏,"啪"的一声,杯盏被打落在地,碎成两半。

一颗圆润殷红的红豆急速打着转儿,落到窗下角落里。

景钰怔忪间,有人携风而来,推开门将宋佳音拉到自己身后,伸手猛地扼住景钰的喉咙,速度快到他根本来不及反应,性命瞬间掌控在面前这个怒气蒸腾的男人手中。

"大人!"宋佳音见云琰如此,吓了一跳,拉着他的手臂,"大人住手!"

"你拿他当可以托付心事的故人,他却算计你。"云琰目光阴鸷冰冷,钳制景钰脖子的手不自觉地越收越紧,"若不是今日我在,你怕是连命都要交待在这人手里。"

宋佳音看了一眼打翻在地的茶盏,水中泛着沫,里面有剧毒。她面色巨变,看向景钰。

景钰面色涨得青紫,齿关艰难地挤出几个字:"怎……怎么……会……"

"大人,你先放开他,我想问清楚。"眼看着云琰真的有要了景钰性命的架势,宋佳音忙去掰他的手指,焦急道,"凡事都要问个清楚,有万中之

263

一可能的冤屈也要听人一辩,这不是大人一直以来坚持做的事吗?"

云琰双眸颤动,倏地收了手。

景钰瘫坐在地上,捂着喉咙狂咳了几声。

余光瞥见地上碎裂的茶盏,有那么一瞬间,景钰觉得自己还不如在刚才直接命丧云琰之手。

父亲给他的所谓选择,其实根本就只有一条。沈家因他父亲而亡,红豆也差一点儿被他害死。

自己苦读圣贤书,可这一辈子注定要不忠不义、不孝不悌。

他还能做的,就只有赎罪。

景钰手撑在地上,摇摇晃晃地站起来。

他看着宋佳音,艰涩地开口:"是我父亲指使卫邙害了沈元。"

一段血腥肮脏的真相说出口,不过只有短短半炷香时间。一切虽已有预料,可真的听到耳朵里,宋佳音还是心脏抽痛,不知不觉间泪流满面。

自古文臣死谏,武将死战。

二叔没有死在战场敌手手下,而是死在了视若兄弟的自己人手里。父亲也没有青史留名,而是因冤被杀草草而亡。

宋佳音的脸伏在云琰胸口,呜咽着哭出声。为了掩埋在沙土下无辜枉死的将士,为了那些再也回不来的亲人。

云琰扶着她的后脑勺,让她尽情发泄痛苦。

"景奂是如何知道宋佳音真实身份的?"

景钰艰难地控制着身形,略想了想,说:"我听他的意思,当初红豆能活下来,是他在暗中相助。带红豆离开长安的那个侍卫,是他的人。他告诉我的,就只有这么多了。"

他说着,话音陡然低下去:"我不知道他是想要红豆的性命……"

他话音逐渐落寞,自己都觉得说得苍白。

父亲是料定了他一定会这么选。后怕之余,他只觉锥心。

得知齐叔居然是景奂的人,宋佳音一时间难以接受。可不管他目的如何,这么多年他给了她生路,给了她照顾,最终他也为了她而死。

她难过,却没办法怨恨他。

宋佳音听着云琰"咚咚"的心跳声,情绪逐渐平复下来。她的眼泪尽数被他的衣襟吸走,她直起腰看着那一摊水迹,还有些不好意思。

云琰并未在意,抬手拭去她眼角的最后一滴泪珠。

景钰将二人的亲昵看在眼里,连舌根都带着苦涩。

"既然景奂一早就知道我是谁,他若是想杀我早就可以杀了,为什么要用这种方法?"宋佳音偏头看着地上,"这毒,看起来不像是之前南巫国的毒。景奂既然想杀我,为什么不用南巫国的毒?南巫国的毒一旦发作无药可解,且又难以察觉。而这种毒,一旦打翻就会很容易被发现,景奂想要我的性命,多一重保险岂不是更好?"

"荣苏花早已绝种。"云琰接口道,"看来他手里的药已经用完了。至于为何要用这种方式……"

云琰说着,看向一旁发怔的景钰。

宋佳音的目光也跟着落到景钰身上,瞬间便明白了云琰的意思。景奂对她几次下手,第一次是在鳖山案发现场,第二次是在谢观年家里,而第三次就是在今夜。

这三次里,每一次都有景钰的存在,景奂的真正目的,是想让景钰抓她或者杀她。

云琰目光锐利,道:"景大人痴心沈家小姐之事,京中有人知晓,想让景大人和沈家小姐以及沈家彻底没有干系,这便是最简单直接的办法。"

"为何非要和我断了干系?我在世人眼中早已经死去多年了。"宋佳音踱步绕到窗边。厨房里生起了火,小桥正在做夜宵,桂花圆子的香味飘了过来,这是云茵最爱吃的东西。

想起云茵,宋佳音不由得想起之前的那一声声"嫂子",她有些不自在地避开云琰的目光,突然间一件事冲进了她的脑海中。

那是一场火,一场熊熊燃烧,可以吞没一切的火,她下意识地胃里翻滚。

自从沈惊羽死在火中,她便不敢再回溯那日发生的种种。她忍住身体的不适,仔细地回想那天昏迷之前的种种细节。

一股气味从记忆里钻了出来,是很浅很淡的檀香味,这气味好像很熟悉……她骤然想起许久之前的另一场火,赵士同在大理寺放的那一场火。

265

这个气味,她在赵士同的床铺下的灯盏中也闻到过。

那是一种能助燃的油,烧起来无色无味,燃烧速度极快,轻易灭不了。

而这个气味,她今日在另一个人身上,也闻到过。

宋佳音倏地转身:"云国公修行的道观在哪里?"

云琰目光幽然,与之相对,道:"在三清观。"

"这就对上了……景奂给沈惊羽提供炸药,又炮制鳌山案,把我们的注意力都引去查炸药,但其实关键的是这种火油。这种油的气味和檀香相近,在道观中根本没人能分辨得清。"

所以景奂这么急着要她的命,除了想断了景钰和她的关系,还有另一个原因,是不想让她这个嗅觉敏锐的"京都獒犬"发现他真正想掩藏的秘密。

宋佳音取了纸笔,按照之前云琰教她的那样,将所涉案子的人和事一一写下来。从沈家案,到木清霜案,到谢观年案,再到鳌山案。

"景奂是沈家案的制造者,是谢观年案和鳌山案的推动者,那木清霜案和景奂的关系……"她顿了顿,在"禹王"和"景奂"之间画了一条线,继续说,"当时景奂把消息传到长安城,禹王因此散布沈家与三皇子有关的谣言,这两人当时都有共同的目标,就是弄垮沈家。"

"还有,禹王那个地下赌庄的密道,是被木清霜发现的……"宋佳音说着抬眼看着云琰,"大人可曾叫程澍查过赌庄附近?"

云琰淡声道:"查过。"

宋佳音道:"程澍都没发现的密道,木清霜却能发现,必定是有人指点她的。"

"程澍没发现,不代表没有。能挖出瞒得过程澍的密道的,只有南巫人。"

"京都暗探犹在,巡防内有乾坤。"

这个暗探,能挖密道,手握南巫毒药,能炼火油,这人绝不是宋泽北。

只是沈惊羽来不及,也没办法细查,却还是用自己的方法,尽可能地缩小了调查范围。

云琰瞬间想到了一件事,昔年南巫国暗探尽数覆灭时,首领完颜越出逃时被景奂所杀。

"完颜越应该就在景奂身边。只是天机司早就查过朝中重臣,以景奂

为首的三台三公身边的人每年都会细查一遍，景府中并没有身份背景有问题的人。"

宋佳音有些心虚地瞥了云琰一眼，突然伸出手扯了扯他的袖口。

云琰低头看她，"嗯"了一声。

宋佳音的脸有些异样的红，一副有些难以说出口的模样："那个，景奂身边……有从济城望乡镇来的吗？"

云琰一怔。

当年宋夫平夫妻之所以能把沈明月变成宋佳音而不被怀疑，是因为望乡镇受灾，镇上百姓四散逃离，导致当地户籍管理失控。

当时云琰怀疑宋佳音别有用心时，派天机司的人去查她，也并没查出宋佳音的身份有异。

有一个宋佳音，就可以有第二个。

云琰还没来得及细想，景钰便道："父亲身边的幕僚戴维迁，就是济城望乡镇人士。"

云琰与宋佳音四目相对，各自的眼中有不同的情绪翻涌。

长夜将明，长平三年的新的一日，即将到来。

（二）

翌日，大理寺接到报案，报案人是大理寺卿云琰府中的丫鬟，名唤小桥。

小桥哭着说，今日晨起她见自家姑娘那儿没有动静，推门而入，发现姑娘躺在床上已然没了气息，七窍流血而亡。

而她所说的姑娘，便是大理寺的捕快，宋佳音。

接到报案的衙差与宋佳音相熟，当即便急匆匆地去找了云琰。之后大理寺近乎倾巢而出，赶往宋佳音家中。

袁威出门，奉云琰之令到刑部去，找郑槐章一道过去。

郑槐章到时，大理寺的仵作已经验完尸，宋佳音心脉皆无，死了已有两个时辰，死因是中毒。

宋佳音七窍流血，死不瞑目。云琰含着泪，颤着手将她的双眼盖住，拉上白布遮住她的脸。

云琰手指骨节泛着白，撑着床榻站起来，继而身体一软，猛地晕厥过去。

"大人——"

众人纷纷上前，一室混乱。

翌日早朝，刑部尚书郑槐章将此案禀告圣上，宋佳音是神探司的一员，其地位在大理寺中仅次于大理寺卿云琰，位同四品。朝廷四品大臣骤然被杀，引得人心惶惶。再加上之前京都一片混乱，钦天监再次奏请陛下前往三清观开坛祭天。

这一次，陛下终于点头。

这夜丞相府，书房的门被人猛地从外面撞开。

景奂正听下面人回禀，抬头便见浑身狼狈的景钰踉跄着跑进来，嘶声喊着："她怎么会死了……那不是、那不是只会让人暂时失去嗅觉的药吗？她为什么会死？"

他双目通红，神色狰狞得像一个无可救药的疯子。

景奂皱了皱眉，呵斥道："这般言行无状，成什么样子？"

景钰抖着唇："是你……你是故意的……"

"若非为父，她早就活不成了。她这条命既然是我给的，如今我收回来，又有何不妥？多让她活这么多年，已经是她赚到了。"景奂吩咐身边人，"立刻把消息传出去。"

"是。"手下躬身退出去。

景钰颓然地跌坐在地，满脸眼泪，牙齿都在打战。

景奂起身，居高临下地看着这个心软的儿子，事已至此，斩掉了他的软肋，日后便好了。

"沈家永远都是翻不了身的罪臣，等今日之后我会放出风去，说沈家女意欲效仿木清霜复仇戕害陛下，被你发觉之后亲手杀掉，可即便如此还是没能阻拦她的奸计得逞。你日后得人望，得天下，要风得风，要雨得雨，美人江山皆在你怀，区区一个沈明月算得了什么？"

见他没有反应，景奂也并不在意。

时日一长，什么伤痛都能忘掉。

"倒还真是孩子心性。"景奂越过景钰走出房门，沉声道，"好好看着他，

不许他出府一步。"

护卫领命:"是。"

屋内的景钰在地上坐了良久。他这一生忠孝难两全,仁义不彻底,可他有自己必须屈从内心要做的事。

金乌西沉,光亮透过窗,重新照在了身上。

他知道,那是元济二十六年的光。

长安城内浮动的人心随着陛下要前往三清观开坛祭天的消息传开,渐渐地有所平息。

是夜,城北,一个僻静小院的门被敲响。立在外面的人头戴风帽,遮住大半张脸,露出来的下半张脸上,修剪得整洁的胡须已经花白大半。

不多时,门被穿着夜行服的黑衣人打开。

院内别有乾坤。

后院的井边还放着木桶,里面的水已经结了一层冰,瞧着像是时时有人在用的模样。黑衣人将砌井的两块砖卸下去,再往下一按,井口倏地变大。

黑衣人将绳子递过去:"戴先生,请吧!"

戴维迁接过,道了句"多谢",顺着绳子跳了下去。

井里的水面起了涟漪之后又归于平静。黑衣人任务完成,松了一口气,就守在井边等待。

今夜月又圆,明晃晃地照下来,黑衣人颇有些放松地弯腰看着井中的月亮,突然,月亮之上出现一张戴着面具的脸,犹如鬼魅,来之无声。他脊背骤然发凉,还来不及发出一声呼喊,脖颈就被人劈了一下。

孟随接住黑衣人软下来的身体,扒下他的衣服套在身上,将他拖到后头柴房里。

折身再回来,孟随握着刀,快步跑出院子。天机司的其他司吏进来,守在井边……

南巫国因着地势崎岖险峻,其挖密道的手段独步天下。屏息穿过水面之后,井下别有乾坤。密道两边悬着灯,那人伸手拿下一盏,提着照亮,顺着密道一路快步向前。

按照方向，应该是朝着西北。这院子本就在北，再往西北而去，就会直出京都。

走了约莫一炷香的时间，到了一处岔路口，前面忽然来了一阵风，将他手中的灯烛吹灭。

周遭暗下去，他的耳畔传来一阵沉闷的脚步声，往他的方向走过来，在他面前几步的位置停下。

火折子擦起火，那盏灯重新被点亮，被来人接过提起，在他的脸上一转，又向下，停在他衣襟处。

景奂看似随意地问："这些年，伤口可还会在下雨阴天时痛痒？"

说着，景奂的手出其不意地向下，扯开他的衣襟。他左胸口上一寸见方的地方有一道箭伤。

昔年南巫国暗探署首领完颜越，被景奂一箭射杀。

"能保住命已经是万幸，还要多亏相爷相助。"

验完伤痕，景奂放下心来，问道："事情做好了？"

完颜越道："所有知道密道的人，都已经不能开口说话了。"

"你做事，我自是放心的。"

再有几个时辰，这天下就该易主。

一直压在头顶的山会彻底化成一抹灰，长久沸腾的野心将会在那一刻登顶，景奂满腔的豪情无处可发，只能在这狭小阴暗的密道中，伴着晃动的烛光，在言语中泄露出那么几分来。

"他继位之初我处处忍让，全力支持，可换来的是什么？我本想着避世，给三郎腾地方，让景家维系荣耀便是。可他却让云琰继续查，云琰被沈家丫头迷了心窍，再查下去，终究会查到昔年的事。"

"他为刀俎，我为鱼肉的日子，也是时候该换一换了。他们这些小娃娃，从出生开始就是天潢贵胄，连血都没见过，人都没杀过。老夫自会教教他，该怎样做皇帝。"

完颜越一路跟随其后，前面隐隐有一些细微的风声，密道快要走到头。

完颜越兀自问了一句："我有个问题，想问相爷。"

"相爷为帝之后,还会留我这个敌国之人做什么呢?"

景奂唇边溢出不易察觉的冷笑,嘴上说:"你助我成事,我自不会亏待你。南巫国势弱,你不如留在京都,他日高官厚禄,荣华富贵,自是享用不尽。"

"相爷挥刀向昔日同袍,却对我这个敌国之人如此宽厚,真是让我感动。这些年,相爷可曾梦到过沈元?"

这话似带着锋利的刺,三言两句便扎得景奂心肺洞穿。人不为己,天诛地灭,他一路走来,从不曾后悔过。

只是人难以控制梦境,他不止一次地梦到过沈元。

在边境大漠,在戎狄之城,在京都酒巷,在军中,在家中……梦里的沈元,依旧是那副总带着笑的模样,待谁都豪爽热忱。

梦醒之后,他的胸口便像堵着一口郁气,寝食难安。

景奂的眼里有短暂的混沌,继而又清明起来。

"梦到又如何,人死如灯灭,他早就死了,活着的只剩我。"他语调坚定了几分,"也只有我。"

墙壁挡住了去路,景奂伸出了手。

从密道出去便是三清观,天亮后,圣上会率一众亲信前来祭天,到时候火势一起,那些他担心的,他惧怕的,都会跟着燃尽在这场大火里,只剩下灰烬。

新帝的死都将推给"想要复仇"的沈明月,沈家这最后一个活着的人,也会跟她的父亲,她的叔叔,她的兄长一样,带着无尽骂名下地狱。新帝无子,宗室也早没有什么能立得住的人,禹王一党被木清霜拖进了地狱,再也没法开口说当年事,朝中也没有势力再能与他抗衡。待巡防营封锁京畿之后,京都就尽在他手中。

再也没有人,在他之上。他不用悬心,担忧谁继位会对景家下手,就像沈家一样。他一路往上爬,不爬到最顶端,怎么会甘心?

景奂伸手,大力地推开前方密道的门,如水的月光倾泻进来,满目亮堂。

同样装束的黑衣手下已等待多时,伸出手,将他拽了出来。

"封门!"

当年长安城中暗探署的人被尽数剿灭时,首领完颜越出逃,景奂率人去追。

箭对准完颜越的胸口时，完颜越说了一句话："沈惊羽还活着。"

沈惊羽是南巫国谋划的一步棋，为的是若两国再交战，可利用其沈家后人的身份动摇军心。只是南巫国如今已无力再与大霖交战，沈惊羽的下落对南巫国而言变得微不足道，但可以保住完颜越的性命。

景奂的箭射得偏了一寸，完颜越保住了一命。

沈惊羽是被沈元"杀死"的孩子，他比沈明月更有利用价值，毕竟京都中知晓三郎和沈明月有情的人不多，但三郎和沈惊羽是至交好友一事却是人尽皆知。让三郎亲手杀了这个昔年好友，更能断了他与沈家的牵连。只是可惜，这步棋还没发挥出该有的作用就突然自尽了。

沈惊羽自以为能护得住沈明月，却不知从一早，沈明月就在景奂的掌控之中。

沈惊羽死得轰轰烈烈，却毫无价值。

这些沈家人，自以为重情重义，实际上是蠢而不自知，最终只会落得家破人亡的下场。

沉重的石门落下，砸出一道沉闷的声响。

教木清霜机关术、传她药物，试探联络沈惊羽，将用密道押送火药的人灭口……细算下来，完颜越替他出了不少力。

这是完颜越自己挖的密道，他死在这里，也算是死得其所。

景奂转身，月光明晃晃地照着大地，也将立在前方的姑娘的脸照得清清楚楚。

她穿着一身青衣，面容皎洁，手上握着一杆银枪，茕茕立在风中。

那个人，赫然是应该已经死去的宋佳音。

仿佛有一柄大锤击中景奂的脑袋，他身上积年的伤痛隐隐有发作的迹象，骨头缝里溢出阴冷的痛。握着他胳膊的人的力道陡然加重，景奂咬着牙使出浑身力气也撼不动分毫。

"廉颇老矣。"沉金冷玉般的声音自身后传来，音带讥讽。来人依旧是戴维迁的脸，可声音却不再似中年人。

昨夜天机司的人抓住戴维迁，不出所料地，发现了他身上的箭伤。"谢观年"家中最后搜出来的半瓶药，让云琰得以短暂地成为戴维迁。

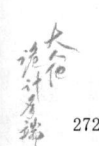

若是平时，景奂有心留意，大抵会发觉身边这个戴先生的不对劲儿之处。

只是今日他眼看着要登顶，目空一切，自然不会多在意戴维迁这个依附自己才能留一条命、喘一口气的丧国之犬。

云琰走到宋佳音的身边，不带情绪的目光落在景奂身上。

"不是见血杀人才是历练，你不该低看了一颗颗想要驱散迷障，要还天下朗朗乾坤的人的心。"

景奂见状却仍旧气定神闲，嘴角勾起一抹狞笑："我是当今丞相，位列三台。你身为大理寺卿，讲究的是证据，如今我什么也没做，你能如何？完颜越一个敌国之人的话，有几人会信？"

他做事素来滴水不漏，禹王案、沈惊羽案、鳌山案，都如当年的沈家逆案一般，他没有亲自出手做过什么。

他给自己画了一张贤臣的面皮，这么多年，所有事情，都由完颜越经手。

都是完颜越蒙蔽自己行事，他亦是受害者。

"大理寺自是看证据，但天机司，可便宜行事，有处决之权。若不是想听你亲口承认罪行，我为何要和你同走这一段路？"

云琰自怀中摸出一方东西在手，月光清白，代表着天机司指挥使的银色面具泛着流光，那光冷然至极。

景奂不是认命之人，在南巫，在戎狄，他从来没有认过命。在一次次死亡面前，他总有办法争来一线生机。可此时，他挣扎不开，退不掉，也走不脱。他突然意识到什么是穷途末路。

冰冷的银枪已经被宋佳音握得发烫，她握着阿兄的枪，一步一步地朝着景奂走过来。

"我叫沈明月，是丞相沈岸之女，西南大将军沈元的侄女，少将军沈惊羽之妹。

"我沈家满门，要你以血肉偿命，以白骨赎罪，以慰藉他们在天之灵。"

银枪白刃刺出，直贯心肺。

边境的狂沙吹落，长安的木槿将开。

黑夜既散，白昼已明。

(三)

大霖长平三年四月初三,经天机司、大理寺查明,元济二十六年时任副将军景奂,构陷时任军中西南大将军沈元谋逆,致使虎贲前锋营所有将士丧生。长平三年正月十五,丞相景奂一手炮制鳌山案,私营炮房,意图弑君,昭彰恶行揭发当日被天机司指挥使一枪毙命。

经查明,沈家逆案实属陷害,自即日起沈家消逆臣之名,史书工笔,还沈家清白。

沈家洗脱沉冤之后,圣上下旨,为沈家已故之人重修陵墓。

当日,宋佳音得以重新冠以沈明月之名,为家人,上了第一炷香。

沈惊羽的墓碑之下,云琰将他的骨灰埋了进去,在墓碑后,宋佳音种了一棵木槿树。

墓碑之前有人上过香,宋佳音知道,归婉已经来过了。

待到明年春,木槿花会开。

清明雨纷纷,行人欲断魂。

从山上下来,宋佳音说想走一走,两个人便扔下马车,循着刚绿了的草地一路走下来。雨势渐渐大了起来,云琰撑着一把油纸伞,将伞面往旁边多移了一些,将宋佳音整个人罩在其间。

宋佳音就躲在他庇护着的这方天地里,嘴角突然弯了弯。

云琰看到了便问了出来:"想到什么了?"

"想到去年的这个时候,我抓了大人的袖子,现在想想真的是胆大包天。当初若我知道大人是天机司指挥使,再给我两个胆子我也不敢。"

云琰嘴角也挑了起来,眸子里笑意闪动:"话是这么说,可就算你知道,你还是会做的。这天上地下,就没有你不敢的事。"

"我倒是庆幸那一日你抓住了我。"云琰的声音温和,伴随着雨丝落在伞面上的轻响,一起撞进宋佳音的心底。

"不然这天上地下,我再找不到一个会让我动心的宋佳音。"

她侧目看他,他也刚巧在望着她的眼。

四目相接,彼此要溺毙在对方的双眸中。

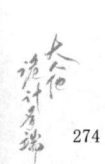

高山之巅永远凝结的雪化开，她抓住他的那一刻时未曾想过，他也有温暖如春的一日。

　　宋佳音抬手，握住了他那只抓着伞柄的手。

　　指尖相触，纠缠，自此一生。

　　他们并肩而行，在蒙蒙细雨中。

- 正文完 -

番外 长平三年

赶在春天里，槐花刚开遍时，宋佳音带着云琰回了济城。

之前为了保护宋夫平夫妻，云琰让宋家的铺子歇业，另派天机司的人守了一阵子。宋夫平夫妻知晓一切是为了宋佳音的安危，完全配合。等京都事了了之后，云琰传令让天机司的人撤走，宋家的铺子重新开业。

济城春时雨急，宋夫平怕干茶受潮，将茶饼都垒起来放好，一抬头，就见门口站着他的囡囡。

她又和一年前回来的那次一样，冒着急雨，一身水汽。

茶饼打翻掉了一地，宋夫平也无心在意，他急急走过来，抓着宋佳音的手上上下下、仔仔细细地看，眼里涌出泪花："好，好，没事就好……没事就好……"

宋夫平用手背抹了抹眼泪，这时才发觉自家囡囡身后还站着一个男子。

见他气度不凡，通身清贵，宋夫平一怔："这位是……"

云琰的态度十分谦卑："晚辈姓'云'，单名一个'琰'字，长安人士，如今在大理寺任寺卿。"

"大人便是我家囡囡的上司，大理寺卿云大人吧！"宋夫平连忙招呼云琰进门。云琰说先去取一下东西，让宋佳音先跟父亲进屋。

宋夫平唤了崔氏过来，母女二人相见自是泪水涟涟。

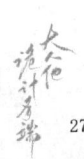

过了许久,云琰才叫人将带来的东西都卸在堂屋,足足堆了有小半间屋子。

"这……云大人这也太客气了。"宋夫平还在不好意思地推辞,崔氏的目光在自家囡囡和这位风姿绰约的云大人身上一转,登时眼底溢出喜色,拉了拉宋夫平的袖子,示意他闭嘴。

云琰恭敬地对着宋家夫妻一揖:"晚辈与佳音情投意合,今日晚辈前来,是来求娶。本应媒婆登门,再父母拜访,但晚辈家中已无长辈,只能自己前来,还望伯父伯母成全我一片赤诚之心。"

宋佳音听他如此说,目露心疼。

云潭当日也在三清观,得知了云琰做了天机司指挥使。天机司与他一直秉承的文臣仁义之行相悖,云潭不肯再认云琰。

这父子俩终究走上了完全相反的路,云茵难过了许久,云琰也沉默寡言了几日。

唯一高兴的人就是圣上,云茵终于不用再因为父兄之事而一直不肯入宫了。

之后不久,圣上和云茵相会时"一不小心"被云琰撞个正着。事后,云茵不停地和宋佳音骂裴玄无耻,听得宋佳音心惊肉跳。

十日之后,宫内就下旨,册立云茵为皇后,同时宣布废黜选秀,引得朝内上下哗然。

沈家一案真相大白于天下,宋家夫妻虽不知其中细节,但也知道,是这位大理寺卿云大人帮着翻了沈家案,由此可见他的能力、人品,和对宋佳音的爱惜。

再看这人,态度谦和有礼,容貌清隽,实在是无可挑剔的女婿人选,怎么看怎么满意。

人好,可是更重要的,是要囡囡喜欢。

崔氏看向宋佳音,握着她的手摩挲着:"囡囡,你乐意吗?"

云琰也看过来,宋佳音弯唇笑了笑,有些羞涩,但还是点了点头。

两人的婚期定在这一年的秋分,桂花开得正好时,也是云琰和宋佳音相遇的季节。

晚上崔氏下厨,做了一桌子菜,宋夫平和云琰两个准翁婿喝酒。一开始,宋夫平面对云琰还有些拘谨,可几杯酒下肚,便敞开心扉,拉着云琰不住地说他家囡囡多好多好，日后若是云琰对她不起小心他的拳头云云。

云琰始终眼带笑意，不管宋夫平说什么，都连连答应。

崔氏见状，将酒桌留给男人，拉着宋佳音去外面小院的葡萄树下说话。

"娘看得出来，这位云大人待你很是用心。这样就好，只要你过得开心、过得好，娘就满足了。夫人在天之灵，也能瞑目了。"

提起林青吟，崔氏不免又湿了眼眶。她吸了吸鼻子，又破涕为笑："大好的日子，不能再掉眼泪了。"

"我这次回来，还有一件事。"宋佳音说，"我和大人商议过，想把你们二老接到长安城去。"

屋里传来一阵笑声，不知道这准翁婿俩说了什么，笑得这般开怀。宋佳音也似被感染，跟着笑了起来。

崔氏却拒绝了："我和你爹守着这个铺子过得很好，你不必担忧我们。"

"娘是为着大人的身份？"

崔氏面露隐忧，拍了拍她的手："长安城那地界贵人多，云大人身份贵重，像我们这样的身份，大人不觉得如何，别人恐怕会说闲话。如今你已经重新做回了沈家姑娘，沈相和夫人才是云大人的正经岳父岳母。"

"别人愿意说闲话就说，嘴长在别人的身上，我们管不着。大人不在意这些，我也不在意。您和爹养大了我，也是我的父母。"宋佳音亲昵地搂住崔氏，"娘，那些都不重要，我只想要我在意的人都在我的身边。"

她不想再经受任何失去。

崔氏鼻腔泛着酸，伸手拍着宋佳音的脊背，轻轻地"哎"了一声。

云琰酒量很好，甚少有喝醉的时候。

这一晚即使高兴多喝了，也只是有些醺醺然，并未醉倒。

崔氏将烂醉的宋夫平扶回卧室，云琰拉着宋佳音出门转转。

天上星子璀璨，比长安城的要亮上许多，一颗又一颗，距离也很近，像伸手能摘到一般。

在云琰第三次试探着蹦起来去摘星的时候，宋佳音终于意识到一点：云琰可不是他嘴上说的微醺而已。

摘不到星星，就摘花。云琰摘下一簇槐花，掖在宋佳音的耳朵上，他的

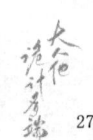

眼比平日的还要亮,笑吟吟地说:"你父亲定然是对我满意极了。"

他话里的骄矜溢于言表,像是在等着她夸奖。

这般幼稚的模样当真少见,宋佳音也真的夸了他:"是啊,这世上有谁能抵抗得了云大人呢?"

"那你呢?"他几步将她抵在树下,带着酒意的气息扑到她的面颊上,不依不饶地想要个答案。

"我只是世上的俗人一个,自然也不能免俗。"

云琰对她可以说是有求必应,大霖朝准许女官入仕,不过大多女子婚后就待在家中操持府中事。宋佳音对中馈事一窍不通,还想婚后留在大理寺继续做事。

二人来济城前谈及此事时,云琰没有任何异议:"你想做什么就做什么。"

这样的云大人,她怎么会不满意?

月亮钻进云里,四周暗下来,云琰的亲吻跟着落下来。

许是酒力让人失了分寸,这一次的吻攻势比之前每一次都要猛烈。宋佳音的舌尖酥酥麻麻的,快要喘不上气。酒意在唇齿间蔓延,渐渐地,连她也仿佛跟着醉得神志不清。

他喉头滚了滚,虎口卡住她细细白白的下巴向上抬,要她仰着脸,更方便他的纠缠。

腰带不知道什么时候被扯开,宋佳音浑浑噩噩之间,只觉得滚烫的手顺着她的腰线一路蜿蜒了上来。她的神识被烫了一下,清醒了一瞬,"唔"了一声,伸手去扯他作乱的手。

云琰完全不理,单手将她两只手腕轻松地握住,举高到头顶。

宋佳音咬着红透了的唇,瞧着胸口处他墨黑的发,头晕目眩地想,日后一定不能再让他喝酒了。

这一晚,宋佳音损失惨重,嘴唇肿得都没法见人,只能戴着个纱巾遮住,说自己过敏了。

云琰酒醒之后知晓自己做错了事,少有地殷勤着,宋佳音想吃什么,他都亲自去买。

在济城的第三日,宋佳音做了槐花饼,去了木清霜的坟前祭拜。

花已经开了大半，花瓣随着雨水落下，掉了一地。

宋佳音轻声说："这个世道会好起来的。"

云琰立在一旁，接口道："一定会的。"

这两日不管宋佳音说什么无聊的话，他都会接口。宋佳音冷冷瞥了他一眼，自觉很有杀伤力，可其实只会让人觉得心痒痒的。不过云琰自知罪大恶极，最近都近不了她的身，遂轻咳一声，移开眼。

天机司和大理寺事务繁忙，明日便要启程回京都。

两个人上了马。云琰道："回了长安城我便叫人过来打点，帮着岳父岳母一道搬家。"

她驱马快走了几步，哼了一声："什么岳父岳母，还没成婚呢。"

云琰自然是立刻跟上："未婚夫妻也是夫妻，准岳父母当然也是岳父岳母了。"

宋佳音愤愤不平："大人总是有理。"

这一点云琰很认同："我若不是总有理，怎么能娶到音音。"

"音音"这个称呼他从未叫过，这般突然地说出来，语带缱绻，听得宋佳音耳根一麻，内心的防线瞬间垮塌。她急忙驾马飞驰，生怕再听一句，就忍不住朝他伸手要他抱。

云大人的诡计真的是一套接一套！让人防不胜防！

云琰笑着驱马，去追她的身影。

直到白首，直到百年。

之后岁月的每一日，他都能与她牵手，共立黄昏中。

- 全文完 -

后记 山水一程

之前写《相思》后记的时候有说过,那可能是最后一本书,之所以说"可能"而不是"一定",是想给自己留一个希望。现在,希望成真,我又带着一本新书归来了。

这本书我写得很艰难,一方面是案情设置上,我想尽力写得逻辑好一些,但是确实能力有限,虽然几次更改修订,但还是有些地方觉得不算满意。另一方面是感情,我写文以来,很少写主动出击的女主角类型,这本又因为中间有《云中记》的演绎,显得感情推拉更为难写,再加上两个人身世各有需要写的地方,详略之间我总会拿不准……反正艰难的时光都过去了,我总算是好好把它完成了。

写这本书的过程中,我的脑海里总会浮现出一幅画面——云琰发现宋佳音骗他,两人当面对峙。

这是书里剧情的转折点,亦是感情的转折点。

宋佳音确定了自己喜欢云琰,而云琰则在下不了手的时候,不得不承认,自己也对宋佳音情根深种。

其实云琰这部分比较好写,毕竟宋佳音是个好演员,《云中记》的演绎让云琰深陷其中,早已经自我攻略,一路走向两个人的圆满结局。他就是嘴硬,不肯轻易吐口。

但宋佳音呢？她为什么会喜欢上云琰？

这一点我一直没有想好，而这可以说是支撑起整本书的一个关键点，像是盖楼的地基。地基不稳，上面就会歪歪扭扭，摇摇欲坠。所以在赶稿的很长一段时间里，我写得很犹豫，进度时常停滞。

想通是在一个很平常的下过雨的夜晚。

我和我先生去楼下散步，柏油路上有一些坑坑洼洼，大多被积水填满，只有一个小水坑幸免于难。

我随口说："这个水坑真是好命，天选之坑。"

我先生接口："估计它上辈子做了什么善事吧，我佛慈悲。"

我们你一言我一语，补充了这个水坑的"前世今生"。临走前，我捡了一片叶子，盖在了水坑上。

你知道吗？每一句话都有回应的感觉，真的会让人很开心。

不管是多无聊、多普通的开头，经过了有来有回的讨论后，都会构成一段难忘的回忆。

水坑千千万，我永远都会记得那个不同寻常、有着自己完整一生的小水坑。

每句话都有回应，每件心事都能与之分享。

我想，宋佳音喜欢上云琰，就是因为这一点。

对宋佳音而言，云琰是唯一可以倾诉的对象。如果发现她身份的人换成任何一个人，她都不会有后来的结局。

面对云琰，她可以卸下自己沉重的心理负担。她在这个偌大的长安城中，终于有了一个可以任自己放松下来、栖息的港湾。

宋佳音是我写文以来最喜欢的女主角之一，她鲜活、明媚、生机勃勃，像永远炽热的人间七月天。

我永远不会退缩的宋捕快，山一程，水一程，一路走来很累了吧，那就给你一个可以暂时将疲惫安放的肩膀。

歇过之后，拿起你的红缨鞭，继续一往无前，走在长安烈日下吧！